Janne Ijmker

Achtunddreißig Nächte

Die Geschichte von Elsjen

Aus dem Niederländischen
von Martina Merckel-Braun

BRUNNEN
VERLAG GIESSEN · BASEL

Titel der niederländischen Originalausgabe:
Achtendertig nachten

FSC
Mix
Produktgruppe aus vorbildlich
bewirtschafteten Wäldern und
anderen kontrollierten Herkünften

Zert.-Nr. SGS-COC-1940
www.fsc.org

Deutsche Lizenzausgabe

www.brunnen-verlag.de
Lektorat: Eva-Maria Busch
Umschlagfoto: plainpicture
Umschlaggestaltung: Sabine Schweda
Satz: DTP Brunnen
Herstellung: GGP Media GmbH, Pößneck
ISBN 978-3-7655-1996-3

Wie gibst du Rat dem, der keine Weisheit hat,
und lehrst ihn Einsicht in Fülle!

Hiob 26,3

Prolog

Doldersum, in der Nacht
vom 11. auf den 12. März 1767

Der Schmerz wurde stärker und damit auch die Übelkeit. Die Hände auf den Magen gepresst, starrte Jan auf die dunkle Decke des Himmelbettes. Von Zeit zu Zeit schien seine Kehle anzuschwellen, und er verspürte Brechreiz. Vorsichtig drehte er sich auf die Seite und zog die Knie an. Ein lähmender Stich durchfuhr seinen ganzen Körper. Er stöhnte leise. Plötzlich war er schweißgebadet.

Neben ihm bewegte sich Elsjen. Sie hatte ihm wie immer den Rücken zugewandt. Sie schlief. Oder tat, als würde sie schlafen.

Er schlug die Decke zurück. Die Bewegung beförderte seinen Mageninhalt nach oben, und die Übelkeit verstärkte sich. Er musste aufstehen. Der Schmerz strahlte vom Magen in alle Körperteile aus, und eine saure Welle stieg in seinen Hals. Er schluckte heftig, hielt die Hand vor den Mund und schlug die Beine über die Bettkante. Dann wankte er auf den Holzeimer zu, den er beim Schlafengehen bereitgestellt hatte. Seine Knie wurden weich, und er spürte, wie sich sein Magen zusammenkrampfte und den Roggenbrei, den er am Abend gegessen hatte, gewaltsam durch seine Kehle stieß.

Keuchend hing er über dem Eimer. Der ekelhafte Gestank, der daraus aufstieg, ließ ihn noch einmal brechen. Er konnte sich nicht daran erinnern, sich jemals so schlecht gefühlt zu haben – es war, als müsse sein Magen mit heraus. Einen Moment lang fühlte er sich erleichtert, dass er den lästigen Mageninhalt losgeworden war. Er erhob sich, um zum Bett zurückzugehen. Er betastete seinen Bauch, legte die Hand auf sein Herz. Dann kam der Schmerz so heftig zurück, dass er einen kleinen Schrei ausstieß. Keuchend blieb er stehen und hielt sich mit einer Hand an der Bettumrandung fest.

Er hörte, wie das Kind im anderen Bett sich im Schlaf bewegte. Undeutlich erkannte er Elsjens weiße Nachtmütze auf dem Kopfkissen. Er wartete darauf, dass sie sich umdrehte und fragte, was mit ihm los war. Lass sie etwas sagen, Gott, dachte er, aber sie drehte sich nicht um, stellte sich schlafend.

Er fühlte sich, als würde ihm ein Beil durch den Körper fahren; jede Bewegung schmerzte. Er packte den Eimer und schwankte am Bett seiner Schwiegermutter vorbei. Die alte Frau regte sich nicht, schnarchte nur laut.

Mühsam öffnete er die Tür zum Hinterhaus. Der warme Dunst der Kuhleiber schenkte ihm einen Moment Trost. Er blieb stehen und versuchte tief einzuatmen, in der Hoffnung, dass jemand hinter ihm herkam. Aber er hörte nur, wie Elsjen die Klapptüren des Himmelbettes schloss. Er zog die Tür hinter sich zu und stolperte am Bett seines Schwagers vorbei. Wie ein buckliger, benebelter alter Mann wankte er durch die dunkle Tenne auf das Einfahrtstor zu. Ehe er sich versah, hing er schon wieder über dem Eimer. Es kam weniger als beim ersten Mal, es wurde nicht besser. Er ließ sich neben den Eimer fallen und wand sich auf dem festgestampften Lehm. Angst überwältigte ihn. Er hörte eine Stimme, die stöhnte: „Gott, ich sterbe, wieso hilft mir keiner?" Dann wurde ihm bewusst, dass es seine eigene war.

Er richtete sich auf, kroch auf Händen und Knien auf die Tennentür zu. Er zog sich an der Klinke hoch und schob den

Balken, der die Tür geschlossen hielt, zur Seite. Jede Bewegung war wie ein Axthieb, aber in seinem Kopf kreiste nur noch ein Gedanke: Mutter. Doch während dieses Wort Gestalt in ihm annahm, wurde ihm klar, dass er bis weit hinter den Dorfplatz gehen müsste, um zu ihr zu gelangen. Das würde er niemals schaffen. Eine andere Möglichkeit tat sich ihm auf: Hendrikjen. Er musste zusehen, dass er zu Hendrikjen und Luit kam.

Die kalte Luft draußen tat ihm gut. So schnell er konnte, stolperte er über den Dorfplatz in die Richtung, wo sich das Haus seiner Schwester befand. Er machte einen Bogen um den Teich, obwohl er das Verlangen verspürte, sich zum Wasser hinunterzubeugen und seinen brennenden Durst zu löschen. Aber er fürchtete, dass er es dann nicht mehr schaffen würde, sich aufzurichten. Nur ein Satz hallte in seinem Kopf wider: Gott, lass mich bei Hendrikjen sein, bevor es zu spät ist.

Ab und zu blieb er stehen und klammerte sich an einen Baum, um Atem zu schöpfen. Bei einem der Bäume legte er für einen Moment seinen feuchten Kopf an die Rinde. Der Baum erschien warm in der kalten Luft, und er fühlte sich seltsam getröstet. Der Schmerz ließ nach. Am liebsten wäre er stehen geblieben, hätte die Arme um den Baum geschlungen und ihn umarmt.

Einen Baum umarmen … dachte er, bin ich denn verrückt? Seine Glieder schienen zu schwellen, der Baum wurde groß, dann wieder klein. Sein Kopf pochte, sein Magen fühlte sich an wie eine aufgeblasene Schweinsblase, die im Begriff stand zu bersten. Er musste weiter.

Kurz vor dem Haus seiner Schwester überwältigte die Übelkeit ihn von Neuem. Zusammengekrümmt wankte er zu dem Fenster, hinter dem er seine Schwester und seinen Schwager im Bett wusste. Mit einem dumpfen Schlag prallte er an die Läden. Sein Arm fuhr durch die Luft, und bevor er zusammenbrach, hatte er gerade noch die Kraft zu einem lauten Klopfen.

Er wurde beinah verrückt vor Schmerz. Es war, als würden tausend Nadeln sein Fleisch durchbohren. Vorbeugen musste er sich; es war, als würde sein Magen Halt suchen. Benebelt durch den alles beherrschenden Anfall sah er im Dämmerlicht einen Baumstumpf. Er lag mit seinem Bauch darauf, als er hörte, wie sich ihm eine Stimme näherte. Gleichzeitig nahm er einen Geruch wahr, als läge ein Kadaver neben ihm.

„Jan, was ist los mit dir?" Im schwachen Licht einer Nachtlaterne sah er das Gesicht seines Schwagers.

„Oh, was haben deine Leute mir angetan!", stöhnte Jan. Noch einmal musste er sich heftig übergeben. Galle und Magensäure. Dann versank er in eine dunkle, erlösende Betäubung.

Das Verhör

Doldersum, den 17. März 1767

Es war warm in der Gaststube. Der Wirt hatte schon beizeiten ordentlich Feuer gemacht. An einem großen Tisch, der quer in der Mitte des Raumes stand, saß Landschreiber Kymmell. Er holte sein Schreibgerät aus einer ledernen Aktentasche und unterdrückte den Impuls, mit der Gänsefeder das Jucken zu bekämpfen, das er unter seiner Perücke verspürte. Neben ihm saß der Schultheiß von Diever und Umgebung. Während Kymmell all seine Utensilien sorgfältig auf dem Tisch anordnete, sah der Schultheiß ihm zu, die Arme über dem dicken Bauch verschränkt.

Der Wirt stellte beiden einen Becher Kaffee und ein Stück Roggenbrot mit Speck hin. Dann zog er sich in seine Wohnstube zurück.

„Lass den ersten Zeugen nur hereinkommen", sagte der Landschreiber und kaute auf seinem Roggenbrot. Der Schultheiß stand auf und ging zu der Tür, vor der der Ortspolizist Wache hielt. Er wechselte ein paar Sätze mit ihm und kehrte dann an seinen Platz zurück.

Kurz darauf betrat ein Mann die Gaststube. Der Landschreiber deutete auf den Stuhl, der auf der anderen Seite des Tisches stand, und sprach seine Anteilnahme aus.

„Name?"

„Luit Roelofs."

„Alter?"

„Sechsunddreißig Jahre."

„Verwandtschaftsverhältnis?"

„Schwager des Verstorbenen, Bruder von Elsjen Roelofs, der Frau des Verstorbenen." Der Mann bewegte sich unbehaglich auf seinem Stuhl, beobachtete Kymmell.

„Was ist in der Nacht vom elften auf den zwölften März geschehen?"

Der Bauer, der ihm gegenübersaß, drehte seine Kappe in den Händen und suchte nach Worten. Von dem würde er kein Wort zu viel hören, das war ihm sofort klar. Schon seit Jahren übte er seinen Beruf aus und kannte das Wesen dieser Bauern wie kein anderer.

„Meine Frau Hendrikjen und ich waren noch nicht lange im Bett, als wir einen dumpfen Aufprall und ein lautes Klopfen am Fenster hörten. Weil meine Frau den Kleinen noch stillt, brannte die Nachtlaterne. Die habe ich dann genommen, um zu sehen, was da draußen los war. Vor unserem Haus sah ich Jan Albers, meinen Schwager, auf einem Baumstumpf liegen. Er wimmerte und stöhnte und stank zehn Meter gegen den Wind. Ich fragte, was passiert sei. Er sah mich an und wimmerte: ‚Oh, was haben deine Leute mir angetan!'"

Kymmell bedeutete ihm, langsamer zu sprechen. In großer Eile schrieb er alles auf.

„Gut, und weiter?", fragte er, nachdem er seinen Becher leer getrunken hatte.

„Dann musste er sich furchtbar übergeben, aber es kam nicht viel heraus. Es schien, als würde er ohnmächtig. Hendrikjen, die mir inzwischen nach draußen gefolgt war, blieb bei ihm, während ich rüberrannte, um Elsjen zu rufen. Aber die kam nicht. Sie sagte, Jan würde sicher bloß rumjammern, und kam noch nicht mal aus dem Bett. Dann bin ich zu meiner Schwiegermutter gegangen. Um sie aus dem Bett zu bekommen, musste ich ihr erzählen, dass Hendrikjen im Begriff wäre, ihr Kind zu kriegen. Sie stand sofort auf, und als sie sah, was los war, hat sie gleich unseren Nachbarn, den Wirt, geholt."

Der Mann machte eine kurze Pause und wartete, bis der Landschreiber alles aufgeschrieben hatte. Dann fuhr er fort.

„Mit ihm habe ich Jan Albers dann reingeholt und vor die Feuerstelle* gelegt. Durch die Wärme kam Jan wieder ein bisschen zu sich, aber er würgte immer noch und fror, obwohl die Flammen inzwischen hoch aufloderten. Er meinte, dass er am Abend wahrscheinlich etwas Verkehrtes gegessen hätte. In seinem Brei wäre etwas gewesen, das grässlich geschmeckt hätte, aber um nicht wieder Streit mit Elsjen zu kriegen, hätte er trotzdem fast alles aufgegessen. Irgendwann begann er Blut zu spucken. Meine Schwiegermutter schickte sofort eines ihrer Kinder zum Pfarrer nach Vleddere, um ihn um Rat zu fragen. Als der Junge losgeritten war, haben wir versucht, Jan sauber zu machen. Es schien ihm etwas besser zu gehen, sodass wir ihn ins Bett legen konnten."

Ein Klopfen an der Dielentür ließ die Männer aufblicken. Der Wirt trat ein. „Wollt ihr noch etwas essen oder trinken?"

„Später, danke", sagte der Landschreiber. „Setz dich erst mal zu uns, ich muss dich ja auch noch vernehmen."

Der Wirt band seine Schürze ab, nahm sich einen Stuhl und setzte sich neben Luit Roelofs.

„Name?"

„Hendrik Claassen."

„Alter?"

„Fünfzig Jahre."

„Verhältnis zum Verstorbenen?"

---

* Das war damals eine offene Feuerstelle mitten im Raum, auf der gekocht wurde und um die man sich herumsetzte, um sich zu wärmen.

„Nachbar."

„Wie ich gehört habe, hattest du in der Nacht vom elften zum zwölften März ordentlich zu tun?"

„Ja, Herr Kymmell. Kurz vor Mitternacht rief mich Trijne, die Mutter von Jan Albers. Ich fand Jan mit seinem Schwager und seiner Schwester vor ihrer Tür. Luit und ich haben den Kranken dann ins Haus getragen. Hendrikje fachte das Feuer an, weil Jan Albers ständig klagte, dass ihm kalt wäre. Er hatte sich in die Hosen gemacht, und Luit Roelofs und ich versuchten ihn sauber zu machen. Er stank wie ein Schwein. Ab und zu wurde er ohnmächtig. Er sagte, er hätte etwas im Essen gehabt. Es wäre bitter gewesen wie Galle.

Als es ihm ein bisschen besser zu gehen schien, bin ich wieder ins Bett gegangen, aber ein paar Stunden später wurde ich noch mal gerufen. Jan Albers lag im Zimmer, mit dem Bauch quer über zwei Stühlen. Sein Gesicht war grau und sein Körper aufgeschwollen, und er hing da wie ein nasser Lappen. Er hatte auf Anraten des Pfarrers Öl und Essig bekommen, aber er brach es sofort wieder aus. Ich wusste nicht, was ich machen sollte. Gegen Morgen habe ich meinen Knecht losgeschickt, damit er Elsjen holte. Sie hat gesagt, sie würde kommen, aber sie kam nicht." Er schüttelte den Kopf.

„Später habe ich Hendrikjen noch geschickt", sagte Luit Roelofs. „Da war Elsjen dabei, den Kühen Wasser zu geben. Hendrikjen hat gesagt, wenn Elsjen ihren Mann noch lebendig sehen wollte, müsste sie kommen. Auch da kam sie nicht. Kurz nachdem Hendrikjen zurück war, starb Jan Albers."

Der Landschreiber sah auf der Oberlippe des jungen Bauern Schweißtropfen glänzen. Seine Feder kratzte übers Papier und hielt die letzten Worte fest. Dann sah er dem Wirt ins Gesicht.

„Kannst du das, was Luit Roelofs zuletzt gesagt hat, bestätigen?"

Hendrik Claassen nickte.

„Seid ihr beide bereit, das mit einem Eid zu bekräftigen?"

Der Landschreiber holte eine Bibel aus seiner Tasche und legte sie auf den Tisch. Zuerst legte Luit Roelofs die Hand darauf.

„Ja, so wahr mir Gott helfe."

Dann schwor auch der Wirt: „So wahr mir Gott, der Allmächtige, helfe."

„Du kannst nun einen Krug Bier für Herrn Van Riemsdijk und mich holen."

Der Wirt holte seine Schürze und band sie sich vor.

„Noch *eine* Frage." Der Landschreiber sah den Wirt scharf an. „Welchen Eindruck hast du von Elsjen?"

„Tja." Der Wirt suchte nach Worten und warf einen scheuen Blick auf Luit Roelofs, der aufgestanden war und seinen Stuhl an den Tisch schob. „Ich denke, sie ist eine vernünftige Frau. Sehr fleißig und eine tüchtige Hausfrau." Dann drehte er sich um und ging zu seinem Fass mit selbst gebrautem Bier.

Der Landschreiber wischte sich sein fettig gewordenes Kinn ab und spülte mit einem Schluck Bier die letzten Reste der Taubenpastete hinunter. Als der Schultheiß, der ebenfalls kräftig zugelangt hatte, ihm eine Prise Kautabak anbot, nahm Kymmell dankend an. Befriedigt lehnte er sich zurück und sah zu, wie der Wirt den Tisch abräumte. Dabei dachte er noch einmal über die Verhöre nach, die er an diesem Morgen geführt hatte. Als der Schultheiß den Ortspolizisten anwies, die nächsten Zeugen kommen zu lassen, fummelte der Landschreiber sich einen hängen gebliebenen Krümel aus seinem hohlen Backenzahn und spuckte ihn zusammen mit einem Tabakstrahl ins Feuer. Es zischte kurz auf.

Zwei Männer traten ein, wie Städter gekleidet. Der Landschreiber bedeutete ihnen, Platz zu nehmen, während Kymmell die Gänsefeder ins Tintenfass tauchte.

„Name?"

„Doktor Grasso."

„Name?"

„Wundarzt Bontjes."

„Wie lauten Eure Befunde?"

„Der Körper des Toten war stark angeschwollen, und die Nägel waren blau. Ein eindeutiger Hinweis auf eine Vergiftung. Wir haben den Toten in Höhe des Magens aufgeschnitten und sind dort auf eine schwarze Flüssigkeit und ein weißes Pulver gestoßen. Wir haben eine kleine Menge davon mit der Zunge geprüft und stellten fest, dass es stark brannte." Das Gesicht des Doktors verzog sich bei der Erinnerung an den Geschmack.

„Ja, es ist nicht verwunderlich, dass dem armen Kerl so elend war. Er ist ganz offensichtlich vergiftet worden." Der Wundarzt nickte nachdrücklich.

„Könnt Ihr beide das mit einem Eid bekräftigen?"

„Ja, so wahr mir Gott helfe."

„So wahr mir Gott helfe."

Kymmell führte sie zur Tür. „Könnt Ihr Eure Befunde schriftlich festhalten und mir zuschicken? Ja? Danke. Gute Rückreise."

Der Landschreiber wandte sich an den Schultheiß. „Du kannst den Angehörigen sagen, dass es ihnen nun freisteht, den Leichnam zum Haus der Mutter des Verstorbenen zu bringen." Der Schultheiß verließ die Gaststube und kam kurz darauf mit dem nächsten Zeugen herein.

„Hast du noch etwas von der geflohenen Täterin gehört?", fragte der Landschreiber den Schultheiß. Das Jucken unter seiner Perücke wurde so heftig, dass er es sich nicht verkneifen konnte, sich heimlich zu kratzen. Es war schrecklich warm in der Gaststube.

„Nein, aber ich habe inzwischen ein paar Jungen losgeschickt, um sie zu suchen“, antwortete der Schultheiß und blickte aus dem Fenster.

„Ich habe gesehen, dass Elsjen Roggenbrei gekocht hat zum Abendessen. Aber das war nichts Besonderes. Mir ist auch nicht aufgefallen, dass sie etwas in den Brei getan hat. Aber ich habe noch gesehen, wie sie die Schüsseln ausgeteilt hat. Sie hat auch Jan eine hingestellt, und es sah aus, als wäre alles in bester Ordnung. Als sie anfangen wollten zu essen, bin ich gegangen.“

Ein sechzehnjähriger Junge erstattete Bericht. Seine glatten Wangen und sein flachsblondes Haar ließen ihn jünger wirken, als er angegeben hatte.

„Was hast du dort im Haus gemacht?“

„Ich habe mit dem Kind gespielt.“

„Nein, Junge, ich meine, aus welchem Grund warst du gekommen?“

„Ich sollte eine Mistgabel ausleihen, denn unsere war gebrochen und …“

„Ja, ja“, unterbrach ihn der Landschreiber. Sollte solch einem Burschen, der ein bisschen mit einem Kind spielt, etwa auffallen, ob Elsjen Gift ins Essen rührt? Der Landschreiber schnaubte, während er die Aussage des Jungen niederschrieb.

Als Nächstes kam die Mutter des Jungen.

„Was weißt du von der Sache?“

Die Frau erzählte nur Dinge, die sie gehört hatte. Der Landschreiber notierte es zwar, aber schnell unterbrach er die Frau: „Du bestätigst eigentlich nur den Bericht von Luit Roelofs; hast du dem noch etwas hinzuzufügen?“

„Nun, es hat vielleicht nicht direkt etwas damit zu tun, obwohl …“

„Sag es nur, ich entscheide dann schon, ob es etwas zu bedeuten hat.“

Dieses Geschwätz langweilte ihn. Seine Kehle war ausgetrocknet, und ihn verlangte nach mehr Bier. Während die Frau mit ihrer Geschichte begann, gab er dem Wirt ein Zeichen. Dieser nickte und Kymmell sah, dass er ihn verstanden hatte, denn er ging mit zwei Krügen zum Bierfass.

„Eben, als ich auf dem Weg hierher war, wurde die Leiche von Jan Albers im Sarg über den Dorfplatz getragen, zum Haus seiner Mutter Trijne. Da kam Wemele, Elsjens Mutter, nach draußen. Wir sind Nachbarn, wisst Ihr. Wemele darf nicht zu Luit Roelofs und Hendrikjen ins Haus kommen und auch nicht zu Trijne. Sie wollte offenbar den Sarg sehen." Die Frau drehte die Hände unter ihrer Schürze.

„Nein, das tut wirklich nichts zur Sache." Der Landschreiber merkte, dass er ungeduldig wurde. Gierig nahm er den Bierkrug, den der Wirt auf den Tisch gestellt hatte, und trank ein paar Züge. Er sah, wie der Schultheiß es ihm nachtat. Die Wärme in der Gaststube machte durstig.

„Aber vielleicht wollt Ihr hören, was Wemele über ihre Tochter gesagt hat?"

„Gut, erzähl." Das konnte vielleicht doch interessant sein, dachte der Landschreiber, während er sich den Schaum von der Oberlippe wischte.

„Nun, ich sehe also, wie Wemele zu dem Sarg guckt, und dann sagt sie plötzlich: ‚Oh, ich fühle mich so elend wegen dieser Sache.' Ich sage: ‚Warum denn, wenn Elsjen keine Schuld trifft?' Und dann sagt sie, dass sie Elsjen gewarnt hätte, bloß keine Dummheiten zu machen. Und dann hab' ich noch von jemandem gehört, Elsjen hätte den Rest vom Brei der Sau gegeben. Die soll dann auch gestorben sein. Ich weiß nicht, was ich darüber denken soll, Herr Landschreiber."

„Das Denken kannst du ruhig mir überlassen, Frau. Bist du bereit, deine Aussage mit einem Eid zu beschwören?"

„Ja, so wahr mir Gott, der Allmächtige, helfe."

Nun folgten die Aussagen einiger Nachbarinnen. Sie behaupteten, Elsjen hätte gesagt, dass Jan Albers ohne sie angefangen hatte und nun auch ohne sie aufhören musste. Und sie solle gerufen haben, sie würde nie im Leben mit Jan Albers woanders hinziehen.

Ein Nachbar und Onkel von Jan Albers gab zu Protokoll, er habe seinen Neffen immer vor dieser Ehe gewarnt und dafür gesorgt, dass Elsjen vom Pfarrer Eheunterricht bekommen habe. Es habe aber nichts genützt.

Ein anderer Nachbar erzählte, wie fröhlich Jan neulich noch gewesen sei, als sie eines Sonntags zusammen zur Kirche fuhren. Jan habe gesagt, mit ihm und Elsjen würde nun alles gut werden.

Jemand anders widersprach. Als Jan vergangenen Montag bei ihm gewesen sei, um einen Korb und einen Tontopf zu kaufen, habe er gesagt, er hätte alles so satt. Sie hätten Streit über alles und jedes. Ein Riesentheater wegen irgendeiner Schlinge, hätte man gehört. Und Elsjen hätte Jans Wäsche nicht mehr waschen wollen. Aber vor allem das ständige Gemecker, weil Jan vorhatte, ein anderes Haus zu mieten.

„Gut, der Nächste." Der Schultheiß ging weg, und Kymmell spuckte seinen ausgekauten Tabak in Richtung der Feuerstelle. Der Strahl landete dicht vor dem Feuer auf dem Fußboden. Schade, dass er sein Ziel verfehlt hatte – das Zischen fand er immer so lustig.

Er dachte über diesen Nachmittag nach. Was ihnen noch fehlte, war eine Aussage von Elsjen selbst. Hoffentlich wurde sie gefunden.

Ein Mann und eine Frau traten ins Zimmer. Die Frau war schwanger und hatte rot geweinte Augen, was dem Mann offensichtlich peinlich war. Er schob ihr einen Stuhl hin und legte dann doch kurz die Hand auf ihre Schulter. Der Landschreiber wunderte sich über die Geste. Meist waren diese Bauersleute nicht so großzügig mit ihren Liebesbeweisen.

„Name?“

„Leffert Scheper.“

„Alter?“

„Dreiunddreißig Jahre.“

„Verhältnis zum Verstorbenen?“

Der Mann zögerte kurz und sagte dann: „Freund des Toten *und* seiner Frau.“

„Nun, was habt Ihr zu berichten?“

„Ich muss Euch sagen, dass in dem Haus von Jan und Elsjen Unfrieden herrschte. Erst kürzlich habe ich ein Gespräch zwischen Luit Roelofs und seinem Bruder mitbekommen. Ich kam mit meiner Herde gerade an den Äckern vorüber, als sich die Brüder mit ihren Kippwagen begegneten. Der von Luit voller Mist, der von Barteld noch leer. Luit hat gesagt, es wäre besser, wenn Barteld abhauen würde; Barteld antwortete, da würde er schon selber zusehen. Als ich Barteld später darauf ansprach und fragte, was sie gemeint hätten, ist er wortlos weitergefahren. Es lief schon eine ganze Zeit lang schlecht mit Elsjen und Jan. Das ist alles, was ich zu sagen habe.“

Der Landschreiber schaute die Frau an, die immer noch weinte, ohne irgendeinen Laut von sich zu geben. Weinende Frauen ließen ihn immer weich werden. Er richtete sich auf.

„Name?“

„Hillegijn Albers, verheiratet mit Leffert Scheper.“

„Alter?“

„Dreißig Jahre.“

„Was hast du zu sagen?“

„Wir wurden von dem Bruder von Jan Albers benachrichtigt. Aber da war es schon früh am Morgen. Mein Mann ist ein guter Freund von Jan, am Abend zuvor haben wir noch miteinander

Kaffee getrunken. Ich bin oft mit Elsjen zusammen, und jetzt … jetzt mussten wir miterleben, wie Jan Albers starb. Aber Elsjen …“ Ihr liefen Tränen über die Wangen. Sie schluckte ein paar Mal heftig. Der Landschreiber wandte den Blick ab.

„Ich will nur sagen, dass Elsjen ein liebes Mädchen gewesen ist …“

Um ihr einen Gefallen zu tun, schrieb der Landschreiber diese letzte Bemerkung mit kratzender Feder aufs Papier. Er tadelte sich selbst im Stillen wegen seiner Schwäche. Ihm war nach einem Schnaps zumute. Dann sah er die Frau an.

„War es das?“ Hillegijn nickte.

„Kannst du deine Aussage beschwören?“

„Ja, so wahr mir Gott, der Allmächtige, helfe.“

Hillegijn und Leffert standen auf und gingen zur Tür, durch die nun der Ortspolizist eintrat.

„Herr Kymmell und Herr Van Riemsdijk, soeben haben zwei Jungen gemeldet, dass sie Elsjen gefunden haben. Draußen bei den Feldern. Sie hatte sich zwischen ein paar Sträuchern versteckt.“

Kymmell nickte dem Schultheißen zu. „Hol sie her. Sag ihr, dass es schon nicht so schlimm werden wird. Und nimm Hillegijn mit. Das wird ihr Mut machen.“ Er winkte dem Wirt zu, der gerade wieder hereinkam.

Assen, 4. August 1767

Dies sind die ersten Buchstaben auf dem Papier, das ich von Folkert, dem Gefängniswärter, bekam. Ich habe es ihm aus den Händen gerissen, ohne mich zu bedanken. Mit diesen Schlüsseln, die an seinem Gürtel klappern, ist er derjenige, der mich hier gefangen hält; so sieht es zumindest aus. Ich habe keine Lust, ihm ein Wort zu gönnen für das, wofür er bezahlt wird.

Ich muss irgendwie anfangen, nachdem ich monatelang geschwiegen habe. Inzwischen habe ich mir Tinte und Kerzen gekauft – für die Nächte, in denen ich nicht schlafen kann.

Der Gefängniswärter ist noch ziemlich misstrauisch. Zum soundsovielten Mal schiebt er die Klappe weg, um zu kontrollieren, was ich mache. Ich tue, als ob ich es nicht merke, aber das ändert nichts daran, dass ich ihm am liebsten mit der Faust ins Gesicht schlagen würde. Er wird sich schon daran gewöhnen, dass ich in Zukunft schreiben werde.

Meine Handschrift ist zittrig. Gestützt von einem Kissen liege ich auf meinem Lager. Zwischen meinen Beinen fließt Blut auf die Lumpen, die ich immer wieder von Janna bekomme. Blut, das vergeblich fließt. Meine Tochter ist nicht mehr da. Ein paar Minuten, nachdem ich sie geboren hatte, nahm die Hebamme sie mir aus den Armen. Der Schmerz in meinem Herzen ist kaum zu beschreiben. Er lässt sich vielleicht am ehesten mit den Wehen vergleichen, die mein Kind aus meinem Körper gepresst haben. Es ist ein Schmerz, der mich zerreißt und bewirkt, dass ich niemanden in meiner Nähe ertrage. Am liebsten würde ich schreien.

Nun will ich ihn, statt daran zugrunde zu gehen, in Worte fassen. Worte für mein Neugeborenes und für das dreijährige Kind, das ich bei der Familie meines Mannes zurücklassen musste.

Meine Brüste habe ich abgebunden, aber trotzdem sind sie zum Platzen gespannt. Meine Brustwarzen sehnen sich nach dem Mündchen meiner Kleinen. Meine Hände wollen das Gesicht meines Buben umfassen, meine Lippen wollen ihm einen Kuss auf die Stirn drücken. Ich bitte Gott, dass er mir hilft zu schreiben – für meine Kinder und für mich selbst, um so meinen Schmerz zu lindern und meine Seele zu heilen.

Die Einzige, der ich erlaube, mir meine Pein ein wenig zu erleichtern, ist Janna, auch wenn ich mich immer wieder frage, warum. Kann ich ihr vertrauen? Warum ist sie so freundlich? Was will sie von mir? Sie ist die Frau, die am Abend vor der Niederkunft auf mich aufgepasst hat. Mein Kind kam zu früh. Ich rief Janna noch in derselben Nacht, als die Wehen stärker wurden. Auch jetzt ist sie jede Nacht da. Wenn ich sie brauche, kann ich sie rufen, denn sie schläft in der Nachbarzelle. Nun schon die siebte Nacht.

Dadurch, dass sie und das Kind gekommen sind, hat sich etwas verändert. Es ist etwas in Gang gesetzt worden, das ich nicht mehr aufhalten kann. Der unbezwingbare Drang, Worte zu finden für das, was bis zum heutigen Tag mein Leben bestimmt hat.

Nach meinem Empfinden war Janna erst in dem Moment wirklich da, als die Hebamme mit meiner Kleinen weggehen wollte. Ich hatte nicht versucht sie festzuhalten, hielt nur die Arme ausgestreckt. Dann war Janna da. Ich weiß, dass sie mir am Vorabend schon meinen Abendbrei gebracht hatte, aber da hatte ich auch sie behandelt, als wäre sie Luft. Sie tat nur, was sie tun musste; vielleicht hatte sie sich schon ihr Urteil über mich gebildet, auch wenn ich das nicht sicher weiß. Ich hatte mir angewöhnt, niemandem ins Gesicht zu blicken. Aber etwas geschah in dem Moment, als sie dafür sorgte, dass ich trotz der Entrüstung der Hebamme mein Kind ein paar Minuten lang im Arm halten durfte. Lange genug, um mir das Antlitz meiner kleinen Tochter ins Gedächtnis einzuprägen.

In ihrem runden Gesichtchen, das von pechschwarzen Haaren umrahmt war, öffneten sich kurz die Augen, und sie sah mich an. Ich hatte den Eindruck, dass sie mein Gesicht ebenso in sich aufnahm wie ich ihres. Ich hoffe, sie wird niemals vergessen, dass ich ihre Mutter bin.

Gleichzeitig drängt sich mir nun der Gedanke auf, dass sie nie wissen wird, wer ihr Vater war; ihn wird sie niemals sehen können. Natürlich werden die Leute ihr erzählen, wer er war, wie er starb und welche Rolle ich dabei spielte.

Hier gebiete ich meinen Gedanken Einhalt. Daran will ich nicht denken. Es kommt durch meine Tochter, dass ihr Vater mir wieder vor Augen steht. Ein Mann, den ich nie wirklich gekannt habe. Der auch nie erfahren hat, dass ich wieder schwanger war. Ich will mich nicht an ihn erinnern.

Ich denke wieder an das Gesicht meines Mädchens. Ich habe es in mich eingesaugt, bin mit den Lippen über die Haare, ihr Näschen gefahren, habe ihren Atem auf meiner Wange gespürt wie einen leisen Hauch, zart wie der Flügelschlag eines Schmetterlings ... bis die Hebamme fand, dass es genug war, und mir mein Kind aus der Zelle trug.

Janna wusch mich, half mir zurück auf mein Lager und räumte all die schmutzigen Lappen weg. Ich biss die Zähne zusammen und wandte das Gesicht ab. Aber bevor ich das tat, sah ich *ihr* Gesicht. Jannas Gesicht war das erste, das mich nicht verurteilte – das erkannte ich sofort. Ich sehe es auch jetzt noch in ihren Augen, ich merke es an ihrer Haltung.

Sieben Nächte lang habe ich getrauert und nachgedacht. In mir ist etwas gereift, das nun im Begriff ist aufzubrechen. Ich bin unschuldig! Das ist es, was ich meinen Kindern deutlich machen will. Das ist es, was ich nach jedem Verhör durch Landschreiber Kymmell rufen wollte, während ich durch den überdachten offenen Gang an der Bleiche entlang zurücklief zum Gefängnis. So laut wollte ich es rufen, dass es durch die Mauern des Landschaftshauses hindurchdringen und ganz Assen es erfahren würde. So laut, dass es bis nach Doldersum hinüberhallt in das Dorf, an das ich meine frühesten Erinnerungen habe.

Wapse/Doldersum, Dezember 1742

Ich war gut viereinhalb Jahre alt, als mein Vater, Roelof Bartelds, starb. Dass er tot war, verstand ich erst, als ich neben meiner Mutter in dem Planwagen saß. Sie trug tiefschwarze Kleidung und saß in zusammengekrümmter Haltung da, die Arme steif vor dem Bauch verschränkt. Ihr Gesicht war schneeweiß und sie hatte rot verweinte Augen. Ich fragte sie, ob sie Bauchweh hätte. Oder vielleicht war ihr kalt? Sie antwortete nicht. Ich wollte auch wissen, warum die Plane schwarz war. Wieder keine Antwort.

Ich sah, wie Barteld, der Nachbar und noch ein paar Männer mit einer Kiste aus dem Haus kamen und sie in den Planwagen vor uns schoben. Dann wurde die Plane zugezogen, und ich konnte die Kiste nicht mehr sehen. Vielleicht mussten Decken mitgenommen werden oder Kleidung, dachte ich.

Ich blickte an meiner Mutter vorbei zu meinem Bruder Luit. Er starrte vor sich ins Leere. Manchmal zogen sich seine Mundwinkel nach unten, und es sah aus, als würde er anfangen zu weinen. Ich hatte Luit noch nie weinen sehen, er war ein großer Junge von elf Jahren. Ob Mutter ihm leidtat, weil sie Bauchschmerzen hatte? Bauchschmerzen waren schlimm, das wusste ich aus Erfahrung. Als ich im Frühherbst einmal unreife Fallapfel gegessen hatte, litt ich zwei Tage lang unter schrecklichen Krämpfen. Aber Mutter konnte unmöglich saure Äpfel gegessen haben. Was war nur los? Warum sagte sie nichts?

In diesem Moment hörte ich die Stimme von Barteld, meinem ältesten Bruder. Er rief dem Nachbarn zu, dass er bereit sei zur Abfahrt. Der Wagen des Nachbarn setzte sich in Bewegung.

Ich hatte gesehen, wie er an diesem Morgen eine schwarze Plane über seinen Wagen gespannt und dann das Pferd angeschirrt hatte. Aus dem Mund des Nachbarn und den Nüstern des Pferdes kamen weiße Wolken. Ich sah es durch die kleinen Fenster des Hinterhauses, wo ich an dem Tisch, der nahe an der Feuerstelle stand, mit den Knöpfen spielen durfte, die die Nachbarin in einer Schachtel aufbewahrte. Ich machte Häuser daraus und Bäume und eine Kuh. Aber die Kuh wollte nicht gelingen, und ich dachte, dass die Nachbarin seufzte, weil *ich* so tief geseufzt hatte.

Ich war am Tag zuvor bei unseren Nachbarn geblieben, weil mein Vater von einem bockigen Pferd getreten worden war. Die Nachbarin erzählte mir das, als sie mich bei meiner Rückkehr vom Dorfplatz abfing. Ich war hinter dem Schäfer hergelaufen, der die Schafe zu den Ställen aller Bauern in der Nachbarschaft zurückbrachte. Sie war mir in den Weg getreten und hatte gesagt, dass ich nicht nach Hause könnte, weil meine Mutter sich um Vater kümmern müsste. Da wäre ich nur im Weg. Ich sei ja schon ein großes Mädchen und begriffe das bestimmt. So blieb ich dort und schlief in einem fremden Bett, traurig, weil Vater und Mutter nicht im selben Zimmer waren. Ich blieb bei ihnen, bis die Nachbarin mich am nächsten Tag mitnahm. Sie setzte mich in den Wagen, in dem meine Mutter saß. Ich war sehr froh, dass ich sie sah, aber sie antwortete nicht auf meine fröhliche Begrüßung. Luit gab mir ein Zeichen, dass ich still sein sollte.

So wie der Wagen vor uns setzte sich auch unserer in Bewegung. Ich wusste durch die kurzen Gespräche, die ich aufgeschnappt hatte, dass wir zu meinen Großeltern nach Doldersum fahren würden. Ich betrachtete das Pferd vor unserem Wagen und fragte mich, welches wohl Vater getreten hatte. Der Gedanke an ihn bewirkte, dass ich unvermittelt fragte: „Warum kommt Vater nicht mit?"

Meine Mutter starrte mich fassungslos an. Dann packte sie mich am Arm und flüsterte: „Halt! Wir müssen anhalten, die

Bienen!“ Das letzte Wort flüsterte sie immer wieder. Ich begriff überhaupt nichts. Mussten die Bienen auch mit? Aber ehe ich das fragen konnte, erhob sich Luit mit einem Ruck und packte Barteld an den Schultern.

„Halt an, die Bienen!“

Barteld brachte das Pferd zum Stehen, sprang vom Bock, rief dem Nachbarn irgendetwas zu und lief zum Obstgarten hinüber. So schnell ich konnte, kletterte ich aus dem Wageninnern auf den Bock und ließ mich von dort auf dem Bauch nach unten gleiten. Luit rief mir zu, dass ich sitzen bleiben müsse, aber Mutter sagte nichts. Also lief ich hinter Barteld her. Er stand schon bei den Körben, als ich ihn einholte. Ich griff nach seiner Hand, und er sah mich erschrocken an.

„Was ist denn, Barteld? Müssen die Bienen auch mit?“

„Nein, ich habe etwas vergessen; geh zu Mutter, ich komme gleich.“

„Bitte, Barteld, Mutter sagt nichts und Luit auch nicht.“

Er sah mich einen Augenblick unentschlossen an, aber ich wusste schon, dass er Ja sagen würde. Barteld konnte mir kaum einen Wunsch abschlagen.

„Gut“, sagte er und hob mich hoch. Dann lief er mit mir auf den ersten Korb zu, klopfte leise daran und sagte: „Immen, euer Herr ist tot.“

Das wiederholte er bei jedem Korb, und langsam drang zu mir durch, wen er mit „euer Herr“ meinte. Vater war tot!

Ich packte Bartelds Gesicht und drehte es zu mir. „Ist Vater tot?“

„Ja, Mädchen, Vater ist tot. Die Bienen müssen es wissen, sonst schwärmen sie vielleicht aus.“ Für einen Moment legte er seine Wange an meine. Ohne ein weiteres Wort lief er zurück zum Wagen und hob mich hinein. Dann kletterte er auf den Bock, ergriff die Zügel und schnalzte mit der Zunge.

Durch den Ruck, den der Wagen machte, als das Pferd sich in Bewegung setzte, stieß ich mir das Knie. Der stechende Schmerz trieb mir die Tränen in die Augen, aber ich gab keinen Laut von mir. Schnell setzte ich mich hin und sah Mutter an; ihre Haltung war unverändert. Es schien, als würde sie etwas gefangen halten hinter ihren verschränkten Armen.

Von der Fahrt nach Doldersum weiß ich nur noch, dass ich mir die Tränen verbiss, weil niemand da war, der mich hätte trösten können. Ich musste immer an Vater denken und an das tote Kalb, das vor einiger Zeit bei unserem Haus gelegen hatte, mit steif ausgestreckten Beinen, halb geöffnetem Maul und großen Augen, die ins Leere starrten.

Der Tag des Begräbnisses hatte zwei Gesichter, ein trauriges und ein frohes.

Alle Nachbarn aus Wapse und Doldersum kamen mit ihren schwarzen Wagen hergefahren. Ich saß im Hinterhaus auf der untersten Sprosse der Leiter, die zum Speicher führte, und sah sie vor den offenen Tennentoren stehen. Trotz der vielen Wagen und Menschen, die herausstiegen, herrschte eine Stille, wie es sie sonst nur in der Kirche gibt, bevor der Pfarrer eintritt. Es war, als hielten sogar die Pferde den Atem an. Ab und zu wurde die Stille unterbrochen, wenn jemand etwas flüsterte, eine Kuh muhte oder ein Pferd mit den Hufen scharrte. Aber die beiden letzten Geräusche gehörten so sehr zu unserem Alltag, dass ich sie kaum wahrnahm. Es war kalt auf der Tenne, aber obwohl ich sonst lieber am Feuer saß, blieb ich an meinem Platz, weil ich so das Geschehen besser im Blick hatte.

Alle Leute waren schwarz angezogen. Die Männer in ihren Sonntagsanzügen und schwarzen Oberhemden, die Frauen in schwarzen Jacken und fest um die Schultern gezogenen Umschlagtüchern. Und schwarze Röcke trugen sie. Kein Lila, kein

Grün, die kräftigen Farben, die ich so liebte, vor allem, wenn sie glänzten. Keine blinkenden Ohreisen, Halsspangen oder Korallenketten. Unter den hohen schwarzen Hüten der Frauen lugte nur ein schmaler Rand der weißen Hauben hervor, die sie darunter trugen.

Auch ich bekam an jenem Morgen eine schwarze Jacke angezogen. Sie war schwer und drückte mir auf die Schultern. Jedes Mal, wenn ich an mir herunterschaute und meine schwarzen Kleider sah, spürte ich, wie Trauer in mir aufstieg, und ich fragte mich, ob die Schwere und das tiefe Schwarz der Kleider die anderen auch so traurig machten.

An die Tage vor dem Begräbnis habe ich so gut wie keine Erinnerung. Ich erinnere mich nur noch an das Bett, in das ich oft kroch und in dem ich mit Mutter schlief. Und an die Kiste im Vorderhaus, in die Otie, die Mutter meiner Mutter, hineinschaute, zusammen mit einer Reihe von Nachbarn, die vorbeigekommen waren. Die Männer hatten ernste Gesichter, die Frauen Tränen in den Augen. Das sah ich, wenn ich durch den Türspalt hineinspähte.

Ich durfte nicht ins Vorderhaus kommen. Mutter war nicht ansprechbar, und Otie war damit beschäftigt, all das Essen für die Beerdigung vorzubereiten. Die Nachbarinnen kamen, um ihren Beitrag für das Mahl zu bringen; Bierfässer wurden ins Haus gerollt. Barteld war oft weg und nahm Luit mit. Später begriff ich, dass er immer wieder nach Wapse zurückmusste, um das Vieh zu versorgen und das Korn zu dreschen.

Einmal nahm Barteld mich auf den Schoß. Ich lehnte mich still an ihn.

„Wo ist Vater jetzt?“, fragte ich.

„Er liegt in der Kiste“, sagte Barteld mir leise ins Ohr. Er konnte nicht gut flüstern.

Die Kiste! Die war also nicht für Kleider oder Bettwäsche.

Vater war mit uns mitgefahren – und wir würden ihn in der Kiste aufbewahren.

„Sieht er jetzt aus wie das tote Kalb?"

„Welches Kalb?"

„Das mit den steifen Beinen und den offenen Augen."

„Ach! Nein, Mädchen, er liegt ganz friedlich da, beinah so, als würde er schlafen."

Ich hatte Vater manchmal auf dem Stuhl schlafen sehen, mit zurückgelegtem Kopf und weit offenem Mund. Barteld hatte sagen wollen, dass er schön aussah, aber ich fand es seltsam, wie Vater schlief.

„Steht sein Mund offen?"

„Nein, er ist zu."

Ich versuchte mir Vater mit geschlossenem Mund und geschlossenen Augen vorzustellen. Aber plötzlich wusste ich nicht mehr, wie er aussah. In Gedanken versuchte ich ein Bild von seinem Gesicht entstehen zu lassen, aber es gelang mir nicht.

Ich durfte nicht mit zum Friedhof und blieb bei ein paar Nachbarinnen, die die letzten Vorbereitungen für den Leichenschmaus trafen. Ich saß auf meiner Sprosse und sah die Wagen wegfahren. Ich hatte keine Ahnung, was sie vorhatten. Ich hörte wohl, dass sie von „begraben" sprachen, und fragte mich, was die vielen Leute auf dem Friedhof graben mussten. Vielleicht wurden dort neue Bäume gepflanzt? Oder schöne Steine aufgestellt?

Als die Verwandten und Nachbarn wieder zurückkamen, sagte mir Otie, ich müsste mich in die Reihe stellen. Erst Mutter, dann Großvater, dann Otie, dann Barteld, dann Luit und dann ich. Die Tennentore waren geschlossen; die Gäste kamen durch die Seitentür ins Haus. Die Erwachsenen gingen alle an uns vorüber, gaben Mutter, Großvater und Otie die Hand und murmelten unverständliche Worte. Barteld und Luit bekamen ein

Kopfnicken, und ich betrachtete ihre schwarzen Hosen mit den Silberknöpfen, die schwarzen Röcke mit den vorgebundenen Schürzen. Ihre Hände waren sauber, sie hatten wohl nicht allzu viel in der Erde gegraben.

Ich wurde ein bisschen müde von all diesen Hosen und Röcken. Ich blickte zu Boden und betrachtete ihr Schuhwerk, Schuhe mit glänzenden Spangen, Schnürstiefel und später die Holzschuhe, sauber gescheuert. Die fand ich am schönsten, denn sie waren nicht schwarz. Eine alte Frau, die mir irgendwie bekannt vorkam, legte mir die Hand auf den Kopf und sagte: „Guten Tag, mein kleines Elsjen." Sie lächelte und ich sah, dass sie nur im Unterkiefer noch zwei Zähne hatte. Sie gab mir ein Stück Kandiszucker.

Dann begann die Mahlzeit: Aus den großen Zinnkannen wurde Kaffee ausgeschenkt. Erst gab es Roggenbrötchen und Brei mit geschmolzener Butter und Honig. Dann kam der Stockfisch mit Erbsen auf den Tisch, anschließend das Bier und dann gab es wieder Roggenbrot.

Ich weiß, dass es so gemacht wurde, denn später habe ich es noch oft genug miterlebt: Was mir vor allem auffiel, war, dass mit jedem Gang der Mahlzeit auch ein Teil der Traurigkeit abgetragen wurde, bis der große Kreis von Tischen und Stühlen an eine fröhliche Tafel erinnerte. Nur zu dem Tisch, an dem ich mit meinen nächsten Angehörigen saß, wollte die Festtagsstimmung nicht durchdringen.

Die Kinder der Nachbarn verließen ihren Platz, und auch ich rutschte von meinem Stuhl. Ohne es zu beabsichtigen, ging ich zu der Tür, die zum Vorderhaus führte. Sie stand einen Spaltbreit offen, und ich spähte hinein. Die Stelle, wo die Kiste gestanden hatte, war leer. Ich betrat das Zimmer und sah mich um. Keine Kiste. Ich schaute in die schönen Betten, die nur von Gästen benutzt wurden. Sie waren leer.

Wann war die Kiste weggeholt worden? Als ich morgens noch im Bett gelegen und auf das Klappern der Melkeimer, das Muhen der Kühe und das Prasseln des Herdfeuers gelauscht hatte? Oder als ich später eine Zeit lang auf dem Abort hinten in der Diele saß?

Ich versuchte, die Truhen zu öffnen, die an den Wänden standen, aber es gelang mir nicht.

Ich ging zurück zum Hinterhaus und sah meine Mutter an. Sie saß immer noch in derselben Haltung da, blass und zusammengesunken, die Arme an den Leib gepresst. Sie starrte vor sich hin und schien den Lärm um sie herum gar nicht wahrzunehmen. Otie und Großvater redeten mit Verwandten, die ihren Stuhl zu ihnen an den Tisch gerückt hatten, und Luit sah ich nicht mehr. Dann bemerkte ich, dass Barteld mich anschaute. Ich ging zu ihm und kletterte auf seinen Schoß. Ich zog seinen Kopf zu mir und fragte: „Die Kiste ist verschwunden, in der Vater schläft. Wo ist er jetzt?“

Er erschrak ein bisschen, zog mich an sich und sagte: „Mädchen, wir haben Vater doch heute begraben.“

Assen, 7. August 1767

Seltsam, wie ein Gesicht verschwimmen kann. Als Kind versuchte ich noch oft, meinen Vater in Gedanken zurückzuholen. Am Anfang gelang es mir immer recht gut, sodass ich ihn beinah vor mir sah. Später erinnerte ich mich nur noch an die Haltung, die er einnahm, wenn er vor dem Essen betete.

Meine Erinnerung blieb beschränkt auf das Gefühl der Sicherheit, das ich verspürte, wenn ich in seine starken Arme geschmiegt auf seinem Schoß saß. Ich denke, dass ich mich, nachdem er so unerwartet aus meinem Leben verschwand, nie mehr so sicher gefühlt habe. Ich suchte diese Geborgenheit wohl, aber ich fand sie nicht. Nicht einmal bei dem Mann, der mir dies hätte bieten müssen. Aber an ihn will ich nicht denken.

Ich versuche immer noch, mir das Gesicht meines Vaters vorzustellen. Vielleicht habe ich in einem verborgenen Winkel meines Gedächtnisses ein Bild von ihm bewahrt. Damit tröste ich mich auch, wenn ich an mein Mädchen denke. Sie hat als Erstes mein Gesicht gesehen und wird mich niemals vergessen.

Meine Gedanken sind fortwährend bei meinen Kindern, und ich mache mir schreckliche Sorgen um sie. Dieses elende Loch mit seinen vier Wänden und dem einen hohen Fenster macht mich rasend. Manchmal kann ich die Enge spüren, wenn ich wie eine Verrückte hin- und herlaufe. Gerade sah ich eine Spinne, und ich bin darauf herumgetrampelt, bis keine Spur mehr von ihr übrig war. Die bloße Tatsache, dass ich hier sitze, macht mich verrückt. Es ängstigt mich, und ich frage mich, ob ich aufhören soll zu schreiben.

Was habe ich bloß getan, bevor ich damit anfing? Die Zeit bis zur Geburt meines Kindes bestand aus leeren Tagen, an die ich kaum eine Erinnerung habe. Nur, dass ich immer wieder dachte: Was tue ich hier? Jan ist nicht tot. Sie sind alle gegen mich. Was tue ich hier? Dachte ich sonst noch etwas? Fühlte ich etwas?

Und jetzt diese Raserei. Es kam durch das, was Janna gesagt hat. Heute Abend kam sie mit einer Nachricht. Sie erzählte es, bevor sie meinen Eimer leerte. Ich dachte, dass ich mich freuen würde, was für eine Nachricht es auch sei, solange sie nur mit zu Hause zu tun hatte. Aber sie machte mich zornig.

„Ich hörte vom Landschreiber, dass dein Töchterchen am zweiten August getauft worden ist. Die Familie deines Mannes hat es ihm mitgeteilt. Er erzählte es mir, als ich ihm seinen Kaffee brachte. Und dein Bübchen ist bei der Mutter deines Mannes", sagte sie, während sie mit dem Eimer in den Händen vor mir stand. Es war, als hätte sie mir eine Ohrfeige gegeben. Ich wandte mein Gesicht ab und wartete, bis sie aus der Tür ging.

Meine Kinder – in wessen Armen? Wessen Arme hatten mein Mädchen über das Taufbecken gehalten? Meine Mutter und Barteld sind bestimmt nicht dabei gewesen, das hat die nörgelige, herrschsüchtige Trijne gewiss nicht zugelassen. Sie wird die Kleine selbst gehalten haben. Und dann der Name. Jantien haben sie mein Mädchen genannt, nach seinem Vater. Aber wenn ich freikomme, werde ich ihr einen anderen Namen geben. Jantien, wie können diese Holzköpfe sich unterstehen, das zu entscheiden, ohne mich zu fragen?

Eben kam Janna, um mir den Abendbrei zu bringen. Ich habe mich nicht bedankt, sie noch nicht einmal angeschaut. Ich wollte ihr wehtun. Was will diese Frau von mir mit ihrer Freundlichkeit? Ich habe die Schüssel mit dem Brei zur Seite geschoben. Jetzt wird er kalt. Ich denke nicht daran, ihn zu essen. Ich fühle mich noch elender.

Jans Familie kann mich mal. Denen werde ich was husten. Ich gebe meinem Mädchen einen anderen Namen. Ich werde sie nicht nach irgendeinem Verwandten benennen. Sie kriegt einen neuen Namen, der für einen ganz neuen Anfang steht. Vielleicht Eva? Ja, Eva, das ist schön.

Janna brachte mir noch zwei neue Lappen. Ich versuchte zu lächeln, aber es gelang mir nicht.

„Deine Kleine ist übrigens bei einer Hillegijn. Die kann sie stillen, weil sie selbst auch einen Säugling hat. Das wollte ich dir noch sagen."

Gut, dass sie Eva bei Hillegijn untergebracht haben, das ist besser als bei meiner Schwiegermutter. Wir waren gleichzeitig in Umständen. Hillegijn wird gut für sie sorgen, solange ich noch nicht da bin. Es ist nur schade, dass das Brüderchen der Kleinen nicht bei ihr ist. Ich hatte es mir so schön vorgestellt: ein Schwesterchen für Roelof. Ob Roelof mich noch erkennt? Er hat mich nun seit fünf Monaten nicht gesehen. Wie sehne ich mich nach seinen molligen Ärmchen, die er mir um den Hals schlang, nach seinem dicken Bäuchlein, das ich manchmal gekitzelt habe, bis er vor Lachen umfiel. Wenn ich meine Augen lange geschlossen halte und mir die eigenen Hände um den Hals lege, dann kommt es oft ganz nah, mein Bübchen.

Der Gedanke an meine Kinder hält mich aufrecht, die Vorstellung, dass Roelof mir, wenn ich freikomme, die Arme um den Hals schlingt … Er hielt sich immer lieber bei mir in der Küche auf als bei seinem Vater. Als wenn er gewusst hätte, wie sehr ich es brauchte, ihm all meine Liebe zu schenken. Ich habe ihn nie dazu ermuntert, seinen Vater zu begleiten, aus lauter Angst, dass er sich von mir abwenden würde.

Jetzt stocke ich. Plötzlich drängt sich mir die Frage auf, ob ich ihn so an mich binden wollte, wie ich selbst an meine Mutter gebunden war. Wie komme ich plötzlich auf diesen Gedanken? Er lässt mich nicht los. Eigentlich will ich mich dieser Frage stellen, aber es kostet mich viel Mühe. Das ist doch der Grund, warum ich angefangen habe zu schreiben, halte ich mir vor: um Rechenschaft abzulegen. Aber es kann sein, dass ich gemeinsam mit den Erinnerungen auch andere Dinge zutage fördere.

Gestern habe ich Janna erzählt, dass ich schreibe. Daraufhin hat sie mir ein Kästchen gebracht, in dem ich die beschriebenen Blätter aufbewahren kann. Ich schreibe vor allem nachts, um durch die endlosen Stunden zu kommen, in denen ich sonst grübeln würde. Bei Tageslicht gefangen zu sein ist anders als bei

Nacht. Tagsüber höre ich die Geräusche eines vorüberratternden Fahrzeugs, das Schreien spielender Kinder und das Lallen des Landstreichers, der nebenan eingesperrt ist und die unflätigsten Lieder singt. Er wird bestimmt eine Geldstrafe bekommen und dann ausgepeitscht und verbannt werden, sagt Janna. Sie arbeitet schon so lange im Landschaftshaus, dass sie schon weiß, wie die Strafen ausfallen. Aber daran will ich nicht denken.

Tagsüber kann ich auch noch durch die gesprungene Fensterscheibe schauen und den Himmel sehen. Manchmal treibt eine Wolke vorbei, oder ich sehe einen Vogel fliegen. Ich schaue ihnen nach, solange ich kann. Ja, bei Tage gibt es Ablenkung, und ich kann das Geschriebene überdenken. Einen Teil der Nacht verbringe ich damit, beim Licht meines schrumpfenden Kerzenvorrats zu schreiben. Mehr und mehr verspüre ich auch den Drang, über das, was ich geschrieben habe, mit Janna zu reden. Sie ist jede Nacht hier. Wie konnte ich vorhin nur so grob zu ihr sein? Ich werde ihren Brei aufessen. Und morgen werde ich nett sein.

Doldersum, Februar 1743

Ich überlegte mir, dass ich meinen Vater vielleicht einmal heimlich ausgraben könnte; dann würde ich den Deckel hochheben und ihn anschauen, wie er dort unter der Erde schlief. Aber als ich eines Sonntags an der Hand von Barteld vor dem frischen Grab stehen blieb, begriff ich, dass dieser Plan niemals gelingen würde.

„Hier liegt Vater“, sagte er, während Otie, Mutter und Luit weitergingen. Ich steckte sofort meine Hand in den Sand, um nach dem Sarg zu tasten. Die kalte Erde ließ mich schaudern.

„Was machst du da?“, fragte Barteld.

„Ich will die Kiste fühlen.“

„Das geht nicht, die liegt *so* tief unter der Erde“, sagte er und hielt die Arme weit auseinander.

Trotz seines Unfalls war mein Vater ein schöner Toter gewesen. Das hörte ich meine Mutter und Otie flüstern. Das war, nachdem Barteld meinen Großvater beim Melken tot unter seiner Kuh gefunden hatte. Vielleicht hatte es vorher niemand laut ausgesprochen, dass Vater schön aussah in seinem Sarg. Später hörte ich, dass man das nicht sagen dürfte, weil dann bald noch jemand anders sterben würde.

Der Tod meines Vaters hatte meine Mutter verändert. Sie war nun eine stille, abwesend erscheinende Frau, so als sei mit ihm auch ein Stück von ihr begraben worden. Meine Otie dagegen reagierte ganz anders. Es war, als übernähme sie die Rolle gleich mehrerer Menschen: Meiner Mutter gegenüber nahm sie den Platz meines Vaters ein und organisierte die Arbeiten auf dem Hof. Für Mutter blieben nur kleinere Aufgaben wie das Feuer in Gang zu halten und die Tassen zu spülen. Als dann mein Großvater starb, ging das Leben so weiter, wie wir es gewohnt waren. Der einzige Unterschied war, dass ein Knecht eingestellt wurde und Mutter und ich in ein Bett im Vorderhaus umzogen.

Nach meiner Erinnerung war der Vater meiner Mutter ein lieber, guter Großvater, der mir ab und zu durchs Haar strich, wenn ich mein Häubchen absetzte, und mir ab und zu ein Stückchen Kandiszucker aus einem Schälchen gab, wenn Otie es nicht sah. „Nicht der Frau sagen“, flüsterte er dann, und ich fühlte mich geehrt, weil wir ein Geheimnis miteinander hatten. Ich lutschte den Zucker so unauffällig, dass Otie nichts merkte und ich Großvater nicht in Verlegenheit brachte. Ich vermisste ihn zwar und weinte, als er begraben wurde; aber was die Abläufe auf unserem Hof anging, machte sein Tod keinen großen Unterschied.

Otie wollte zusammen mit Barteld, Luit und dem Knecht nahe beim Vieh sein. Von ihrem Bett im Hinterhaus aus sah und hörte sie die Tiere, für die sie sorgte; so konnte sie die Jungen oder den Knecht wecken, wenn es nötig war.

Nach dem Tod meines Vaters war die Hälfte seines Grundbesitzes, der Teil, der zur Gemarkung Wapse gehörte, verkauft oder gegen Grundstücke in der Gemarkung Doldersum eingetauscht worden. Die andere Hälfte behielt Otie, damit wir kein Land zu pachten brauchten. So hatten wir genug Futter für unser Vieh. Die Pferde meines Vaters kamen auf den Hof meiner Großeltern, und mit vier Pferden waren wir nun Vollbauern.

Als Großvater starb, war der Leichenschmaus noch reichhaltiger als bei Vaters Begräbnis. „Die Menschen sollen wissen, dass wir Vollbauern sind", sagte Otie zu Mutter, als sie deswegen eine Bemerkung gemacht hatte.

Ich freute mich über das neue Bett. Das Vorderhaus strahlte Ruhe und Vornehmheit aus. Im Zimmer stand ein großer Schrank, der mit Bettwäsche, Wollstoffen, Kleidung, Hauben und vielleicht noch manchem anderen gefüllt war. Wenn Besuch kam, ließ Otie die Tür einen Spaltbreit offen. Außerdem standen dort noch zwei kunstvoll geschnitzte Truhen, ein Spinnrad und ein Eckschrank mit Geschirr und der kupfernen Tabakdose. An der Wand hingen Großvaters Pfeifen und die kupferne Bettpfanne, und in der Mitte des Raumes standen ein runder, dreibeiniger Tisch und auf Hochglanz polierte gedrechselte Stühle mit geflochtenen Sitzen. Unter dem Tisch hatte Otie mit Sand ein prächtiges Motiv auf den Boden gestreut.

Ebenso wie im Hinterhaus gab es drei Betten an der rechten Wand. Ich schlief mit Mutter im ersten. Ganz selten nahm sie mich kurz in die Arme, bevor wir schlafen gingen, und drückte mir einen Kuss auf die Stirn. Ab und zu wurde ich wach, wenn sie sich im Bett umdrehte und stöhnte. Manchmal weinte sie im Schlaf. Wenn ich sie zu trösten versuchte, drehte sie sich um und schlief weiter. Jeden Morgen klagte sie, dass sie schlecht geschlafen und die halbe Nacht wach gelegen hätte. Wenn Otie ihr nichts zu tun gab, saß sie einfach nur da und starrte ins Feuer.

In der Nacht nach Großvaters Begräbnis weckten mich ihre tastenden Hände. „Roelof, wo bist du?“, murmelte sie. Sie begann zu stöhnen und sich herumzuwälzen. Plötzlich setzte sie sich auf, drehte sich zu mir, schüttelte mich heftig und schrie: „Roelof, wach auf, das Kind ist tot, das Kind ist tot!“ Dann schluchzte sie auf und begann zu weinen.

„Nicht weinen, Mutter, ich bin doch da, nicht weinen“, rief ich verwirrt, während sie immer verzweifelter schluchzte. Plötzlich beruhigte sie sich und nahm mich in die Arme. „Elsjen, du bist es, Gott sei gedankt, du bist nicht tot. *Du* bleibst am Leben, nicht wahr, du lässt mich nicht allein?“ Und bevor ich etwas antworten konnte, drückte sie mich so heftig an sich, dass ich beinah keine Luft mehr bekam.

Ihre sanfte Berührung gefiel mir, aber diese stürmische Umarmung hatte etwas Beängstigendes, und ich versuchte mich zu befreien. Aber sie zog mich nur umso fester an sich. Ihr Arm drückte so stark auf meinen Hals, dass er mir die Kehle zuschnürte und ich kaum noch atmen konnte. Ich versuchte zu schreien, brachte aber nur ein schwaches Krächzen heraus. Ich begann, wie wild zu zappeln, aber meine Mutter, die tagsüber so schwach wirkte, hatte plötzlich unglaublich viel Kraft. Langsam gab ich auf.

Auf einmal knarrten die Türen, eine Kerze flackerte und ich hörte einen Schlag über meinem Kopf, dann Oties Stimme, die gebieterisch sagte: „Lass sie los, Wemele, lass los!“ Dann noch ein Schlag in das Gesicht meiner Mutter. Langsam lockerte sie ihren Griff, und ich schnappte nach Luft.

Ich spürte Oties Hände unter meinen Achseln und merkte, wie sie mich aus dem Bett hob. Sie sank auf einen Stuhl und zog mich auf ihren Schoß.

„Atmen, Kind!“, befahl sie, als ich einen Schluckauf bekam und nur noch krampfhaft röcheln konnte. „So!“ Sie atmete mir vor und es war erstaunlich, wie das wirkte. Meine Atmung setzte wieder ein, und Otie setzte mich auf ihren Stuhl und eilte zu meiner Mutter.

In dem flackernden Licht sah ich, wie meine Mutter mich mit fiebrig glänzenden Augen anstarrte. Dann begann sie leise zu weinen. „Ruhig jetzt, leg dich hin, mach die Augen wieder zu“, sagte Otie zu ihr. Meine Mutter legte sich gehorsam hin und Otie verschloss die Betttüren. Dann nahm sie mich mit in ihr eigenes Bett.

„So, jetzt schlafen wir weiter“, sagte sie, und schon bald hörte ich an ihrem Schnarchen, dass ihr das erstaunlich schnell gelungen war.

Es war eine seltsame Erfahrung: Während ich an meine Mutter dachte, wollte ich nahe bei ihr sein und sie trösten. Gleichzeitig war ich erleichtert, dass ich sicher bei Otie lag.

Die nächsten Tage blieb Mutter im Bett, und Otie verbot mir, zu ihr zu gehen.

Nach jener Nacht bekam ich mein eigenes Bett im Vorderhaus, das letzte der drei, wenn man hereinkam. Obwohl ich mich manchmal nach der Wärme meiner Mutter sehnte, gewöhnte ich mich schnell an mein eigenes Plätzchen. Es war solch ein sicherer kleiner Raum, wo ich auf dem Wandbrett alles aufbewahren konnte. Einen schönen Stein, die Haut einer Natter, die Luit mir einmal mitgebracht hatte, und auch einen Strauß Trockenblumen, den ich von Lieven bekommen hatte und durch den ich das ganze Jahr lang den Sommer riechen konnte.

Als Mutters Fieber drei Tage anhielt, schickte Otie mich zu Muhme Lieven. Otie sagte, dass ich sie so nennen müsse, weil sie eine Schwester von Großvater war. Ich bekam einen Sack gemahlenen Roggen mit und sollte sagen, dass das Fieber bei Mutter nicht heruntergehen wollte. Otie erklärte mir, dass ich den Dorfplatz überqueren und dann der Schaftrift in Richtung der Felder folgen sollte, den Weg, auf dem wir immer ins Dorf hineinfuhren, wenn wir aus Wapse kamen. Dann würde ich von selbst auf einen kleinen Kotten stoßen. Da müsste ich hin.

Ich war noch nicht oft allein draußen gewesen; nur wenn Berent Scheper die Schafe zurückbrachte, schaute ich zu, wie er mit ihnen über die Trift gelaufen kam. Jedes Mal kam es mir wieder wie ein Wunder vor, dass unsere Schafe von selbst ihren Weg aus der großen Herde zu dem Verschlag fanden, der schräg an unseren Hof angebaut war.

Während ich über den Dorfplatz mit seinen hohen Eichen ging, sog ich die kühle Luft ein. Nachdem ich wochenlang nur am Feuer gesessen hatte oder den Dunst der warmen Tierleiber eingeatmet hatte, konnte ich nicht genug davon bekommen. Es fror zwar leicht, aber die Sonne schien, und all dies miteinander gab mir ein Gefühl, als ob ich ein Vogel wäre. Ich machte übermütige Sprünge, und der Mehlsack schlug an meine Beine. Hier und dort standen Bauernhöfe am Dorfplatz, so wie in Wapse. Irgendwann würde ich erfahren, wer dort wohnte, aber jetzt musste ich zu Muhme Lieven.

Ihr Häuschen stand direkt am Waldrand. Es hatte nur eine kleine Tür und ein Fenster an der Vorderseite. Später erfuhr ich, dass am Rand des Dorfes noch mehr solcher Kotten standen. Dort wohnten Witwen oder alleinstehende Frauen, alte Männer ohne Kinder oder Tagelöhner. Das Häuschen von Muhme Lieven gehörte zu unserem Besitz, und solange sie lebte, durfte sie darin wohnen.

Ich wollte an die Tür klopfen, aber die ging bereits auf, und in der Öffnung stand die alte Frau mit den zwei Zähnen, die mir bei Vaters Begräbnis das Kandisstückchen gegeben hatte.

„Elsjen, du bist es, mein Kind? Wie schön, dass du kommst." Lieven streckte mir ihre Hand entgegen, und ich trat in ihre kleine Wohnung.

„Das ist für dich von Otie." Ich hielt ihr den Stoffsack mit Roggenmehl hin.

Sie nahm ihn und stellte ihn auf eine kleine Truhe an der Wand. Dann setzte sie sich auf einen Stuhl am Feuer und klopfte mit der Hand auf den anderen neben ihr.

„Komm, setz dich, Elsjen."

Von meinem Platz aus sah ich mich neugierig um. Der Raum war klein, aber gemütlich warm. Ab und zu zog der Rauch nicht gerade nach oben in den Kamin, sodass die Luft ein bisschen verräuchert war. Aber da war noch ein anderer Geruch im Zimmer, den ich nicht kannte.

An der Rückwand stand ein kleiner Schrank und daneben ein Regal mit Töpfen und Krügen. An den Henkeln waren kleine Papierstücke festgebunden, auf denen ich Zeichen entdeckte. Ich glaube, es war das erste Mal, dass ich handgeschriebene Buchstaben sah.

Überall hingen getrocknete Blumen von der Decke herunter, und auf dem Tisch in der Ecke standen allerlei Gerätschaften – Schälchen, Messer, ein Mörser und ein Kupfertopf mit einem Henkel, der an den Haken über dem Feuer gehängt werden konnte.

Als mein Blick durch das ganze Zimmer geschweift war, kehrte er wieder zum Gesicht von Muhme Lieven zurück. Sie sah mich lachend an. Sie hatte ein faltiges Gesicht, und ihre Augen strahlten warm und freundlich.

„Na, alles gesehen? Es ist nicht so groß wie bei deiner Otie, aber ich bin auch kein Vollbauer. Ich freue mich jeden Tag über das, was Gott mir schenkt. Kennst du die Geschichte von Peer und Minna schon?"

Ich schüttelte den Kopf.

„Erst mal ein Kandisstückchen, und wenn du das dann lutschst, erzähle ich sie dir." Sie nahm ein Töpfchen vom Regal und gab mir zwei Zuckerstücke. Ich steckte mir eins in den Mund und das andere in die Tasche meines Unterrocks.

Lieven wartete, bis ich fertig war. „Es ist eine ganz alte Geschichte, aus der Zeit, als Drenthe noch zur katholischen Kirche gehörte. Mein Großvater bekam die Geschichte erzählt, als er klein war:

Es war einmal ein Bauer, der hatte zwei Dienstboten: Peer und Minna. Sie gewannen einander lieb und heirateten. Der Bauer ließ sie in solch einem Häuschen wohnen, wie ich es jetzt habe. Eines Tages machte Minna ihren Speicher sauber und fand dort eine große dicke Bohne. Es war Frühjahr, und sie steckte die Bohne neben dem Haus in die Erde. Sie begann sofort zu wachsen, so hoch, dass niemand mehr das Ende sehen konnte – höher als die Wolken.

Eines Tages sagte Minna: ‚Peer, klettere mal an der Pflanze hinauf und sieh nach, wie hoch sie ist. Vielleicht reicht sie bis in den Himmel hinein.' Im Himmel, da wohnt Gott, und dein Vater und dein Großvater wohnen dort auch. Gott hat sie zu sich geholt."

„Ja? Wie denn? Sie liegen doch in der Erde?" Ich spürte, wie ich plötzlich froh wurde.

„Ja, Gott hat seine Engel geschickt, um sie heraufzuholen. Und es ist herrlich im Himmel, so schön wie im Frühling, mit Tausenden von Blumen und grünen Bäumen, und immer scheint die Sonne. Aber jetzt geht die Geschichte weiter. Denn Minna sagte: ‚Wenn du im Himmel ankommst, Peer, dann musst du den lieben Gott bitten, dass er einen Bauern aus dir macht.‘

Peer kletterte und kletterte, und nach vielen Stunden kam er zur Himmelstür, und dort stand der Apostel Petrus. Peer erzählte ihm, warum er nach oben geklettert war und was Minna sich wünschte. Petrus sagte, dass ihr Wunsch in Erfüllung gehen würde, und als Peer nach unten kam, hatten sie plötzlich viele Kühe.

Als Minna das sah, war sie noch nicht zufrieden. Sie schickte Peer wieder nach oben, um zu fragen, ob er nicht noch ein paar Schafe dazubekommen konnte. Petrus sagte, das gehe schon in Ordnung, und als er wieder unten war, fand Peer seine Frau bei einer Schafherde sitzen.“ Lieven hielt kurz inne.

„Und?“, fragte ich. Wie würden sie sich nun freuen, dachte ich.

Lieven lachte. „Minna war auf den Geschmack gekommen, und sie bat Peer, wieder nach oben zu klettern und darum zu bitten, dass Gott sie zu einem König und einer Königin machte. Auch das geschah. Aber Minna war inzwischen habgierig geworden. Sie bat Peer, noch ein letztes Mal die Pflanze hinaufzuklettern und zu fragen, ob er der liebe Gott werden könnte und sie die Gottesmutter Maria.

‚Ihr Narren‘, bekam Peer zur Antwort, als er oben war. ‚So etwas darf man niemals verlangen. Zur Strafe für euren Hochmut werdet ihr fortan als Eulen herumfliegen, und der Tag soll eure Nacht sein und die Nacht euer Tag.‘ Und als Peer nach unten kam, hatte er zwei Flügel, und auch Minna flatterte herum. Jetzt hast du gehört, wie die Eule und der Eulerich entstanden sind. Und wenn du ihnen mal begegnest, dann weißt du, wie das kommt.“ Lieven nickte und sah mich ernst an, doch dann lachte sie schon wieder.

„Was für eine tiefe Falte.“ Lieven rieb mit ihrem Finger zwischen meinen Augen. „Weg damit, sonst erzähle ich dir nie wieder eine Geschichte. Und nun bringst du mir also einen Sack Roggenmehl! Aber den wird Otie dir nicht einfach so mitgegeben haben. Erzähl schon – warum bist du gekommen?“

Als ich mit einem Saft aus in Branntwein eingelegten Benediktenkrautblättern zurücklief, schwor ich mir hoch und heilig, mich auf die Suche nach solch einem Wunderbaum zu machen. Ich betete zu Gott, dass er mich einen finden ließ, und war überzeugt davon, dass er meine Bitte erhören würde. Ich würde hinaufklettern, wenn er bis in den Himmel gewachsen war. Oben würde ich Vater und Großvater zuwinken, falls ich sie sah, aber ich nahm mir vor, dann nur einen einzigen Wunsch auszusprechen: dass es Mutter wieder besser ging.

Assen, 10. August 1767

Wie mag es Mutter jetzt gehen? An dem Tag, als der Schultheiß mich mitnahm in dieses Gefängnis, bekam ich noch kurz die Gelegenheit, mit meinen Brüdern zu sprechen. Ich hatte die Nacht im Keller des Wirtshauses verbracht, mit dem Ortspolizisten vor der Tür. Es war mir damals eigentlich nicht bewusst, dass ich eine Gefangene war, und seltsamerweise schlief ich gut auf der Matratze, die man mir dort hingelegt hatte. Ich hatte eigentlich nicht geglaubt, dass Jan wirklich tot war.

Als ich am nächsten Morgen unter den Augen des Schultheißen meinen Brüdern begegnete, begann mir etwas zu dämmern. Ihre Gesichter waren so ernst. Selbst Barteld lachte kein einziges Mal.

„Ihr habt doch gesagt, es wird nicht so schlimm werden? Ich habe keinen Mord begangen“, sagte ich zum Schultheißen. Aber der blickte nur zur Seite und antwortete: „Das war eine List. Sonst hätten wir dich nicht so leicht zu fassen bekommen. Du hast ja auch deinen Mann mit einer List um die Ecke gebracht, und so haben wir dich jetzt geschnappt.“ Er sah meine Brüder an und sagte: „Noch zehn Minuten, dann gehen wir nach Assen.“

Erst da begann ich zu begreifen, dass ich wirklich eine Gefangene war. Ich musste ins Gefängnis nach Assen. Und ich dachte an Mutter, nicht einmal an mein eigenes Kind. Ich habe mich nicht von meinem Kind verabschiedet, konnte ihm nicht sagen, dass ich zurückkommen werde. Ich könnte mich selbst ohrfeigen. Stattdessen habe ich Barteld eingeschärft, vor allem eine Magd einzustellen. Ich habe ihm gesagt, dass Mutter es allein niemals schaffen würde. Aber ich weiß nicht, ob er das getan hat, ich erfahre überhaupt nichts in diesem elenden Loch. Ich darf auch keinen Besuch bekommen, bin abhängig von dem, was Janna hört.

Mutter braucht zumindest nicht für meine Kinder zu sorgen, auch wenn es mir lieber gewesen wäre, wenn Roelof bei ihr und Barteld geblieben wäre. Sie würden die Erinnerung an mich lebendig halten. Bei Jans Eltern werden sie mich nun wohl totschweigen.

Ich weiß, dass Jan tot ist, auch wenn ich ihn selbst nicht tot gesehen habe. Ich weiß es, weil ich hier sitze und weil das ganze Dorf dabeistand und alle mich mit anklagenden Augen angeschaut haben, als der Schultheiß mich nach Assen abführte. Ich weiß es, weil der Landschreiber mich fünfmal verhört hat und mir immer wieder klarzumachen versuchte, dass ich meinen Mann ermordet habe. Ich saß da in seinem Zimmer, durch dessen Fenster man den Dorfplatz von Assen sehen konnte. Die Bäume waren grün und dahinter winkte die Freiheit, aber es schien, als würden seine Verhöre zu nichts führen, auch wenn ich ihm tausend Mal zuschrie, dass ich meinen Mann *nicht* ermordet habe. Ich wollte sagen, dass ich nicht in dieses Zimmer gehörte, sondern nach draußen. Ich gehöre nicht ins Gefängnis. Ich gehöre, verdammt noch mal, zu meinen Kindern.

Ich kehre in Gedanken in die Vergangenheit zurück und stelle mir vor, dass alles anders verläuft, aber dann öffne ich die Augen und sehe die kahlen Mauern und spüre, wie die Hitze des Tages langsam in dieses Loch hereindringt. Nun scheint schon seit Tagen die Sonne, und tagsüber wird es schwül in meiner Zelle. Ab und zu dringt ein ekelhafter, fauliger Geruch herein. Die Abfalltonnen, die draußen neben meinem Fenster stehen, beginnen einen abscheulichen Gestank zu verbreiten. Ich hoffe, dass sie bald geleert werden. Es kommen immer mehr Fliegen durch die zerbrochene Fensterscheibe herein. Ich fange sie mit der Hand, wenn sie es wagen, sich auf mich zu setzen. Oder ich erschlage sie mit einem zusammengedrehten Stück Stoff, wenn sie ahnungslos an den Wänden sitzen.

Ich sehne mich nach der Freiheit, nach meinen Kindern. Ich will zum Brunnen bei unserem Garten gehen und von dem frischen Wasser trinken. Ich will im Obstgarten einen Apfel pflücken. Hineinbeißen, bis mir der Saft über das Kinn läuft, kleine Stücke für meinen kleinen Jungen abbeißen, daran riechen, bis der Duft mich schwindlig macht. Ich will meine Kinder umarmen. Ich will meine Kinder! Ich will mit ihnen über die Felder laufen, einem Bussard nach.

Ich zwinge mich selbst dazu, das, was ich geschrieben habe, noch einmal zu lesen und darüber nachzudenken. So komme ich durch die Tage und ab und zu, wenn ich nicht mehr schreiben kann, auch durch einen Teil der Nachtstunden.

Ich will weiterschreiben, ich muss. Es scheint, als würde ich durch das Schreiben vieles noch einmal erleben, als würde das

Leben, das ich bis jetzt geführt habe, dadurch sichtbar werden, dass ich alles in Worte fasse.

So wie ich mich früher in meinem Bett verkroch und die Gardinen oder notfalls auch die Türen zuzog, so scheinen meine Erinnerungen hinter Türen versteckt zu sein, die nun langsam aufgehen. Durch das Schreiben scheint etwas in Gang zu kommen, das sich nicht mehr bremsen lässt. Manchmal habe ich Angst davor. Was, wenn ich es nicht mehr im Griff habe? Wenn ich nur daran denke, wie eifrig ich mich auf die Suche nach dem großen Wunderbaum machte, damit es meiner Mutter besser ging, steigt in mir ein Schmerz auf, den ich nicht einordnen kann.

Ich musste darüber reden. So wie immer kam Janna auch heute Abend, um mir Gute Nacht zu sagen. Sie leerte meinen Eimer mit Kot und blutigen Lappen.

Ich blute stark dieses Mal, darum habe ich sie gefragt, ob sie für mich die Spitzen weißer Taubnesseln sammeln kann, um den Wochenfluss zu stillen. Ich habe ihr erklärt, dass sie die Pflanzen eine Zeit lang in kochendem Wasser ziehen lassen muss und dass ich den Absud dann trinken werde. Sie fragte mich erstaunt, woher ich das wüsste.

„Findest du, es passt nicht zu mir?"

„Nun, du kamst als stolze Bäuerin hier herein. Da denkt man nicht gleich an eine Frau, die sich mit Heilkräutern auskennt."

Ich erzählte ihr von Lieven, von dem Wunderbaum und meiner brennenden Sehnsucht, einen solchen zu finden. Mir schossen Tränen in die Augen, zu meiner Beschämung konnte ich sie nicht unterdrücken. Ich spürte, dass mein Herz klopfte wie eine schmerzhaft entzündete Wunde. Nun würde sie gleich sagen: Eine Frau, die ihren Mann mit Arsenik ermordet, weint wegen eines Wunderbaums. Wie rührend …

Aber Janna legte mir im Vorübergehen die Hand auf den

Arm: „Gut, dass du mir diese Dinge erzählst. Dass du daran gedacht hast; ein Mensch kann vergessen, dass er einmal Kind gewesen ist."

Janna ist anders als die Frau, die tagsüber Wache hält. Ich weiß, dass sie Geld damit verdienen, dass sie mich bewachen, aber bei Janna merkt man das nicht. Sie hat auch Arbeit als Haushälterin im Landschaftshaus, wozu sollte sie diesen zusätzlichen Verdienst brauchen?

Manchmal denke ich, dass sie es nicht wegen des Geldes macht, sondern dass sie als Engel in mein Leben gekommen ist, so wie damals Lieven in mein Leben kam. Lieven hat meinem Leben mit ihrer Einfachheit und ihren Geschichten Glanz verliehen. Einen Glanz wie den eines goldenen Ohrrings, der im Dunkeln vom Licht einer Kerze erhellt wird. Aber das verstehe ich erst jetzt.

Doldersum, April 1744

In dem Moment, als ich die Leiter zum Speicher bemerkte, war im Hinterhaus kein Mensch zu sehen. Großmutter war da, aber die machte, was selten genug vorkam, gerade in ihrem Bett ein Nickerchen. Wo Mutter, die sich meist am Herd aufhielt, in dem Moment war, wusste ich nicht. In der letzten Zeit nahm sie wieder öfter selbst etwas in die Hand und starrte nicht mehr so oft ins Leere.

Ich blickte mich noch einmal um, sah aber nur Hühner, die unter dem Tisch herumscharrten, um die Krümel aufzupicken, die beim Mittagessen heruntergefallen waren, Kühe, die friedlich in den Tiefställen lagen und wiederkäuten, und das Jungvieh auf der anderen Seite der Diele. Seit ich Lievens Geschichte gehört hatte, war ich neugierig auf den Speicher, weil vielleicht dort diese Wunderbohne zu finden war. Ich hatte schon lange gesucht, aber noch keine gefunden. Einmal hatte ich wohl eine etwas größere Bohne in die Erde gesteckt. Aber als Barteld sah, wie ich im Obstgarten eine Bohne pflanzte, meinte er, jetzt sei nicht die richtige Jahreszeit. Die Bohne keimte nicht; es war also keine Wunderbohne, denn die wäre unter allen Umständen gewachsen.

Ich durfte nie auf den Speicher, weil dort die Ernte aufbewahrt wurde. Dies war das erste Mal, dass niemand in der Nähe war. Schnell kletterte ich nach oben und trat im Halbdunkel auf die Bodenbretter. Als meine Augen sich an die Dunkelheit gewöhnt hatten, schob ich mich Schritt für Schritt an Roggen, Hafer, Zwiebeln und einem kleinen Vorrat Wintermöhren entlang. Der größte Teil der Ernte war schon aufgegessen. Darüber hinaus war wenig zu entdecken: ein paar alte Körbe, ein umgekipptes Spinnrad und ein paar Eichenbretter. Die warteten dort auf den Tod. Großvaters Brett war nicht mehr da; daraus hatte der Zimmermann in Vleddere vor über einem Jahr den Sarg gemacht.

Ich versuchte mich lautlos zu bewegen, aber *einmal* konnte ich nicht verhindern, dass ein breites Bodenbrett unter meinem Gewicht knarrte. Ich blieb stehen und wartete, bis es wieder still war. Unten hörte ich nichts.

Von Otie wusste ich, dass der Bauernhof schon vor hundert Jahren gebaut worden war; allerdings zunächst ohne Vorderhaus. Das konnte man immer noch sehen, weil unten zwischen dem Vorderhaus und der Diele ebenso viele Fenster und Fensterläden waren wie an der Vorderfront.

Vorsichtig ging ich in die Knie und tastete auf dem Boden nach Bohnen. Ich wusste, dass die Erbsen- und Bohnenschoten eine Zeit lang auf dem Speicher gehangen hatten, bevor ich sie mit Mutter enthülst hatte, und dass sie nun in Töpfen aufbewahrt wurden. So schob ich mich unter dem Reetdach über den Boden vor bis zur Öffnung in der Vorderwand.

Als ich einmal vor dem Haus gestanden hatte, war mir aufgefallen, dass oberhalb der Fenster ein Stück vom Dach nach vorn ragte. Dadurch befand sich in der Vorderwand eine Öffnung, die durch Gitterstäbe gesichert war. Otie sagte, so herrsche immer ein Luftzug auf dem Speicher, und die Vorräte könnten nicht schimmeln.

Ich kroch weiter bis zu dieser Öffnung und legte mich auf den Bauch, das Gesicht dicht vor den Gitterstäben. Von hier aus konnte ich den Brotofen sehen, einen Teil des Obstgartens und ein Stück des Weges, der ums Haus führte.

Auf einem Zweig saß ein Buchfink zwischen den zarten Blättern und den eben aufgegangenen Blüten und flötete im Sonnenlicht. Kurz darauf gesellte sich ein Weibchen hinzu. Dieses hatte den Schnabel voller Halme. Es sah aus, als würde sie ihr Männchen ermahnen, seine Zeit nicht mit Flöten zu vertun, sondern ihr beim Nestbau zu helfen, denn sie flogen gemeinsam davon.

Ich fand es lustig, dass *ich* die beiden sah, sie mich aber nicht. Ich stützte den Kopf auf die Hände und betrachtete den Wall, der unser Haus und die Häuser der anderen Dorfbewohner von den Feldern und dem Weideland abgrenzte.

Ich stellte mir vor, wie schön es wäre, wenn ich von Zeit zu Zeit kurz in den Himmel klettern und da oben die Welt unter mir betrachten könnte. Dann würde ich sehen, was meine Brüder machten und wo Mutter auf einmal geblieben war. Ich hatte ein schlechtes Gewissen, weil ich nun doch auf dem verbotenen Speicher lag und mich so vor der Arbeit drückte, die Otie mir aufgetragen hatte: die Zinnteller zu spülen.

„Elsjen!" Von der Längsseite des Hauses ertönte Mutters Stimme. Noch einmal rief sie nach mir, aber natürlich reagierte ich nicht. Die Stimme kam näher, und plötzlich sah ich Mutter unter der Öffnung stehen, über der ich lag. Ich lachte still in mich hinein. Wenn ich keinen Muckser von mir gab, würde sie nie erfahren, dass ich hier oben war und sie beobachtete. Es störte mich, dass sie immer wissen wollte, wo ich war, als ob ich noch ein Kleinkind wäre. Immer öfter hörte ich sie fragen, wenn sie mich einen Moment vermisste: „Wo ist Elsjen nur?"

Mutter schaute sich um, ging weiter und dann sah ich sie nicht mehr. Ihre Stimme ertönte nun von der anderen Seite des Hauses her. Kurz darauf erschien sie wieder in meinem Gesichtsfeld, rief noch einmal nach mir und murmelte dann etwas in sich hinein. Als sie einen Moment aufblickte, sah ich, dass ihre Augen ein bisschen ängstlich wirkten. Fast hätte ich nach ihr gerufen, aber gerade noch rechtzeitig wurde mir klar, dass ich damit mein Versteck preisgeben und Gefahr laufen würde, bestraft zu werden. Natürlich hatte ich auch eine gute Chance, dass Mutter darüber hinwegsah, wie so oft, aber Otie würde das nicht tun. Ich konnte mich noch gut an die Tracht Prügel erinnern, die sie mir versetzt hatte, als ich einen Topf mit Bohnen auf den Boden gekippt hatte, um nach der Wunderbohne zu suchen. Ich konnte ihr noch nicht einmal erklären, dass ich etwas Gutes tat, so böse war sie. Mutter versuchte sie zurückzuhalten, aber Otie schob sie weg und sagte: „Ein Kind muss fest angefasst werden, Wemele, überlass das am besten mir."

Ich musste kurz eingeschlafen sein, denn plötzlich schreckte mich die Stimme von Barteld auf, der hinter dem Haus einem Pferd befahl, still zu stehen.

Schnell richtete ich mich auf, klopfte mir den Staub aus den Kleidern und schlich zur Leiter. Zu dumm, ich hatte mir nicht überlegt, wie ich ungesehen wieder hinunterkommen sollte. Inzwischen konnten Mutter oder Otie schon beim Herd oder am Tisch sitzen. Ich bereute, dass ich die Zeit hatte verstreichen lassen, ohne nach der großen Wunderbohne zu suchen.

Vor der Leiter kniete ich mich hin und streckte den Kopf hinunter, um zu sehen, ob jemand in der Nähe war. In dem Moment hörte ich, wie Mutter sich von draußen der Tenne näherte.

Ich drehte mich um, tastete mit meinem Holzschuh nach der ersten Sprosse und glitt so schnell wie möglich nach unten. Meine Holzschuhe klapperten, und ich erschrak, als sich plötzlich Hände um meinen Bauch legten und mich hochhoben. Eine bekannte Stimme flüsterte mir ins Ohr: „Vor wem bist du auf der Flucht? War der Leibhaftige hinter dir her? Du weißt doch, dass er sich am liebsten auf dunklen Speichern versteckt, um unartige Mädchen zu fangen?“

Ich schrie auf und zitterte bei dem Gedanken, dass diese schwarzhaarige Schreckensgestalt mit ihren Pferdehufen und Hörnern auf dem Kopf dort irgendwo auf dem Speicher gelegen und auf mich gelauert haben könnte. Ich zappelte in Bartelds Armen. Er war so stark!

Barteld begann mich zu kitzeln. „Also, was hast du auf dem verbotenen Speicher gemacht? Bist du eine Schnüffelnase oder nicht?“ Ich wusste, dass er weitermachen würde, bis ich nicht mehr konnte, und so gab ich keuchend zu: „Ja, ja, ich bin eine Schnüffelnase.“

„Gut, Schnüffelnase, dann will ich dir noch was zeigen, komm.“ Er trug mich die paar Schritte zu der niedrigen Seitentür, die offenstand, setzte mich ab und hielt nach beiden Seiten Ausschau. „Schön, niemand in der Nähe. Komm, wir schleichen uns kurz davon.“

Er nahm meine Hand, und wir gingen zum Wall. Meine Augen brauchten einen Augenblick, um sich an das helle Sonnenlicht zu gewöhnen. Barteld zog mich hinter sich her auf die andere Seite, und gemeinsam liefen wir den Weg entlang, der zu den Feldern führte.

„Was willst du mir zeigen, Barteld?“

„Siehst du wohl, du bist eine neugierige kleine Schnüffelnase.“

Er kletterte auf den Wall und blieb bei einem Baum stehen, dessen Äste bis zum Boden reichten. Er schob mich vor und ließ mich auf den Baum klettern. Dann kletterte er mir nach, während eine erschrockene Taube davonflog. „Siehst du das Nest? Da musst du hinklettern.“

Kurz darauf konnte ich in das Nest schauen. Es war nachlässig aus Zweigen und Gräsern gebaut. Ich strich mit den Fingern über die Eier, die sich noch warm anfühlten.

„Schön“, flüsterte ich, als fürchtete ich, dass die Eier zerbrächen, wenn ich zu laut sprach.

„In einer Woche gehen wir wieder gucken“, sagte Barteld. „Wir passen auf, wann sie schlüpfen, und vielleicht nehmen wir irgendwann ein paar mit und hängen sie in einem Käfig über die Tür zum Vorderhaus. Die Kleinen binden wir dann mit einem Bein an das Nest, damit sie nicht wegfliegen können, aber noch gefüttert werden, bis sie groß genug sind, um selbst zu fressen. Und dann nehmen wir sie mit für Mutter. Ein paar Tauben über der Tür, das bringt Frieden ins Haus. Wie findest du das?“

Ich bewunderte meinen Bruder. Vielleicht war das ein noch besserer Plan als meine Suche nach der Wunderbohne. Er war auf jeden Fall leichter umzusetzen.

„Komm, wir dürfen das Muttertier nicht zu lange vom Nest fernhalten.“ Barteld stieg hinab und stützte mich von der Seite, damit ich nicht fiel. Ich schob seine Hand weg. Ich konnte selbst auf Bäume klettern, dazu brauchte ich keine Hilfe.

„Ich habe noch keine Lust, zurückzugehen, Barteld.“ Ich atmete die frische Luft ein und spürte die Wärme der Sonne. „Es riecht so gut nach Mist und Bäumen und Frühjahr. Komm, zeig mir, wie unsere Äcker aussehen.“ Ich sah ihn mit bettelnden Augen an.

„Na gut, dann komm schnell, Luit ist bestimmt noch damit beschäftigt, das Pferd auszuspannen“, sagte Barteld.

Wir ließen uns auf der anderen Seite des Walles nach unten rutschen und gingen über den Rand des Ackerlandes zu dem Weg, der vom Haupteingang zu den Feldern führte.

Auf einigen Parzellen waren Bauern damit beschäftigt, Mist zu verteilen. Der eine Bauer kam mit Pferd und Kippwagen auf den Acker gefahren, der andere leerte den Wagen und der dritte war mit einem Sohn oder Knecht damit beschäftigt, ihn unterzupflügen. Pferde schnaubten erregt, und das Ganze rief in mir ein feierliches Gefühl hervor.

Mit Barteld lief ich an unseren Feldern entlang. Dazu mussten wir kreuz und quer über das Ackerland. Alle Bauern hatten ihre Parzellen verstreut über der ganzen Ackerfläche liegen. Währenddessen erzählte Barteld, was er säen wollte. Wenn wir einem Nachbarn begegneten, hob dieser die Hand und wir sagten: „Moin!“

Auf einigen Feldern wuchs schon etwas. Das war der Winterroggen, der im vergangenen Herbst gesät worden war. Man würde ihn schon frühzeitig ernten können.

„Es ist guter Boden, Elsjen. Großvater hat ihn immer gut bewirtschaftet, darauf können wir nun wieder aufbauen.“

Ich nahm seine Hand. „Komm, jetzt musst du mir noch zeigen, welche Wiesen uns gehören.“ Als ich sah, dass er zögerte, zog ich ihn mit mir. Wir überquerten die Ackerfläche und schlugen den Weg ein, der zum Weideland führte. Aber da blieb er stehen. „Elsjen, ich muss eigentlich zurück, wir haben gerade so viel zu tun …“

„Dann gehe ich eben allein." Ich spürte, wie ich trotzig wurde; ich hatte nicht die geringste Lust, meine gerade erworbene Freiheit wieder aufzugeben.

Barteld überlegte einen Moment, dann entschied er: „Gut, dann geh halt allein. Ich kann dir ja später erzählen, welche Weideflächen zu unserem Hof gehören. Aber komm gleich zurück, wenn du dort gewesen bist. Otie kann dich bestimmt auch noch gebrauchen." Er blickte zum Himmel. „Kann sein, dass es bald anfängt zu regnen." Dann drehte er sich um und ging zurück ins Dorf.

Ich ging weiter. Nach einiger Zeit wandte ich mich um. Von dem Platz aus, an dem ich stand, schien es, als würden die Häuser Verstecken spielen. Hinter den Eichen und Wällen waren die Gehöfte kaum zu sehen. Eine kleine Insel in den ausgedehnten Heideflächen, die sie umgaben. Ich lief weiter und erreichte die Grünflächen, die sich am Ufer des Flüsschens Aa entlang erstreckten. Wenn ich in die Richtung blickte, in der das nächste Dorf lag, konnte ich nicht ausmachen, wo sie endeten. Vledderé, dorthin gingen wir sonntags zum Gottesdienst, seit wir umgezogen waren, denn Doldersum hatte keine eigene Kirche.

Ohne mir etwas dabei zu denken, folgte ich einem Pfad, der zu einer kleinen Furt in der Aa führte. Hoch über mir hörte ich das Jubilieren eines Brachvogels, und auch eine Schar Kiebitze drehte lärmend ihre Runden. Ab und zu bückte ich mich, um mit meinen Fingerspitzen über das junge, hellgrüne Gras zu streichen. Am liebsten wäre ich mitten hindurchgelaufen, aber ich wusste, dass die Bauern das nicht gern hatten.

An der Furt sah ich tiefe Karrenspuren. Ich dachte zurück an unseren Umzug eine Woche nach Vaters Begräbnis. All unsere zukünftigen Nachbarn aus Doldersum hatten mitgeholfen; die meisten von ihnen musste ich erst noch kennenlernen. Hier an dieser seichten Stelle fuhren Wagen mit Hausrat durch den Fluss, und auch die Kühe und Schafe kamen mit.

Als ich am Wasser stand, zögerte ich einen Moment. Sollte ich umkehren oder weitergehen? Zu Hause helfen oder meine Freiheit genießen?

In diesem Augenblick hörte ich einen Raubvogel. *Ieuuu, ieuuu* … Ich blickte auf und sah den prächtigen großen Vogel über dem Wasser schweben.

Es schien, als würde er mich rufen, mich locken, denn er flog eine große Schleife in meine Richtung, um dann wieder abzudrehen und mit kräftigen Flügelschlägen davonzufliegen.

Die Sonne stand noch hoch am Himmel. Ich zog meine Holzschuhe und die groben grauen Wollsocken aus und stellte sie zur Seite; die würde ich nachher wieder mitnehmen. Ich streckte kurz die Füße in das kalte Wasser, und dann folgte ich dem Bussard, der am Bach entlang bis zum Ende der Weideflächen flog. Dort änderte er seine Richtung und bog vom Wasser ab. Ich lief immer weiter hinter ihm her, mit großen Sprüngen quer über die Heide, bis er zu Boden ging und ich ihn nicht mehr sah. Erst dann schaute ich mich um.

Die Sonne war bereits untergegangen, und ich hatte keine Ahnung, aus welcher Richtung ich eigentlich gekommen war. Das Grau der Heidelandschaft gab der Welt um mich herum ein anderes Gesicht. Hier gab es keine Brachvögel mehr, und mir wurde bewusst, wie still es war. Finstere Wolken brauten sich am Himmel zusammen. Ich war ganz allein. Und auf einmal merkte ich, wie müde ich war. Ich setzte mich hin. Würde ich jemals wieder nach Hause finden?

Lieven fand mich. Sie kam aus einem Wäldchen, von dem ich dachte, dass darin vielleicht das Dorf lag. Sie trug einen Korb mit Kräutern am Arm, die sie unterwegs gepflückt hatte.

Überrascht schaute sie mich an, als ich ihr erzählte, dass ich mich verirrt hatte, weil ich dem Vogel hinterhergelaufen war.

„So, du hast dich also selbstständig gemacht.“ Sie dachte einen Moment nach und fragte dann besorgt: „Aber Mädchen, wissen sie denn zu Hause, wo du bist? Nein? Deine Mutter vergeht bestimmt vor Angst!“ Sie nahm mich an der Hand und lief, so schnell ihr alter Leib es vermochte, mit mir über die Heide. Schon bald stießen wir auf einen schmalen Pfad, und ich lauschte schweigend ihrem Gemurmel, was für ein Glück es doch sei, dass sie mich gefunden habe.

Die Wolken über uns wurden so schwarz wie die Nacht, und erschrocken fragte ich Lieven, ob es denn schon Abend sei. Ihre Antwort hörte ich nicht; der Blitz und der darauffolgende schreckliche Donnerschlag kamen so unerwartet, dass ich Lievens Hand losließ und mich bäuchlings auf den Boden fallen ließ. Gleichzeitig begann es zu regnen, zuerst leicht und dann immer heftiger.

„Gott bewahre uns“, hörte ich Lieven murmeln. Sie zog mich hoch und setzte sich wieder in Bewegung. Meine Beine waren müde, und auch Lieven lief immer mühsamer. Die Gedanken, die mich beschäftigten, machten mir das Herz schwer. Vielleicht war der Leibhaftige nun wirklich hinter mir her, weil ich zum zweiten Mal ungehorsam gewesen war. Wie würde es Mutter gehen, und was würde Otie sagen?

Ich hatte das Gefühl, dass der Marsch kein Ende nahm, und wunderte mich darüber, dass mir der Hinweg so kurz erschienen war.

Plötzlich tauchten aber doch die Äcker auf und der Wall, der die Häuser umgab. Das Tor war geschlossen. Mit Mühe öffnete Lieven es, und ohne es wieder zu schließen liefen wir weiter zu unserem Haus. Völlig durchnässt kamen wir an. Die Tennentür stand einen Spaltbreit offen. Im Halbdunkel sah ich, dass die Pferde die Köpfe über die Trennwand streckten und uns anschauten. Es roch vertraut nach Heu und Kühen. Ich war so froh, dass ich wieder zu Hause war!

Dann sah ich Mutter und Otie am Feuer sitzen. Die Flammen erhellten ihre Gestalten. Mutter saß zusammengesunken auf einem Stuhl, Otie mit geradem Rücken daneben. Beide hoben den Blick, dann standen sie auf. Otie war groß und stark, Mutter hielt sich an der Stuhllehne fest.

Lieven und ich gingen auf sie zu. Meine Mutter streckte die Arme aus und fiel auf die Knie. Ich ging zögernd auf sie zu. Ihre Augen glänzten so seltsam, und an ihren geöffneten Lippen hing ein Speichelfaden. Sie fuhr sich mit der Hand darüber. Dann begann sie zu weinen, und plötzlich wünschte ich mir nichts sehnlicher, als dass sie ihre Arme um meinen durchgefrorenen Körper legte.

Ich machte ein paar Schritte in ihre Richtung, aber dann spürte ich, wie Oties Hand mich fest am Arm packte.

Mutter streckte wieder ihre Arme aus. „O Gott sei Dank, mein Elsjen, lieber Himmel, ich dachte, du wärst tot. Sie hatten doch nur deine Holzschuhe gefunden! Mein zweites Elsjen, ich dachte, dass ich dich auch noch verlieren würde. Du bist noch da! O Gott, du hast sie mir nicht weggenommen!"

Ich begriff nicht alles, was sie sagte, wollte nur zu ihr, aber Otie hielt mich ganz fest. Dann zog sie mich mit zum Vorderhaus. Ich hörte meine Mutter furchtbar weinen und Worte sagen, die ich auch nicht begriff, über „Gott den Herrn, der seinen Donner dahinfahren lässt und seinen Blitz über die Enden der Erde, der die Wolken beschwert mit Wasser und das Licht wieder aus ihnen hervorbrechen lässt …" Als ich aufblickte, sah ich, wie Lieven bei ihr niederkniete und beschwichtigend auf sie einsprach, als sei sie ein kleines Kind.

Otie schloss die Tür und begann mir zielstrebig die nasse Jacke und den nassen Rock auszuziehen. Auch mein Hemd und mein Unterrock waren durchweicht. Schließlich stand ich nackt und zitternd vor ihr. Sie ging zum Spinnrad und nahm aus dem

Korb, der daneben stand, die Karde, mit der die Wolle gekämmt wurde. Dann kam sie zurück, packte meinen Kopf und drückte ihn nach unten, sodass ich ihr das Hinterteil zukehrte.

Schließlich lag ich in meinem eigenen Bett und weinte leise. Nicht, weil ich nackt unter den Decken lag oder weil mein zerschundenes Hinterteil schmerzte, sondern wegen Mutter, die weinend und ächzend im anderen Bett lag. Otie und Lieven hatten sie miteinander dorthin gebracht, und viel später hörte ich, wie Lieven noch einmal zurückkam und meiner Mutter gut zuredete und ihr sagte, dass sie den Saft austrinken müsste, das sei zu ihrem eigenen Besten. Noch später hörte ich die Stimmen von Barteld und Luit und die tiefen Stimmen anderer Männer.

Ich weinte, weil ich meiner Mutter Kummer gemacht hatte und weil ich nicht begriff, warum sie mich ihr zweites Elsjen nannte, und ich nahm mir vor, immer lieb zu ihr zu sein und nie mehr wegzulaufen.

Assen, 15. August 1767

Die Hitze dauert an. Mein Unterleib brennt. Ich fühle mich so verfault wie der Inhalt der Tonnen draußen vor diesem Loch. Der Gestank ist nicht mehr auszuhalten. Als Folkert gerade das Mittagessen brachte, erschrak ich vor meinem eigenen Ausbruch: „Was ist das hier für ein verfluchter Laden? Riechst du nicht, wie es hier stinkt? Los, sorg endlich dafür, dass das abgeholt wird! Tu mal was für dein Geld!“

Er fasste sich schnell, sagte nichts. Sein Blick verriet mir jedoch, dass ich, seine Gefangene, seiner Ansicht nach ziemlich große Töne spuckte. Mit viel Tamtam nahm er seine Schlüssel und ging ungerührt davon. Der Schlüssel drehte sich im Schloss, es schien wie ein Schrei. Oder schrie ich? Lass mich raus? Ich habe lange genug hier gesessen. Ich sitze hier zu Unrecht. Elende Bande. Ich frage mich, ob ich weitermachen soll mit dem Schreiben, meine Erinnerungen gehen mit mir durch.

Ich muss erst den nötigen Mut aufbringen, um weiterzuschreiben. Ich habe geweint in der Nacht, nachdem ich mich an diesen traurigen Abend erinnert hatte. Habe ich anschließend jemals wieder geweint? Ich schämte mich meiner Tränen und hatte Angst, dass die Wächterin, die Janna ablöste, am nächsten Morgen in meinem Gesicht ihre Spuren sehen würde, und doch konnte ich sie nicht unterdrücken. Ich wollte ihr meine Schwäche nicht zeigen. Ich spreche nicht mit ihr. Dieses Weib kann meinetwegen abhauen. Sie hat hier nichts mehr zu tun. Sie kann gehen.

Sie kann gehen. Meine Güte, plötzlich bedrückt mich das: Diese Frau, der ich am Gesicht ablese, dass sie mich verurteilt, ist nur vorübergehend hier. Sie kann gehen, wohin sie will, wenn sie mit ihrer Arbeit fertig ist. Und ich sitze hier. Wie lange noch? Und dann?

Ein anderer Gedanke springt mich an wie eine teuflische Katze: Wenn ich hier herauskomme, bekomme ich dann meine Kinder zurück? Oder wird Trijne alles daransetzen, um das zu verhindern?

Mein Kopf blutet. Ich bin zu schnell aufgestanden, um meine Angst, noch mehr zu verlieren, abzuschütteln. Langsam komme ich wieder zu mir, aber ich will wieder in dieses ahnungslose Vergessen eintauchen. Wieder drängt sich der Gedanke an meine Kinder auf. Was würde ich darum geben, wenn ich nur eine Stunde mit ihnen über die Heide streifen dürfte. Alles …

Ich begreife, wie frei ich war, als ich an jenem Nachmittag an der Aa entlang und durch die Heide lief. Und wie glücklich. Nach jener Zeit schien es, als ob das Glück irgendwo versteckt lag und ich danach suchen musste, so wie ich nach der Wunderbohne suchte. Die Frage war nur, was ich damit tun würde, wenn ich sie fand. Manchmal gab es in meinem Leben Momente, in denen ich dachte, ich hätte sie entdeckt. Manchmal sah ich eine Möglichkeit, glücklich zu sein, doch dann ergriff sie vor meinen Augen ein anderer. War es eine falsche Hoffnung, die Muhme Lieven mir schenkte, oder hatte sie etwas anderes gemeint? Vielleicht kann ich Janna danach fragen.

Janna ist nun schon achtzehn Nächte bei mir im Gefängnis. Wie vertraut ist sie mir nun, wenn sie hereinkommt. Meist reden wir über das Leben draußen, dass das Gras auf der Bleiche nun schon ein bisschen gelb wird von der Trockenheit, dass der Bäcker sein Brot hat verbrennen lassen – ganz Assen roch danach, Mensch, was für eine Luft, hast du es auch gerochen? Ja, ich habe es auch gerochen. Und so lerne ich immer mehr über Assen und seine Einwohner.

Sie hat mir auch erzählt, dass der Landschreiber Ende dieses Monats noch einmal nach Doldersum geht, um die letzten Verhöre durchzuführen. Mich braucht er nicht mehr zu befragen. Er weiß wohl genug aus dem wenigen, was er mich gefragt hat. Er glaubt mir nicht.

„Hast du das Arsenik gekauft?", fragte er mich.

„Ja, ich habe das Arsenik gekauft."

„Wo?"

„Bei Apotheker Brilleman in Steenwijk."

„Wozu hast du es gekauft?"

„Für ein krankes Pferd."

Er glaubt mir nicht, und ich weiß nicht, ob das, was die Leute im Dorf über mich sagen werden, daran noch etwas ändern wird. Ich gehe sie alle im Geist durch und versuche mir vorzustellen, was sie wohl über mich sagen, ob sie beschreiben können, wie ich bin. Ich führe mir ihre Gesichter vor Augen und sehe den abweisenden Blick, als ich im Wagen des Schultheißen über den Dorfplatz fuhr. Nur Hillegijns Gesicht war tieftraurig, und Leffert war der Einzige, der mir zunickte. Viel Mitleid brauche ich nicht zu erwarten. Ich glaube, was ich getan habe, ist in ihren Augen unverzeihlich, auch wenn sie mich schon so lange kennen.

Janna hingegen bringt mir sehr wohl Mitgefühl entgegen. „Was hast du da am Kopf?", fragte sie heute Abend.

„Ich bin gefallen", habe ich gesagt.

„Wieso gefallen?"

„Mir ist schwindlig geworden, als ich aufstand."

„Ach Mädchen, du bist eigentlich immer noch eine Wöchnerin. Warte mal …" Dann holte sie eine Schale mit warmem Wasser und wusch mir die Wunde und das Gesicht.

„Du hast geweint", sagte sie.

„Ja, ich habe geweint."

Ich begann zu erzählen. Nicht von meiner Angst wegen der Kinder. Wenn ich davon anfinge, würde es so aussehen, als ob ich mich selbst verurteile, und ich will nicht riskieren, dass sie mir sagt, das wäre berechtigt. Ich erzählte ihr von dem, was ich geschrieben habe. Von meiner Kindheit. Nun, nachdem ich so lange geschwiegen habe, finde ich es schwierig, Worte zu finden und zu wissen, was ich erzählen soll und was nicht. Aber Janna hörte mir zu und lächelte still. Nur einmal runzelte sie die Stirn, als ich ihr erzählte, wie ich in meinem Bett weinte und welches Versprechen ich dort ablegte.

„Was denkst du jetzt?", fragte ich sie.

„Dass du erbärmlich allein warst da in diesem Bett."

Ja, ich war ganz allein, und vielleicht ist das mein Leben lang so geblieben. Es gab genug Menschen um mich herum, aber ich war allein. Ich musste selbst sehen, wie ich zurechtkam, und die Wunderbohne, die mir geholfen hätte, habe ich nie gefunden.

„Was meinst du, warum hat Lieven mir die Geschichte von Peer und Minna erzählt?"

Janna dachte einen Augenblick nach. „Ich denke, weil sie dir sagen wollte, was für ein zufriedener Mensch sie war."

Ich versuche mir klarzumachen, was das bedeutet. Im Moment scheint es noch so verworren, ich begreife es einfach nicht richtig. Aber wenn ich über diese erste Begegnung mit Lieven nachdenke, erkenne ich plötzlich deutlich, dass sie lange Zeit den Platz in meinem Leben gehabt hat, den eigentlich meine Mutter oder Otie hätten einnehmen sollen.

Wenn ich an Lieven denke, macht mich das froh und traurig zugleich. Freude erfüllt mich, wenn ich mich an immer mehr erinnern kann. Es ist, als würden dadurch Sonnenstrahlen in dieses finstere Loch fallen. Trauer durchfließt mich, wenn ich an meine Mutter denke oder auch an Otie – es war, als hätten sie mich eingesperrt und im Dunkeln sitzen lassen. Zwar irgendwie beschützt, aber doch allein.

Doldersum, August/September 1745

Lieven war es, die an dem Morgen, nachdem ich weinend in Schlaf gefallen war, die Türen meines Himmelbettes öffnete und mein zerschundenes Hinterteil mit einer Salbe einrieb. Sie reichte mir still meine Kleider, und zusammen gingen wir zum Hinterhaus. „Deine Mutter schläft noch und deine Otie ist sehr böse auf dich. Es wird wohl noch ein bisschen dauern, bis sich das wieder legt“, sagte Lieven leise, bevor sie die Tür öffnete, und strich mir mit der Hand über die Wange.

Otie sprach tagelang nicht mit mir. Sie erteilte mir ihre Aufträge durch Barteld oder Luit. Und sie sorgte dafür, dass ich ständig beschäftigt war. Ich musste das Hinterhaus kehren, die Asche aus dem Brotofen holen, Teller spülen, Töpfe und Pfannen mit Sand scheuern, und wehe, wenn sie noch ein Hälmchen oder Aschestäubchen oder Schmutzrestchen fand – dann musste ich noch einmal von vorn anfangen. Sie begann erst wieder mit mir zu sprechen, als sie sah, wie sehr ich mich bemühte, mein Bestes zu tun.

Sie wusste, dass ich das nicht für sie tat, sondern für meine Mutter, die nun immer öfter wieder am Feuer saß. Ich wusste, dass Mutter mich während der Wochen, die auf ihren Zusammenbruch folgten, oft nicht sah: Sie starrte stundenlang ins Feuer. Dennoch tat ich es für sie: Weil ich hinter den Türen meines Bettes versprochen hatte, lieb zu ihr zu sein und nicht mehr wegzulaufen und meine Arbeit liegen zu lassen.

Lieven hat nie etwas dazu gesagt, wie Otie und Mutter mich behandelten. Sie hatte ihre eigene Art, mit mir umzugehen. Von Zeit zu Zeit erlöste sie mich von meinen Beschäftigungen, indem sie Otie fragte, ob sie kurz meine Hilfe in Anspruch nehmen dürfte. Meine geschickten Finger konnten ihr bei kniffligen Arbeiten wie dem Schneiden von Kräutern zu Diensten sein. Und bei ihren Streifzügen durfte ich den Korb tragen. Schließlich war sie nicht mehr die Jüngste, sagte sie zu Otie, die hoch aufgerichtet vor ihr stand, als sie darum bat. Otie schlug es nicht ab.

Im folgenden Jahr begleitete ich Lieven oft bei ihren Wanderungen. Vom Frühling bis in den Herbst gab es jeden Monat Kräuter, die gepflückt werden konnten. Ich lernte nicht nur ihre Namen, sondern auch die der Bäume und Vögel. Es schien, als wüsste Muhme Lieven über alles und jedes eine Geschichte zu erzählen.

Einmal sahen wir gegen Ende des Winters ein scheues Vögelchen in den Sträuchern von Zweig zu Zweig hüpfen. Lieven erzählte mir, wie es zu seinem Namen kam. Der kleine Vogel hatte sich nicht wie alle anderen an dem Wettkampf beteiligt, wer am höchsten fliegen konnte. Derjenige, der gewann, sollte König werden. Weil das Vögelchen wusste, dass es niemals gewinnen konnte, hatte es sich im Gefieder eines großen Adlers versteckt. Als der Adler höher hinaufgeflogen war als alle anderen und sich erschöpft auf den Rückweg machte, um seinen Titel in Empfang zu nehmen, stieg der kleine Vogel auf und flog, da er seine Kräfte geschont hatte, noch ein Stück höher hinauf und rief dabei: „Bin der König, bin der König!" Obwohl alle anderen Vögel wütend waren, mussten sie zugeben, dass er am höchsten geflogen war. Wegen ihres Zornes wagte das Vögelchen nicht oft zum Vorschein zu kommen. Nur im Winter zeigte es sich häufiger und rief dann: „Bin der König, bin der König." Weil es sich dabei gern im Schutz von Hecken und Zäunen aufhielt, gaben die anderen ihm den Namen „Zaunkönig".

Im Mai, als der Dorfplatz von Gänseblümchen übersät war, sodass er einem wahren Blumenmeer glich, erfuhr ich von Lieven, dass sie eigentlich „Maßliebchen" hießen, fast so wie sie selbst. Später fanden wir auf den Wiesen und am Ufer der Aa lauter blaue Blümchen, und Lieven erzählte, dass diese Blume ihren Namen vergaß, nachdem Gott ihnen allen ihre Namen gegeben hatte. Das Blümchen ging zurück zu Gott und bat ihn, ihr doch noch einmal zu sagen, wie sie hieß. „Deinen eigenen Namen kannst du vergessen", sagte er, „solange du mich nur nicht vergisst." Und so wurde dies Blümchen fortan „Vergissmeinnicht" genannt.

Durch Lievens Erzählungen wurde die Natur für mich lebendig. Ich dachte, dass die Tiere, Bäume und Blumen miteinander sprachen, wenn wir nicht dabei waren, und in ihrer eigenen Welt lebten. Wir durften manchmal dazugehören, wenn wir durch sie hindurchgingen. Und wenn ich tage- und wochenlang arbeiten musste, ohne dass Lieven mich holen kam, erlebte ich die Geschichten in meinem Bett immer wieder neu. Mein eigenes kleines Plätzchen verwandelte sich in einen Wald, in dem die Bäume ihre Sprache verloren und so lernten mussten, durch Blätterrascheln miteinander zu reden. Oder es verwandelte sich in ein Feld Schlüsselblumen, die gewachsen waren, weil Petrus seinen goldenen Schlüssel aus dem Himmel fallen ließ. Ich war das Mädchen, das die Schlüssel fand. Durch Lieven lernte ich den „lieben Gott" lieben, so wie sie ihn nannte – ihn, der alles so schön gemacht hatte und der all dies Schöne in seiner Hand hielt.

Ich sprach darüber mit keinem, auch nicht mit Barteld, bei dem ich noch manchmal auf dem Schoß saß, wenn Otie nicht da war. Einmal fragte ich ihn noch nach den Tauben. Bei all der Arbeit ganz vergessen, meinte er da, aber nächstes Frühjahr würden wir bestimmt welche holen. Mein anderer Bruder Luit war zwar da, aber irgendwie auch nicht. Mit mir redete er wenig, und die Dinge, die den Hof betrafen, besprach er öfter mit Otie als mit Barteld.

Es fiel mir auf, dass Lieven mit den Kräutern und Samen, die sie sammelte, sprach, als ob sie sie verstünden. Sie erzählte ihnen, wozu sie sie gebrauchen wollte, dass sie froh war, dass sie sie gefunden habe und Ähnliches.

Einmal, als ich allzu eifrig pflückte, ermahnte sie mich, nicht mehr zu nehmen als nötig. „Lass den Rest blühen und wachsen", sagte sie. „Hier kommen sie am besten zur Geltung."

„Aber hier kommt doch niemand vorbei?", wunderte ich mich.

„Und sie hörten Gott den Herrn, wie er im Garten ging", lächelte Lieven und guckte, als sähe sie jemanden laufen. „Das steht in der Bibel", erklärte sie, als ich sie verwirrt anstarrte.

Den ganzen Sommer über hatte ich wenig Gelegenheit gehabt, Lieven zu begleiten. Es gab viel zu tun: Zuerst wurde der Roggen geerntet und dann das Heu gemäht. Otie setzte mich ein, wo sie nur konnte. Auch sie selbst arbeitete ständig, und obwohl sie nie ein Wort darüber verlor, merkte ich, dass sie zufrieden war, wenn ich im Haus und darum herum alles in Ordnung hielt, sodass sie die Hände frei hatte für andere Dinge. Ich versuchte sogar, zusätzliche Aufgaben zu übernehmen, polierte den Kessel, putzte die Fenster und holte die Eier aus dem Hühnerstall. Als Otie bemerkte, dass ich mehr tat, als sie verlangt hatte, stand sie einmal auf und legte mir die Hand auf den Kopf. Sie fühlte sich schwer an, ebenso wie die ernsten Worte, die sie zu mir sagte: „Du bist aus demselben Holz geschnitzt wie ich."

Als Ende August alles Heu eingebracht war, kam Lieven fragen, ob ich ihr helfen durfte. Am nächsten Tag zogen wir los. Der Himmel war so blau, wie ich ihn nie zuvor gesehen hatte, und die Sonne schien, als sollte dieser Tag der schönste des ganzen Jahres werden.

Wir fanden Zichorien gegen Gallenbeschwerden und Geißfuß gegen Knochenschmerzen und Wilde Malve, die half, wenn jemand einen Wespenstich bekommen hatte. Bei allen neuen Pflanzen erzählte Lieven, wozu und oft auch, wie sie diese benutzen konnte, frisch, getrocknet oder als Auszug. Und wenn sie mir nichts erzählte, hörte ich sie manchmal vor sich hinmurmeln, wenn sie Kräuter pflückte, so als würde sie ihnen für die Medizin danken, die aus ihnen werden sollte.

Um die Mittagszeit stießen wir in der Nähe der Aa auf die Schafherde. Lieven machte sich auf die Suche nach Berent, dem

Schäfer, und fand ihn am Ufer des Flüsschens, wo er mit einem etwa zwölfjährigen Jungen unter den Bäumen saß. Es war Leffert, sein Sohn, und sie verzehrten gerade ihr Mittagessen, Roggenbrot und Käse. Berents Schäferhorn und sein Strickstrumpf lagen zwischen ihnen am Boden.

Niemand konnte so gut das Horn blasen wie Berent. Wenn man nicht schon wach war, dann wurde man durch den lang gestreckten Klang geweckt, den er aus seinem Horn hervorzauberte, um alle Dorfbewohner dazu aufzufordern, ihre Schafställe zu öffnen. Ich fand es immer noch wunderbar, wie die Herden der Bauern hinter dem Schäfer zu einer einzigen, großen Herde zusammenschmolzen. Wenn irgend möglich, war ich dabei, wenn Barteld den Stall öffnete.

Stricken konnte Berent auch sehr gut; Hausierer handelten gern mit ihm und verkauften seine Strümpfe in den Städten.

„Lieven und Elsjen, setzt euch zu uns“, schlug Berent vor und stand auf, um der alten Lieven zu helfen.

Lieven holte unser Essen aus dem Korb, faltete die Hände, blickte zum Himmel auf, und bevor ich es recht begriff, betete sie laut: „Herr, unser Gott, Schöpfer des Himmels und der Erde, bitte segne dieses Essen. Amen.“

„Das war kurz, aber kräftig“, lachte Berent, während ich mich noch wunderte. Zu Hause wurde nie mehr laut gebetet, seit Vater und Großvater gestorben waren. Während wir aßen, plauderten Lieven und Berent über das Wetter und das Auftreten von Leberfäule bei Schafen. Berent war bekannt für seine Fähigkeit, Schafkrankheiten zu heilen.

Leffert warf Steinchen über das Wasser. Ab und zu hüpfte einmal ein flacher, glatter Stein ein paar Mal über die Wasseroberfläche, ehe er sank. Ich kannte Leffert so, wie ich inzwischen andere aus dem Dorf kannte. Wir begegneten uns bei einem Neujahrsbesuch oder auf einer Beerdigung oder Hochzeit, aber wir sprachen nicht miteinander. Ich spielte mit anderen kleinen Mädchen und er mit anderen großen Jungen. Ich merkte, wie ich ein bisschen schläfrig wurde von der Wärme, und schrak auf, als Leffert plötzlich neben mir stand und fragte: „He, Schlafmütze, sollen wir schwimmen gehen?"

Ich spürte, dass mir noch wärmer wurde. Solch ein großer Junge, der mich ansprach – und dann fragte er sogar noch, ob ich schwimmen wollte! Ob Otie damit einverstanden wäre?, schoss es mir plötzlich durch den Kopf.

„Oder hast du Angst vorm schwarzen Mann?", fragte Leffert.

Der schwarze Mann saß tief unten im Wasser, und wenn man in seine Nähe kam, konnte er plötzlich hochkommen und einen mit nach unten in die Tiefe nehmen, wo er einen langsam auffraß. Ich wusste schon lange, dass sie diese Geschichte den kleinen Kindern erzählten, um sie vom Wasser fernzuhalten.

„Ich kann nicht schwimmen", sagte ich.

„Dann bringe ich es dir bei, und ansonsten planschst du einfach ein bisschen", sagte Leffert und begann schon seine Jacke und sein Hemd auszuziehen. Er kickte seine Holzschuhe von den Füßen, knöpfte seine Hose auf und ließ sie hinuntergleiten. Nackt stand er neben mir. Ich wusste, dass Jungen anders waren als Mädchen, und hatte einige Male das Geschlechtsteil männlicher Säuglinge gesehen. Aber das von Leffert war viel größer, und es wuchs ein Flaum von Haaren darum herum, so dunkel wie der kecke, lockige Haarschopf auf seinem Kopf. Er rannte davon, und ich schaute zu Lieven. Sie nickte mir zu, während Berent mit seinem Strickstrumpf in der Hand lachend seinem Sohn nachsah. Leffert sprang ins Wasser und tauchte mit viel Lärm wieder auf. Ich bekam plötzlich so viel Lust auf dieses kühle Wasser, dass ich ohne weiter nachzudenken Haube, Jacke, Hemd und Rock auszog und zum Fluss rannte.

Leffert kam auf mich zu und nahm meine Hand. Er sagte mir,

dass er überall stehen konnte und dass er nah bei mir bleiben würde. Wir liefen ein Stück in den Fluss hinein. Ich sah, wie sich Wasserkringel bildeten, und mit jedem Schritt kroch das kühle Wasser höher an meinen Beinen hinauf. Erst sträubte ich mich ein bisschen, aber als ich Leffert wie einen jungen Hund schwimmen und auf seinem Rücken treiben sah, wollte ich das auch. Er fasste mich um die Taille, und wir übten, bis sein Vater rief, dass sie mit den Schafen weiterziehen mussten.

Als wir an jenem Abend beim Essen saßen, war ich immer noch erfüllt von diesem Ereignis, und ich erzählte begeistert, was ich erlebt hatte. Luit und Barteld schauten mich lachend an, und sogar Mutter lächelte. Aber dann schnitt Oties Stimme durchs Hinterhaus: „Still, Mädchen! Gott hat das Wasser für die Fische geschaffen. Das ist wirklich Sünde. Und schäm dich, dich vor allen Leuten nackt zu zeigen! Geh sofort zu Bett! Und mit Lieven werde ich ein ernstes Wörtchen reden. Geh mir aus den Augen!“

Ich ließ mein Essen stehen und rannte zum Vorderhaus. Dort riss ich mir die Kleider vom Leib, streifte mein Nachthemd über und legte mich ins Bett. Dort im Halbdunkel überlegte ich, was ich falsch gemacht hatte. Ich begriff es nicht, ich hatte es so genossen. Und Wasser war doch nicht nur für die Fische? Wir tranken es auch, und wir wuschen uns damit. Ja, ich hatte mich nach dem Schwimmen frisch und sauber gefühlt. Und dass wir nackt waren, dabei hatten wir uns nichts gedacht. Ob Gott etwas dagegen hatte? Aber was war mit Lieven? Sie war damit einverstanden gewesen und Berent auch. Ich war ratlos und tieftraurig darüber, dass solch ein schöner Tag so geendet hatte. Und wie froh war ich, hier in meinem eigenen Bett zu liegen, sicher und beschützt.

In den nächsten Tagen sprach Otie wieder nicht mit mir. Meine Mutter flüsterte mir am nächsten Morgen zu, Otie wolle nur das Beste für uns alle und wir dürften sie nicht böse machen. Ob ich das ihr zuliebe tun wollte? Ich dachte an mein Versprechen und nickte. Mutters Gesicht hellte sich auf. Darum gab ich mir die größte Mühe bei allem, was mir aufgetragen wurde. Aber ich hatte nicht den Eindruck, dass Otie sich darüber freute.

Und so wunderte ich mich auch, dass sie Lieven erlaubte, mich zum Septemberjahrmarkt nach Runne mitzunehmen. Barteld sollte uns fahren, weil wir früh dort sein mussten. Barteld, weil er ein Pferd verkaufen wollte, und Lieven, weil sie mit Kräutern und Salben zum Markt wollte. Otie schalt zwar, dass Lieven damit aufhören sollte, hausieren zu gehen, aber sie widersprach. Es würde ihr mal wieder ein paar Münzen einbringen, und das sei ihr lieber, als wenn sie immer nur die Hände aufhalten müsse. Otie kniff die Lippen zusammen. Sie selbst und Mutter würden im Laufe des Vormittags nachkommen, sie konnten mit einem Nachbarn mitfahren.

Am Morgen des Jahrmarktes wurde gleich nach dem Melken alles eingeladen; Otie sah mit saurer Miene zu. Nur Mutter winkte, als wir wegfuhren.

Es war ein herrlicher Spätsommertag. Wir konnten mit zurückgeschlagener Plane fahren, so warm war es. Barteld saß in seinem Sonntagsanzug auf dem Bock und pfiff, während Lieven und ich auf der vordersten Bank saßen. Das Pferd, das verkauft werden sollte, war hinten am Wagen angebunden und lief hinterher. Auch ich trug mein Sonntagskleid, das der Schneider aus Vleddere erst kürzlich genäht hatte. Ich hatte mir den Stoff selbst aussuchen dürfen. Das tiefe Violett glänzte in der Sonne, ebenso wie die Spinnweben, die überall in den Sträuchern hingen. Meine bunte Schürze mit violettem Streifen passte genau dazu. Dennoch war ich bedrückt.

Ich schaute Lieven an. Mit ihrer Spitzenhaube sah sie so festlich aus, als ob sie zur Kirche ginge. Auch ihre dunkelrote Jacke glänzte. Aber sie starrte vor sich hin und schien gar nicht zu bemerken, dass ich neben ihr saß.

„Bist du traurig, Lieven?“, fragte ich.

Sie erschrak ein bisschen und sah mich dann mit schiefem Lächeln an. „Ach Mädchen, ich denke ein bisschen nach.“

„Ist Otie böse auf dich, Lieven?“

„Ach, böse, böse, was heißt das schon? Deine Otie und ich, wir sind so verschieden.“

Eine Zeit lang blieb es still. Sie betrachtete die glänzenden Fäden der Spinngewebe, die über der Heide lagen. Plötzlich fuhr sie hoch. „Kennst du die Geschichte von dem Mädchen im Mond?“ Und dann erzählte sie mir die Geschichte von Maria, einem Mädchen, das so gern tanzte und dadurch immer die Zeit vergaß. Ihre Mutter machte sich dann immer solche Sorgen um die einzige Tochter und war so traurig, als sie zurückkam, dass Maria jedes Mal versprach, sich zu bessern. Eines Tages war Jahrmarkt, und Maria versprach, vor Mitternacht nach Hause zu kommen. „Diesmal halte ich mein Versprechen“, sagte sie zu ihrer Mutter, „so wahr der Mond am Himmel scheint“, und sie zeigte auf die leuchtende Kugel, die gerade am Himmel erschien. Aber als die Musik begann, konnte sie nicht mehr aufhören zu tanzen und vergaß die Zeit. Als ihre Mutter sich lange nach Mitternacht auf die Suche machte und ihre Tochter fand, zeigte sie auf den Mond und sagte ganz traurig, dass Maria schon wieder gelogen habe. Da wurde Maria böse und rief: „Der Mond soll sich zum Teufel scheren!“ Kaum hatte sie diese zornigen Worte ausgesprochen, da flog sie schon zum Mond. Dort musste sie spinnen, aber manchmal fielen auch Fäden zu Boden. Und wenn man gut hinschaute, konnte man sie sitzen sehen – in einer hellen Nacht, wenn der Mond schön rund war.

Ich betrachtete die Fäden, die über der Heide lagen, und empfand Mitleid mit Maria, die nun für immer auf dem Mond sitzen und spinnen musste.

Ich half Lieven, alles auf den Tisch zu stellen, was sie mitgenommen hatte, Töpfchen und Fläschchen und Säckchen. Von einigen Mitteln wusste ich schon, wozu sie dienten – Benediktenkraut in Branntwein gegen Fieber, Natternöl bei einer Verstauchung oder einem Furunkel und Rainfarn bei Magenbeschwerden oder gegen Würmer. Sofort scharte sich Kundschaft um Lieven, und ich fand es wunderbar, all die Menschen zu betrachten, die vorbeikamen. Erwachsene Frauen im Sonntagsstaat, die sich eifrig miteinander unterhielten oder sich gegenseitig ihre Einkäufe zeigten. Junge, Arm in Arm vorbeischlendernde Mädchen, deren bunte Schürzen einen farbigen Kontrast zu den dunkleren Schürzen der verheirateten Frauen bildeten. Die Männer mit ihren Leinenanzügen und den bunten Halstüchern kamen später, als die meisten Käufe auf dem Viehmarkt abgeschlossen waren – einige schon ziemlich beschwipst von all den Schnäpsen, mit denen sie auf ihre Geschäfte angestoßen hatten. Plötzlich stand Barteld vor mir.

„Kannst du sie einen Moment entbehren, Lieven?", fragte er.

Lieven nickte und Barteld nahm meine Hand. „Ich habe das Arbeitspferd gut verkauft, das brauchen wir diesen Winter nicht mehr zu füttern. Ich möchte dir etwas kaufen. Was würde dir gefallen?"

Wir gingen an allerlei Ständen vorbei, an denen Töpfe und Pfannen, Hüte und Kappen, Zinngeschirr, Bürsten, Besen, Messer und andere Gerätschaften verkauft wurden. Dann kamen wir zum Kuchenstand, wo Gebäck in verschiedenen Formen angeboten wurde. Ich entschied mich für eine Frau mit Kopftuch. Zuerst biss ich in ihre Füße, weil ich dachte, dass ihr das am wenigsten ausmachen würde. Barteld plauderte noch ein bisschen mit dem Mädchen hinter dem Stand. Sie errötete, als er etwas über ihre schöne grüne Jacke sagte.

„Wann willst du heiraten, Barteld?", fragte ich, als wir weitergingen.

„Naseweis!" Lachend hakte er sich bei mir ein. „Es gibt so viele liebe Mädels, ich kann mich nicht entscheiden. Komm, wir holen einen Schnaps." Er ging mit mir in Richtung Wirtshaus.

Plötzlich sah ich einen Kaufmann mit Hühnern und Tauben. Ich ließ Barteld los und lief auf die kleinen Holzkäfige zu, in denen die Tauben gurrten. Ich streckte meinen Finger hindurch, um ihre Köpfe zu streicheln, aber das gelang mir nicht. „Du musst sie erst ein bisschen füttern", sagte der Mann. „Dann fressen sie dir nach ein paar Tagen aus der Hand und du kannst sie anfassen, wann immer du willst."

Der Mann hatte auch noch ein paar dreieckige Vogelbauer aus prächtig verziertem Holz mit runder Öffnung. Im Geist sah ich schon solch einen Bauer an unserem Haus hängen. Wäre es nicht schön, Mutter mit ein paar Tauben zu überraschen? Vielleicht würde sie das froh machen.

Ich schaute Barteld an, der hinter mir hergekommen war. „Kann ich dir etwas abschlagen, wenn du mich so anguckst?", fragte er und fing an, über den Preis zu verhandeln. Der Mann hatte Spaß daran, uns etwas zu verkaufen, und Barteld zählte ihm schon bald das Geld hin. Kurz darauf gingen wir doch noch ins Wirtshaus. Barteld trug den Bauer und ich in jeder Hand einen kleinen Käfig mit einer Taube. Meinen Kuchen hatte ich so lange in die Tasche unter meiner Schürze gesteckt. Wie reich fühlte ich mich!

Das Wirtshaus war voll; hauptsächlich Männer saßen dort, die mit Schnaps auf ihre guten Geschäfte anstießen. Barteld wurde fröhlich begrüßt. Jemand frozzelte gleich, wo er denn so ein nettes Ding wie mich wieder aufgegabelt habe? Ich fühlte mich innig mit meinem großen Bruder verbunden und schleckte bald darauf an den Rosinen auf Branntwein, die er für mich bestellt hatte. So etwas Leckeres hatte ich noch nie gekostet; ich saugte lange an den süßen Rosinen und genoss das schwere Gefühl, das der Branntwein mir gab. Währenddessen betrachtete ich die Tauben, die vor mir auf dem Tisch standen. Barteld hatte den Bauer beiseite gestellt, aber ab und zu musste ich nachsehen, ob er noch da war.

In einer Ecke saßen alte Männer, die lange Pfeifen rauchten. Der Tabakqualm, die fröhlichen Stimmen, die klirrenden Gläser, der Schnapsgeruch – all das benebelte mir die Sinne und ließ mich in die Festtagsfreude eintauchen, die von alldem ausging. Es war eine ähnliche Stimmung, wie ich sie empfunden hatte, als ich dem Bussard hinterherlief oder als ich in der Aa geschwommen war. Etwas in mir warnte mich vor diesem Gefühl, und ich überlegte, ob ich zu Lieven zurückgehen sollte. Aber in dem Augenblick kam ein etwa vierzehnjähriges Mädchen herein, das ich wie gebannt ansehen musste. Sie hatte keine Haube auf dem Kopf, und ich hatte noch nie so langes, schwarzes, welliges Haar gesehen. Sie trug ein weißes Jäckchen, das mit Schnüren zugebunden war, aber nicht bis obenhin. So konnte man sehen, wie dunkel und glänzend ihre Haut war. Unter dem Jäckchen trug sie einen leuchtend roten Rock, am Saum mit Blumen verziert, und um die Schultern hatte sie lose ein buntes Tuch geschlungen, das ebenfalls geblümt war. Als sie näher kam, sah ich, dass es bestickt war. Sie ging barfuß.

Ein Mann mit einer Geige kam hinter ihr her; er hatte eine Kappe auf seinem schwarzen Haar und trug ein weißes Hemd, eine braune Hose und hohe Schnürstiefel.

Das Mädchen holte aus einem Korb bunte Tücher hervor und bot sie zum Verkauf an. Die meisten Männer schauten nicht auf die Tücher, sondern auf das Mädchen. Einer legte sogar seinen Arm um ihre Hüften und begann lallend auf sie einzureden. Entschieden wehrte sie seinen Arm ab und versuchte ihre Ware an einem anderen Tisch zu verkaufen. Als sie an unseren Tisch kam, konnte ich meinen Blick nicht von ihr wenden. Ich schaute von den Tüchern zu dem Mädchen und dann zu Barteld, weil das Mädchen mich mit ihren großen braunen Augen fragend ansah.

Barteld lachte – er sah so fröhlich aus! „Wie viel?“, fragte er.

Das Mädchen lächelte ihm zu und nannte einen Betrag. Ich verstand es nicht gut, es schien eine andere Sprache zu sein. Aber Barteld hatte sie verstanden. Um uns herum wurde es still.

„Das ist eine schöne Summe, aber wenn du für uns tanzt, werde ich *eins* für meine hübsche Schwester kaufen“, versprach er.

Die Leute um uns herum klatschten, und das Mädchen schaute den Mann an. Der nickte und Barteld holte seinen Geldbeutel hervor und bezahlte das Tuch. Das Mädchen legte es in meine Hände, stellte den Korb auf den Boden und nahm etwas heraus. Es klirrte leise. Sie schob es um ihren Knöchel.

Die Tische wurden zur Seite geschoben, und es bildete sich ein Kreis von Zuschauern. Das Mädchen kauerte sich in die Mitte und senkte den Kopf. Der Mann mit der Geige stimmte eine Melodie an, so leise und so traurig, dass es ganz still in der Wirtschaft wurde. Es schien eine Zaubergeige zu sein, die alle zum Schweigen brachte und die Aufmerksamkeit auf das Mädchen lenkte. Ganz langsam erhob sie sich, und ich erschrak über die Tränen, die ihr in den Augen standen. Sie begann sich zu bewegen und es schien, als würde sie etwas suchen; das Tuch glitt ihr dabei von den Schultern. Ihre Bewegungen waren so fließend, als sei sie eins mit den Klängen, die die Geige hervorbrachte. Leise klangen die Glöckchen um ihren Knöchel. Dann sah ich, dass sie etwas fand, vielleicht eine schöne Blume, dachte ich. In ihr Gesicht trat ein froher Glanz, ein vorsichtiges Lächeln. Die Musik passte sich ihren Bewegungen an, und sie ging auf in der Melodie; die Klänge und Formen wurden immer fröhlicher, flossen ineinander. Plötzlich hob sie ihr Tuch auf, begann es zu drehen und zu schwingen, und der bunte Rock schwang im selben Rhythmus mit und gab immer wieder den Blick auf ihre braunen Beine frei. Oft wusste ich bei dem rasenden Tempo nicht, ob ich das Mädchen, den Rock oder das Tuch sah. Dazu stampfte sie mit den Füßen, sodass die Glöckchen immer fröhlicher klingelten.

Um uns herum begannen die Leute mitzustampfen und zu klatschen. Auch ich spürte, wie mir die Hände kribbelten, und fiel ein.

Die Musik wurde nun wieder langsamer, und plötzlich stand das Mädchen vor mir. Sie ergriff meine Hand, und ehe ich mich von meiner Überraschung erholt hatte, nahm sie mich mit in die Mitte des Kreises. Dort nahm sie das Tuch in beide Hände, hielt es hoch über ihren Kopf und bedeutete mir, dass ich dasselbe tun musste. Sie machte zu der Musik Bewegungen, die sie wiederholte, und nickte wieder. Ich hörte, wie die Leute um uns herum mich anfeuerten. Die Klänge der Geige zogen mich in ihren Bann. Meine Füße begannen sich so zu bewegen, wie das Mädchen es mir vormachte; bald hatten wir einander die Arme um die Taille gelegt, drehten uns im Kreis und begannen von vorn. Die Musik wurde immer schneller, und wieder klatschten und stampften die Zuschauer.

„Und jetzt noch *einmal!*“, rief sie mir zu, und mit unserer letzten Drehung verstummte die Geige. Es wurde laut geklatscht, und das Mädchen machte einen Knicks, während der Mann, der die Geige gespielt hatte, schon mit seiner Kappe herumging. Die Zuschauer gaben großzügig.

Ich glühte und mir war ein bisschen schwindlig, als das Mädchen mich zurückbrachte und mir ins Ohr flüsterte: „Kut ketanzt!“

Barteld und die Männer um ihn herum lachten mir zu. Ich weiß wirklich nicht, warum ich in diesem Moment zu der offen stehenden Tür schaute, aber dort stand sie, groß und zornig: Otie. Alle schauten zu, wie sie auf mich zukam. Das fröhliche Lärmen und Lachen erstarben.

Otie fasste mich am Oberarm und riss mir mit der anderen Hand das Tuch aus den Händen. Sie warf es auf den Boden und sagte mit schneidender Stimme zu Barteld: „Schäm dich, deine Schwester mit Heiden tanzen zu lassen!“

Dann blickte sie in die Runde und sagte: „Ihr beschwört mit euren Fress- und Saufgelagen den Zorn Gottes auf euch herab. Aus anderen Teilen des Landes haben wir schon gehört, dass die Viehpest ausgebrochen ist. Jetzt trifft es vielleicht auch die Provinz Drenthe. Es heißt, sie hätten auf dem Markt schon eine Kuh entdeckt, die die Pest hat.“ Sie drehte sich um und zog mich hinter sich her. Das Tuch blieb am Boden liegen.

Hinter uns war es noch einen Moment lang still. Dann erhob sich ein Tumult. Alle strömten aus dem Gasthaus heraus und liefen zum Viehmarkt hinüber. Dort stand bereits eine Schar von Männern und Frauen um den Bauern herum, um dessen Kuh es ging. Alle waren in heller Aufregung und redeten wild durcheinander. In dem Gedränge stießen wir auf Mutter und Luit.

„Gut, dass du da bist. Wo warst du denn?“, fragte meine Mutter, aber ich hatte keine Gelegenheit, ihr das zu sagen. Ein Bauer hatte sich auf einen Wagen gestellt, ein Bauernvertreter aus Vleddere. Er rief:

„Alle Freibauern, die hier anwesend sind, sollen mitbestimmen, was in diesem Verdachtsfall zu tun ist. Soweit wir jetzt sehen können, hat dieses Tier entzündete Schleimhäute und schweres Fieber. Es will auch nicht fressen. Ich schlage vor, es sofort zu töten und zu verbrennen. Wer ist dafür?“

Ich sah, dass viele Bauern die Hand hoben. Der Bauer, dem die Kuh gehörte, blickte sich verzweifelt um.

„Wer ist dagegen?“ Eine einzige Hand ging in die Höhe. „Dann haben wir hiermit beschlossen, das Tier aus dem Weg zu räumen. Und lasst uns alle beten, dass Gott den Kelch seines Zornes an Drenthe vorübergehen lässt.“

Es tat mir so leid, dass ich nicht mit Barteld und Lieven zurückfahren durfte. Otie ließ mich nicht mehr los. Ich hoffte nur, dass Barteld bei all dem Aufruhr die Tauben nicht vergessen hatte.

Die Fahrt nach Hause dauerte endlos lange. Abwechselnd standen mir die unheilverkündende rote Glut des Feuers, in dem die Kuh verbrannte, und das fröhliche Rot des Tuches vor Augen. Das lag nun irgendwo auf dem Boden des Gasthauses, von Fußtritten beschmutzt. Plötzlich wurde ich sehr zornig auf Otie und trat rückwärts gegen den Bock, auf dem wir saßen. Otie blickte ungehalten zur Seite. Ich trat noch einmal zu. „Sitz still, Kind“, sagte sie. Ihre Augen glühten unheilverkündend. Ich dachte an die Tracht Prügel und bezwang mich.

Verdammte Otie, dachte ich. Aber ich erschrak darüber. So etwas durfte ich nicht denken, das war sehr böse. Tut mir leid, Gott, morgen werde ich hundert Sachen machen.

Während der ganzen Rückfahrt machte ich mir Sorgen wegen der Tauben, aber am meisten war es mir leid um das Tuch. Ich hielt es schon für möglich, dass Gott zornig darüber war, dass wir es den Heiden abgekauft hatten. Aber dass es dort liegen geblieben war, bedauerte ich schrecklich.

Assen, 17. August 1767

Gestern habe ich mir noch einmal durchgelesen, was ich bis jetzt zu Papier gebracht habe. Danach war mir wirklich zum Heulen zumute. Warum habe ich wohl gerade *diese* Ereignisse beschrieben, obwohl doch sicher noch mehr in meinem Leben passiert ist.

Nun sehe ich, dass ich selbst dieses Mädchen im Mond bin. Gefangen in der kleinen Welt meiner eigenen Gedanken. Mit wem hätte ich reden können über die Fragen, die mich bedrückten? War es meine Schuld, dass Mutter so oft krank war? War es meine Schuld, dass die Kühe starben? Arbeitete ich nicht genug? Dachte ich nicht manchmal noch heimlich an den Tanz mit dem Zigeunermädchen und an das rote Tuch, das Otie mir aus den Händen gerissen hatte? War der „liebe Gott" auch ein strafender Gott? Er hatte doch alles in der Hand?

Janna kommt weiterhin jede Nacht. Ich bin immer noch eine Wöchnerin, sagt sie. Zwanzig Nächte ist sie nun schon hier. Es ist also dreizehn Nächte her, dass ich mit dem Schreiben angefangen habe. Das macht mich unruhig – meine Zeit ist ja begrenzt. Wenn das Wochenbett vorbei ist, werden der Amtmann, die Geschworenen und der Landschreiber zusammenkommen und entscheiden, welche Strafe ich erhalten werde. Manchmal denke ich schon über die Strafe nach. Brandmarkung – ich spüre das heiße Eisen schon auf meinem Hals oder meiner Schulter, ich höre das Zischen, ich rieche den Geruch verbrannter Haut. Ich fasse nach meinem Hals und krümme mich zusammen. Ich will das nicht und zwinge mich, an etwas anderes zu denken. Ich versuche, mein Gefängnis in einen Wald zu verwandeln, den ich durchstreife und in dem die Bäume flüstern …

Manchmal gelingt es mir für ein paar Augenblicke. Ich rieche das nasse Moos, so wie ich es am frühen Morgen roch, wenn wir zur Schule gingen und an dem Waldstück vorbeikamen. Aber dann höre ich schon wieder Schlüssel klappern, und Folkert schließt meine Tür auf, um eine Schüssel Eintopf hinzustellen. Ich bin wieder im Gefängnis und muss den widerlichen, ungewürzten Brei essen. Am liebsten würde ich ihn stehen lassen oder in den Koteimer schütten. Folkerts köstliches Essen in den Koteimer! Aber ich muss essen, ich muss stark bleiben für den Fall, dass ich bald verbannt werde und allein sehen muss, wie ich weiterkomme. Ich muss stark sein, damit ich meine Kinder mitnehmen und für sie sorgen kann. Ich mache mir schreckliche Sorgen darüber, wie ich es schaffe, die Kinder mitzunehmen. Mit Eva wird es wohl gehen, wenn ich nur erst bei Hillegijn bin, ohne dass Trijne es mitbekommt. Vielleicht muss ich Hillegijn bitten, unter irgendeinem Vorwand den kleinen Roelof zu holen. Aber wie soll ich mit den Kindern Arbeit finden, um für ihren und meinen Lebensunterhalt zu sorgen? Ich zermartere mir das Gehirn. Gott, was soll ich tun? Dann denke ich plötzlich an Barteld. Natürlich, er wird für mich sorgen! Ich kann spinnen und flicken und buttern! Nun kann ich mir doch vorstellen, wie mein Leben weitergehen kann.

Langsam legt sich meine Unsicherheit in Bezug auf Janna. Jedes Mal bleibt sie ein bisschen länger und erzählt ausführlich von dem, was draußen geschehen ist und was sie den Tag über getan hat. Ich glaube, sie ist für den gesamten Haushalt des Landschaftshauses zuständig.

Ein Körbchen frühe Brombeeren hat sie mir mitgebracht. Wie habe ich daran gerochen, die Nase mitten hineingesteckt. „Ich esse sie nicht alle auf einmal auf", habe ich gesagt. „Das wäre zu schade. Jeden Tag nur ein paar, und ich stelle sie ganz nah zu mir, damit ich sie immer rieche." Janna lachte. Sie hat mir noch mehr gebracht: einen herrlichen gebratenen Hähnchenschlegel, saubere Lappen für die Blutungen und sogar ein gebügeltes Nachthemd.

Folkert drückt ein Auge zu und erlaubt es. Er vertraut ihr anscheinend immer mehr, oder vielleicht ist es sogar so, dass er mir immer weniger misstraut, denn er lässt zu, dass Janna allein zu mir kommt. Er hat sogar genehmigt, dass ich einen kleinen Schreibtisch und einen Stuhl bekommen habe. Die Brombeeren stehen darauf, neben meinen Schreibutensilien. Wenn ich die Augen zumache, laufe ich über die Heide, sehe einen Bussard fliegen. Ich nehme ein Bad in der Aa und fühle mich tatsächlich erfrischt, wenn ich die Augen aufmache.

Janna hat ihren eigenen Stuhl an meinen Tisch gestellt. Dann kann sie sitzen, während wir ein Schwätzchen halten. Wenn sie einen ganzen Tag geschuftet hat, brauchen ihre alten Beine Ruhe, sagt sie. Wie alt wird sie sein? Ich denke, etwa fünfzig, sie könnte meine Mutter sein.

Die Kräuter, um die ich sie gebeten hatte, beginnen zu wirken. Der Blutfluss lässt nach – aber die Sehnsucht nach meinen Kindern nicht. Ich schiebe den Gedanken an sie dadurch beiseite, dass ich an andere Dinge denke, schreibe und auf Geräusche höre, aber ich stoße überall auf sie. Wenn ich an mich selbst als Kind denke, wenn ich über meine eigene Mutter schreibe, wenn ich draußen eine Kinderstimme höre, wenn ich meine Brüste wasche. Ich hätte nie gedacht, dass ich einmal ins Gefängnis kommen würde, und noch weniger, dass ich einmal dieses quälende Gefühl erleben würde, meiner Mutterschaft beraubt zu sein. Warum, ach, warum? Das war nicht meine Absicht, als ich versuchte, Jan zum Schweigen zu bringen. O Gott, warum diese Strafe, warum wird mir das Liebste geraubt, das ich besitze? Ist das die Strafe für all meine Sünden? Welche Sünden? Ich habe mich so bemüht, mein Bestes zu tun. Warum darf Eva an den

Brüsten von Hillegijn saugen, und meine bleiben unberührt? Warum trennen mich viele Meilen und diese Mauer von meinem kleinen Roelof? O Gott, manchmal ist es zu schwer, dann lässt nur die Aussicht auf meine Freilassung – selbst wenn ich gebrandmarkt und verbannt werde – mich noch durchhalten.

Janna kommt, ich erkenne ihre Stimme, die einen Psalm singt.

Sie hat mir eine Schüssel Brei gebracht. „Du hast Honig hineingetan!“, habe ich gesagt. Wieder wunderte ich mich über ihre Güte. Ich aß ein paar Löffel. Der Honig war süß. Süß ist, was Janna tut, süß für meine versauerte Seele.

„Ich vermisse meine Kinder so, Janna“, sagte ich, als sie mir gegenübersaß. „Gibt es keinen Weg, mehr über sie in Erfahrung zu bringen?“

„Ich will den Landschreiber darauf ansprechen, wenn sich die Möglichkeit ergibt“, antwortete sie. Ich hätte sie küssen können, aber ich nahm ihre Hand. Sie nickte mir zu, und ich fühlte mich so ermutigt. Was können Worte bewirken!

Jetzt esse ich meinen Brei mit Honig weiter. Wie wäre mein Leben hier ohne die Abwechslung, die Janna hineinbringt? Würde ich dann immer noch vor mich hinstarren, ohne mit irgendjemandem zu sprechen? Janna singt oder summt meistens, wenn sie kommt. Ich liebe ihre warme Stimme, und ihre Lieder klingen melodiös. Wie habe ich mich manchmal über den frommen Gesang aus den Mündern meiner Nachbarinnen geärgert – wenn sie dann am nächsten Tag Klatsch verbreiteten.

Ich habe Janna von der Viehpest erzählt und dass ich gedacht hatte, es sei vielleicht meine Schuld. Meine Schuld, weil ich meine Mutter krank gemacht hatte, weil ich mir Oties Zorn zugezogen hatte, indem ich fortlief und über die Heide streifte oder weil ich dort im Wirtshaus getanzt hatte. Und weil ich mich heimlich immer noch nach der Freiheit sehnte. Ich hatte versucht, diese anklagende Stimme zum Schweigen zu bringen, indem ich hart arbeitete und besonders lieb zu Mutter und Otie war.

Janna sah mir ins Gesicht und sagte resolut: „Wie bitte? Deine Schuld? Die Viehpest kam durch die österreichischen und französischen Armeen in unser Land, die ihr Vieh mitbrachten, das teilweise erkrankt war. Hast du das nie gehört? Jetzt, wo du es erwähnst, fällt mir plötzlich ein, dass am 29. Juli ein Plakat aufgehängt wurde, auf dem die verseuchten Provinzen erklären, dass die Pest nun gänzlich ausgerottet ist."

Diese Erklärung wurde also am Geburtstag meines Kindes veröffentlicht, dachte ich. Als Janna in ihre eigene Zelle verschwand, die neben meiner liegt, musste ich über das nachdenken, was sie mir erzählt hatte. Das ist das Komische bei Janna: jedes Mal, wenn ich mit ihr spreche, bekomme ich einen anderen Blick für viele Dinge.

War die Pest eine Strafe Gottes? Für wen war diese Strafe denn gedacht, wenn es nicht meine Schuld war, dass sie uns getroffen hatte? Die Pest gab es nicht nur in jenem Jahr, sie trat auch später noch auf. Allerdings seltener, weil wir damals Kühe und Kälber besaßen, die die Krankheit überlebt hatten und sich nicht wieder ansteckten.

Ich spürte, dass ich nicht schlafen konnte, wenn ich auf die Frage keine Antwort fand. Daher klopfte ich an die Wand und rief leise Jannas Namen. Kurz darauf öffnete sich meine Zellentür. Erschrocken stand sie vor mir, den Kerzenleuchter in der Hand.

„Ich wollte dir noch *eine* Frage stellen. Denkst du, dass die Viehpest eine Strafe Gottes war?"

Sie setzte sich auf den Stuhl und überlegte. Die Kerze stand zwischen uns und erleuchtete ihr Gesicht. Sie ist nicht hübsch, aber sie hat ein gutes Gesicht. Um die Augen und den Mund hat sie schon ein paar Falten. Ihr graues Haar lugte unter ihrer Schlafmütze hervor. Ich sah, wie sie nach Worten suchte.

„Eins steht für mich fest", sagte sie, „Gott ist gut und er hat diese Erde und alles, was geschieht, in der Hand. Aber damit habe ich deine Frage nicht beantwortet, und ich weiß nicht einmal, ob ich das kann. Aber ich will dir auch noch eine Frage stellen: Gab es in eurem Dorf einen Bauern, der nicht von der Viehpest betroffen war?"

Darüber brauchte ich nicht nachzudenken. „Nein", antwortete ich.

„Hiob war fromm und rechtschaffen, gottesfürchtig und mied das Böse, so steht es in der Bibel. Dennoch wurde er vom Unglück heimgesucht. War es eine Strafe? – Und jetzt gehe ich ins Bett", sagte sie und ließ mich allein.

Ich dachte einen Moment nach, ging dann zu meinem Lager und kramte in meinem Körbchen herum. Ich fand, was ich suchte. Meine Bibel mit den silbernen Schließen – wie lange hatte ich sie nicht mehr geöffnet? Als Luit sie mir beim Abschied, bevor der Schultheiß mich nach Assen brachte, in die Hand drückte und mich ermahnte, Gott in aller Demut zu suchen, hatte ich nicht vorgehabt, jemals darin zu lesen.

Doldersum, Herbst 1746

Die Viehpest schlug gnadenlos zu. Bei uns starben fünf Kühe. Die anderen vier überlebten und stiegen dadurch in ihrem Wert; sie würden die Krankheit nie wieder bekommen.

In der Kirche wurde Sonntag für Sonntag dafür gebetet, dass der Herr seine Strafe abwenden möge, und oft habe ich in der Einsamkeit meines Bettes vor Gott Buße getan, weil ich glaubte, dass ich diese Strafe mitverschuldet hatte.

Ich dachte an das Mädchen im Mond. Manchmal ging ich nach draußen, wenn Vollmond war, und dann glaubte ich sie zu sehen. So gestraft zu werden schien mir schlimmer als die Viehpest. Ganz allein dort sitzen und spinnen zu müssen, kam mir noch schrecklicher vor, als nicht mit den Heiden tanzen zu dürfen, so schön das auch gewesen war.

Das Tanzen beschäftigte mich immer noch. Mein Bett verwandelte sich dann in den Kreis, in dem das Mädchen und ich uns zu den Klängen der Geige drehten. Ich bewegte die Arme zu der Musik, die immer noch in meinem Kopf spielte. Das Mädchen, mit dem ich getanzt hatte, nannte ich Maria, so wie das Mädchen im Mond. Manchmal tanzte ich mit beiden und erzählte ihnen Geschichten, die ich von Lieven gehört hatte. Ich fand es herrlich.

Als dann unsere erste Kuh krank wurde, fühlte ich mich plötzlich schuldig. Bestimmt strafte Gott uns, weil ich immer noch mit den Heiden tanzte. In der Kirche versprach ich Gott während der flehentlichen Gebete des Pfarrers leise, dass ich nie wieder mit Heiden tanzen würde, auch nicht in Gedanken im Bett. Aber immer noch wurden Kühe krank. Gott musste wohl sehr zornig auf mich sein. Nach kurzer Zeit gab es keinen Hof mehr, der von der Viehpest verschont blieb. Gab es in anderen Häusern wohl auch Menschen, die sich den Zorn Gottes zugezogen hatten? Oder war alles nur meine Schuld? Schließlich hatte die Pest genau an dem Tag, als ich beim Jahrmarkt getanzt hatte, ihr erstes Opfer verlangt. Ich strengte mich so sehr an, fleißig auf dem Hof zu helfen, damit Gott und Otie mit mir zufrieden sein konnten. Aber ich erfuhr nie, ob sie es waren.

Als ich Lieven einmal fragte, ob das Mädchen im Mond dort nie wieder herausdurfte, und die Vermutung äußerte, dass sie vielleicht doch ab und zu wieder einmal tanzen durfte, da musste sie lächeln.

„Zerbrich dir darüber nur nicht den Kopf, Liebes", sagte sie. „Die Geschichte hat sich mal jemand ausgedacht, um zu erklären, warum wir manchmal Figuren im Mond sehen und warum im Herbst diese silbernen Fäden über die Heide gespannt sind."

Es dauerte eine ganze Weile, bis ich ihren Worten Glauben schenkte.

„An Sankt Martin ist der Tag, an dem jeder betteln mag." Ich freute mich sehr auf diesen Abend. Otie schimpfte zwar, weil zu ihrer Zeit nur die armen Kinder herumgingen und wir keine Bettler waren, aber auf Mutters Bitten durfte ich doch, als es dunkel wurde, zusammen mit den anderen Dorfkindern mit einer Laterne von Haus zu Haus ziehen. Lieven half mir dabei, eine Steckrübe auszuhöhlen, Augen und eine Nase herauszuschneiden. Dann stellten wir eine Kerze hinein. Ich war sehr stolz auf meine schöne Laterne. Währenddessen erzählte sie mir vom heiligen Sankt Martin, der als junger Mann als Soldat im römischen Heer diente. Eines Tages sah er einen Bettler am Stadttor sitzen, der vor Kälte zitterte. Da nahm Martin sein Schwert, schnitt seinen Mantel in zwei Teile und gab einen davon dem Bettler. Später wurde er Mönch und tat den Armen viel Gutes. Als er am elften November starb, wurde das der Tag, an dem gebettelt werden durfte.

„An diesem Tag wurde in der Kirche immer ein Text aus der Bibel vorgelesen, in dem Jesus sagt, wir sollten unser Licht nicht unter ein Kornmaß stellen, sondern auf einen Leuchter, damit das Haus hell erleuchtet wird. Darum geht ihr an diesem Tag mit euren Laternen herum", sagte Lieven. „Und die Gesichter sind hineingeschnitzt, weil die Armen damals eine Maske aufsetzen durften, sodass sie sich ihrer Armut nicht zu schämen brauchten.

„Was ist ein Mönch?", wollte ich wissen.

„Das ist jemand, der sein Leben Gott schenkt. Er heiratet nicht und lebt mit anderen Mönchen zusammen in einem Kloster. Sie beten und tun gute Werke. Für Frauen gibt es das auch. Sie heißen Nonnen, und das Landschaftshaus in Assen, in dem jetzt die Abgeordneten zum Provinziallandtag zusammenkommen, war früher solch ein Frauenkloster. Als die katholische Kirche in Drenthe verboten wurde, hat sich das alles geändert."

„Bist du eigentlich eine Nonne, Lieven?", fragte ich neugierig. Ich hatte den Eindruck, dass diese Frau ihr Leben Gott geschenkt hatte und nur Gutes tat.

Für einen Moment verschlug es ihr die Sprache, und dann musste sie lachen. „Nein, Mädchen, ich bin keine Nonne. Ich war einmal verheiratet, und ich liebte meinen Mann sehr. Aber er starb, bevor wir Kinder bekamen. Ich bin nie wieder jemandem begegnet, mit dem ich mein Leben teilen konnte. Und damit habe ich mich schon lange abgefunden, zerbrich dir darüber nur nicht dein liebes Köpfchen."

Ich fand es schlimm für Lieven, dass sie ihren Mann verloren hatte, aber sie fuhr so fröhlich damit fort, den Mund in die Rübe zu schnitzen, dass ich bald an nichts anderes mehr dachte als an den kommenden Abend, wenn ich mit meiner Laterne von Tür zu Tür gehen durfte.

Aber am Nachmittag fuhr ich erst noch mit Barteld nach Vleddere, um dem Pfarrer und dem Lehrer, der gleichzeitig der Küster war, den Sankt-Martins-Roggen zu bringen. Dann könnten wir dem Lehrer gleich sagen, dass ich zur Winterschule kommen würde, meinte Otie.

Die Winterschule – wie hatte ich mich darauf gefreut! Aber

weil bei uns in Doldersum keine Schule war, durften wir erst dorthin, wenn wir acht Jahre alt waren. Dann waren wir groß genug, um mit den anderen jeden Morgen den einstündigen Fußweg nach Vleddere zurückzulegen und nachmittags wieder zurückzulaufen. Wie oft hatte ich der Gruppe, die im Jahr zuvor gegangen war, sehnsüchtig nachgestarrt. Nun war es endlich so weit!

An jenem Tag fuhren mehrere offene Planwagen aus dem Dorf hinaus; es wirkte wie ein fröhlicher Erntedankzug, mit dem wir Gott einen Teil der Ernte zurückgaben, indem wir dem Pfarrer und Lehrer Roggen brachten. Unser Wagen stand voller Säcke: zwei Säcke für den Pfarrer, einer für den Küster. Der Rest sollte zur Mühle nach Vleddere, um das Getreide mahlen zu lassen.

Etwas weiter vorn sah ich den Wagen von Hillegijns Vater stehen, und sie war gerade dabei, aufzusteigen. Sie sah in meine Richtung und winkte. Schnell winkte ich zurück. Seit dem letzten Winter hatte ich mich immer öfter mit Hillegijn zusammengetan, wenn wir einmal Gelegenheit hatten, auf dem Dorfplatz zu spielen, oder wenn die Bauern sich abends besuchten, um ein Schwätzchen zu halten. Wenn die Erwachsenen am Feuer saßen und miteinander über die Ernte, das Vieh, die Pest oder den Pfarrer sprachen, spielten die Kinder auf der Tenne miteinander. Wenn Hillegijn dabei war, empfand ich eine stille Freude, die ich nicht erklären konnte. Die Aussicht, einen Winter lang mit ihr zur Schule gehen und im Klassenzimmer sitzen zu können, machte mich sehr glücklich. Ich dachte an all die anderen schönen Ereignisse, die uns in nächster Zeit bevorstanden.

Heute Abend zogen wir mit den Laternen von Tür zu Tür – was mochte ich alles bekommen? Dann würden wir das Schwein schlachten, und die Nachbarn würden zum Essen kommen. Danach, im Dezember, würde der Nikolaus sein Lebkuchenmännchen bringen. Und am zweiten Weihnachtsfeiertag würden die

Kinder der Landarbeiter Roggenbrot mit Speck essen kommen … Barteld sah mich ab und zu lächelnd an und pfiff leise eine Melodie. Vielleicht freute er sich schon auf den Schnaps, der beim Pfarrer und beim Küster bereitstand.

Als wir die Roggensäcke beim Müller abgeliefert hatten, fuhr Barteld weiter zum Pfarrer. Obwohl dieser sonntags oft vor Bier und Trinkgelagen warnte, gab er nun jedem Bauern einen Schnaps aus. Er war nicht nur Prediger, sondern auch Ein-Pferd-Bauer, der wusste, mit wie viel Schweiß die Ernte eingebracht worden war.

Auf der Diele des Pfarrers herrschte großes Gedränge, und ich versuchte zwischen all den Menschen Hillegijn zu entdecken. Ich fand sie am Feuer mit einem Schälchen Honigwein. Sie strahlte. „Hier ist es schon wie zu Neujahr; ich hab' ihn von der Frau Pfarrer bekommen." Im nächsten Moment stand die Frau auch neben mir und brachte mir ebenso ein Schälchen. Ein wenig verlegen nahm ich es an.

„Du gehst dieses Jahr auch zur Winterschule, nicht?", sagte Hillegijn.

Ich nickte und nippte an dem warmen, süßen Getränk.

„Schön, dann können wir immer miteinander gehen."

Ich nickte wieder.

„Und ich kenne viele Spiele für unterwegs."

„Welche denn?", fragte ich.

„Abschlagen, wettrennen, Steinchen werfen, hüpfen, äh …"

„Kettenreime", sagte ich schnell.

„Vom lieben Heinrich und der lieben lieben Liese?"

„Ja." Wir prusteten vor Lachen. Immer landeten die beiden wieder bei dem kaputten Topf, mit dem das Lied begann.

In diesem Moment wurde ich von Barteld gerufen. Der Pfarrer gab immer nur einen Schnaps aus, sagte er, und darum wollte er weiter zum Lehrer.

Der Lehrer hatte nur in den Wintermonaten Arbeit in der Schule. Daneben war er nicht nur Küster, sondern auch Vorsänger in der Kirche. Und er war derjenige, der alle Nachrichten vorlas. Sobald der Gemeinde etwas mitgeteilt werden musste, etwa eine Versteigerung, ein kirchlicher Beschluss oder andere Dinge, die das Kirchspiel betrafen, kletterte er am Sonntag nach dem Gottesdienst auf den Findling, der neben der Kirchentür lag, und verkündete die Botschaft mehrmals hintereinander mit lauter Stimme.

Der Lehrer trat gerade vor die Tür seines Kottens, als Barteld mir lachend vom Bock half, als sei ich eine feine Dame. Er machte eine tiefe Verbeugung und sagte: „Nach Euch, meine Gnädigste."

„So, Barteld Roelofs", sagte er nur, als Barteld den Roggensack vor ihn hinstellte. „Du bist der Erste, ich danke dir ganz herzlich. Und du bist Elsjen, nicht wahr?" Er schaute von mir zu Barteld, und mein Bruder erzählte, dass ich zur Winterschule kommen würde. Der Lehrer nickte mir freundlich zu, und ich stellte mir sofort vor, wie herrlich es sein würde, bei ihm in die Schule zu gehen. Er war ein vierschrötiger, noch recht junger Mann, und sein rotes Halstuch passte gut zu seinen dicken, geröteten Wangen.

„Wie man sieht, verstehst du dich sehr gut mit deinem Halbbruder, das ist fein. Na, dann würde ich sagen, bis nächsten Montag! Du kannst deinen Sack auf die Diele stellen, Barteld, und die Flasche steht schon da. Genier dich nur nicht, es ist genug da."

Der Lehrer wandte sich dem nächsten Bauern zu, der herangefahren kam. Nach ein paar Minuten war sein ganzer Hof voll, aber Hillegijn sah ich noch nicht. Das machte mir nicht viel aus, denn mir spukte die ganze Zeit dieses eine Wort im Kopf herum: *Halbbruder*. Was meinte der Lehrer damit? Gab es denn

Vollbrüder und Halbbrüder und Kleinbrüder, so wie es auch bei den Bauern war? Wie konnte das sein? Es gab doch auch keine vollen und halben Väter und Mütter?

Ich zupfte Barteld am Ärmel, aber er war in ein Gespräch vertieft und schenkte sich noch einen Schnaps ein. Erst als wir im Laden Salz und Leinöl gekauft hatten und auf dem Nachhauseweg waren, fragte ich ihn, obwohl Barteld die ganze Zeit durch die Zähne pfiff und über den Pferderücken hinwegstarrte.

„Barteld, was ist ein Halbbruder?"

Er pfiff weiter und ich dachte schon, dass er mich nicht gehört hätte. Dann sah er mich an. Seine Augen blickten ein bisschen traurig.

„Du hast es also gehört", meinte er. „Du hättest es doch irgendwann erfahren, aber ich hatte nicht gedacht, dass ich es dir sagen müsste." Er seufzte tief.

„Ich bin dein Halbbruder, weil wir zwar denselben Vater haben, aber nicht dieselbe Mutter. Meine Mutter starb im Kindbett, als ich drei Jahre alt war. Und das Kind war tot geboren. Wir bekamen eine alte Haushälterin, aber die starb nach drei Jahren. Dann kam die Schwester meiner Mutter zu uns, und ein Jahr später heiratete Vater sie. Luit und du, ihr seid von ihr, und sie ist eigentlich meine Tante."

Der Wagen rumpelte weiter; das Pferd ging im Schritt über die Heide.

Das gleichmäßige Trappen der Pferdehufe auf dem Sand schien so vertraut, Barteld schien so vertraut, aber das, was er mir gerade erzählt hatte, stellte meine Welt auf den Kopf. Meine Mutter war also nicht seine Mutter. Davon hatte ich nie etwas gemerkt. Aber wenn sie eine Schwester seiner Mutter war, dann war Otie auch seine Otie. Und wie konnte ein Kindchen, das der Storch gerade vom Kinderbaum geholt hatte, auf einmal sterben und seine Mutter noch dazu? Ich wusste, dass Mütter immer ein bisschen krank waren, wenn ein Kind kam, aber dass sie *so* krank werden konnten, hatte ich noch nie gehört. Und dieses Kindchen, das schon tot war, ehe es geboren wurde, tanzte nun als Irrlicht über das Moor. Ich empfand tiefes Mitleid mit dem Kleinen und mit seiner toten Mutter und vor allem mit Barteld, meinem Halbbruder.

Plötzlich schoss mir eine Frage durch den Kopf, die dort schon seit dem Abend schlummerte, als Lieven mich nach Hause gebracht hatte.

„Barteld, hieß das tote Kindchen auch Elsjen?"

„Was? Elsjen? Nein, es war ein Junge und es bekam keinen Namen. Wie kommst du denn jetzt darauf?"

„An dem Abend, als ihr mich suchtet und schon dachtet, dass ich ertrunken wäre, da weinte Mutter so. Und als ich kam, rief sie, dass ihr zweites Elsjen noch lebt."

Barteld begann wieder durch die Zähne zu pfeifen. Es blieb einen Moment still, und ich erschrak, als es plötzlich aus ihm hervorbrach: „Verflixt noch mal, warum fragst du das ausgerechnet mich?" Auch das Pferd erschrak und fiel in Trab. Ich wurde nach hinten geworfen und prallte mit dem Rücken gegen die Lehne des Bockes. Es tat sehr weh, aber ich wollte mir das nicht anmerken lassen und fuhr mir vorsichtig über die schmerzende Stelle, nachdem Barteld das Pferd wieder beruhigt hatte. Meine Augen tränten.

Dann sah er mich mit einem schiefen Lächeln an. „Ach Mädchen, was kannst du schon dafür? Hast du dir wehgetan?" Ich schüttelte den Kopf.

Barteld legte mir die Hand auf den Arm. „Ich erzähle es dir, aber du darfst zu Hause mit niemandem darüber sprechen. Versprichst du mir das?" Ich nickte.

„Fünf Jahre, bevor du geboren wurdest", bekamen Luit und ich ein Schwesterchen. Sie hieß Elsjen und war ein fröhliches, ausgelassenes Mädchen, genau wie du. Eines Tages, als sie ungefähr zwei war, passte Mutter einen Moment nicht auf. Sie dachte, dass ich auch im Hinterhaus wäre, aber Vater hatte mich zu sich gerufen. Man fand Elsjen im Dorfteich von Wapse. Sie lag bäuchlings auf dem Wasser und war ertrunken. Danach ist Mutter nie mehr dieselbe gewesen. Im selben Jahr starb auch noch ihr jüngerer Bruder, den sie sehr lieb hatte, an einem bösartigen Fieber. Er war der Hoferbe gewesen. Mutter, Großvater und Otie blieben allein auf dem Bauernhof zurück, auf dem wir jetzt leben."

Barteld seufzte wieder, und ich hätte ihm am liebsten den Arm um den Hals gelegt und ihm einen Kuss gegeben, aber irgendetwas hinderte mich daran. Ich fühlte mich wohl zu groß dafür, so etwas tat man in meinem Alter nicht mehr.

„Otie ist wie eine alte Eiche, die lässt sich nicht umblasen", setzte er hinzu, „aber Mutter ist wie ein zerbrochenes Rohr. Wir müssen sie sehr lieb haben, Elsjen."

Mutter, er nannte sie Mutter, das hatte so etwas Vertrautes. Und Barteld war einfach mein Bruder, ebenso wie Luit. Ich spürte, dass ich ihn genauso lieb hatte wie auf dem Hinweg. Aber Luit war also mein richtiger Bruder. Luit, der immer so still war, der alles, was er mit Otie besprach, peinlich genau ausführte, der in der Kirche so schön gerade sitzen konnte, dass ich neidisch darauf war, mit andächtig gefalteten Händen. Kein Spaßvogel wie Barteld, der mich kitzelte und mich manchmal „schönes Fräulein" nannte, der verrückt auf Schnaps war und dann sehr fröhlich werden konnte. Luit war nicht unfreundlich zu mir, aber wir hatten wenig gemeinsam. Mein echter Bruder schien weniger mein Bruder zu sein als mein Halbbruder, dieses Gefühl hatte ich schon damals tief in meinem Herzen.

Mir war zum Weinen zumute, aber ich spürte nur ein Brennen in meinen Augen, es kamen keine Tränen. Vielleicht kam es auch von meinem wehen Rücken, dachte ich, während ich mir unauffällig über die Augen fuhr. Ich blickte in die andere Richtung, damit Barteld es nicht bemerkte.

Fast wäre ich an jenem Abend bei Mutter geblieben. Aber als sie selbst nach dem Essen meine Kerze anzündete und in die ausgehöhlte Rübe steckte, ein Leinensäckchen um meinen Hals hängte und ich ihr frohes Gesicht sah, ging ich doch hinaus, um Sankt Martin zu feiern. Hand in Hand schlenderten Mutter und ich zum Dorfplatz, wo sich die Dorfkinder versammelten. „Wie schön, dass du doch mitdarfst", sagte Mutter, und ich begriff, dass sie mir dieses Vergnügen so sehr gönnte, dass sie dafür sogar einen kleinen Streit mit Otie in Kauf genommen hatte.

Trotz des stillen Kummers in meinem Herzen wurde ich von der Freude über meine Laterne erfasst. Mit dem Widerschein der Lichter auf unseren frohen Gesichtern ging ich bald darauf an Hillegijns Seite von Tür zu Tür. Dabei kamen wir auch an unsere eigene Tennentür, wo Otie zu meiner Überraschung unser Lied anhörte. Sie schenkte jedem Kind einen Cent. Mutter stand hinter ihr und nickte mir lachend zu.

Am Ende unseres Umzugs, als unsere Säcke schon mit Kuchen, Süßigkeiten, Nüssen, Äpfeln und Cent-Münzen gefüllt waren, näherten wir uns dem Häuschen von Muhme Lieven. Ich weiß nicht, wer damit begann, aber plötzlich standen alle still, das Singen verstummte und das fröhliche Flackern unserer Laternen verwandelte sich in ein geheimnisvolles Glühen. Außerhalb unseres Kreises wirkte das Dunkel der Nacht noch tiefer als zuvor.

Ich begriff zuerst nicht, was ein paar der größeren Mädchen so eindringlich flüsterten, aber ich erschrak, als es mir klar wurde.

„Vielleicht hat *sie* die Viehpest hierhergeholt." – „Als sie neulich bei uns war, ist die Milch sauer geworden.“ – „Da saß eine fremde schwarze Katze auf der Diele, leider hat Mutter sie mit dem Holzschuh verfehlt, sonst hätte sie am nächsten Tag sehen können, ob sie eine Beule am Kopf hatte.“ – „Sie redet mit dem Leibhaftigen, wenn sie murmelnd über die Heide läuft.“

Mein Herz begann laut zu klopfen. Sie sprachen von Lieven. Ich spürte, wie ich zornig wurde, aber ich wusste instinktiv, dass es keinen Sinn hatte, ihre Behauptungen zu widerlegen. Ich blickte mich um und sah, dass sogar zwei etwa zwölfjährige Jungen den Atem anhielten. Die Kinder steckten ängstlich die Köpfe zusammen.

Ich drehte mich zu Hillegijn um, die wie manche andere Kinder mit offenem Mund dem lauschte, was gesagt wurde. Sie merkte nicht einmal, dass ich sie ansah; alle waren wie gebannt von den flüsternden Stimmen.

Ohne weiter nachzudenken, wandte ich mich von der Gruppe ab, hielt meine Laterne hoch und sagte laut: „Lieven ist die netteste Tante, die es gibt, und ich gehe jetzt zu ihr.“ Ich stimmte das Lied von Sankt Martin an, und der Bann schien gebrochen. Bald war Hillegijn an meiner Seite, und auch die anderen folgten. Einen Moment lang empfand ich Freude über meinen Sieg, aber dieses Gefühl wich bald der brennenden Sorge um Lieven. Was brachte die Kinder auf den Gedanken, dass sie eine Hexe war? Wie kamen sie bloß auf die Idee, dass die Milch sauer wurde, wenn Lieven vorbeikam?

Selbst die wundervollen Zuckertierchen, die Lieven austeilte, konnten meine Sorge nicht vertreiben. Sie wurde eher noch verstärkt durch das schüchterne Singen und die ängstlichen Blicke, die manche Kinder Lieven zuwarfen.

Assen, 20. August 1767

In meiner Zelle summt eine Biene. Eben hat sie sich auf die letzten Brombeeren gesetzt, die Janna mir gebracht hat. Ich kann sie verstehen. Der Duft erinnert sie an die Blüte, die die Beere einmal war und aus der sie Honig saugte. Er erinnert sie an einen längst vergangenen Frühling. Ich sagte: „Bleib ruhig noch ein bisschen sitzen, ich weiß deine Gesellschaft zu schätzen. Ich beschäftige mich auch gerade mit der Vergangenheit." Aber sie flog wieder hoch und brummt nun an der Fensterscheibe, zornig, dass sie nicht weiterkann.

Die Luft ist wieder besser, die Tonnen sind geleert, der stinkende Müll ist weg. Folkert schnupperte geräuschvoll und schaute mich herausfordernd an, aber ich habe kein Wort gesagt. Trottel.

Oh, jetzt fliegt die Biene durch das Loch im Fenster nach draußen in die Freiheit. Ich rieche noch einmal an den Brombeeren und esse sie dann auf. Es wäre schade, wenn sie verdürben. Der volle, satte Geschmack lässt mich an *meine* Freiheit denken. Oder bin ich nie frei gewesen? Immer gebunden an das, was begann, als das erste Elsjen starb und das zweite seinen Platz einnahm?

Warum erzählte meine Mutter mir nicht selbst, dass ich ihr zweites Elsjen war? Darüber haben wir nie gesprochen, ebenso wenig wie darüber, dass Barteld nicht ihr Sohn war. Obwohl sie irgendwann merkte, dass ich darüber im Bilde war.

Worüber haben wir dann gesprochen? Jedenfalls nicht über das, was uns im Innersten berührte. Immer nur über das Essen, über die Wolle, darüber, wann der Schneider kommen sollte und ob es noch genug Roggenmehl gab. Die üblichen, alltäglichen Dinge. Und ja, über die Tauben, die Barteld nicht vergessen hatte mitzubringen. Obwohl ihre Freude an jenem Tag durch die Angst vor der Viehpest getrübt wurde, merkte ich, wie überrascht sie war, dass Barteld und ich die Tiere extra für sie gekauft hatten. Sie bat mich mitzukommen, wenn sie sie fütterte, und als die Vögel sich eingewöhnt hatten und im Haus umherfliegen durften, ließen wir sie oft gemeinsam aus ihrem Bauer.

Ich denke daran, weil ich den Eindruck habe, dass wir während dieser ruhigen Momente, wenn wir sie fütterten, miteinander sprachen. Wir lauschten auf ihr Gurren und sahen zu, wie sie in den Körnern scharrten. Wir sprachen nicht so sehr mit Worten, aber ich spürte doch ganz deutlich, dass sie meine Mutter war und dass sie mich liebte.

Ich lese in der Bibel das Buch Hiob. „Der Herr hat's gegeben, der Herr hat's genommen; der Name des Herrn sei gelobt …" Ich bin nicht so fromm und rechtschaffen wie Hiob, aber Gott weiß, wie sehr ich mich bemüht habe, gut zu sein. Die Worte seiner Frau kann ich besser nachempfinden: „Hältst du noch fest an deiner Frömmigkeit? Sage Gott ab und stirb!"

Wie konnte Gott meiner Mutter ein Kind geben, ihr Freude daran schenken, sie von seiner Zukunft träumen lassen und es ihr dann wegnehmen? Warum starb die Mutter von Barteld so früh, warum kam ihr Kindchen tot zur Welt, warum habe ich schon mit vier Jahren meinen Vater verloren? Warum war meine Mutter so schwach? Warum ließ er mich als zweites Elsjen geboren werden? Warum ist mein Leben so verlaufen, wie es verlaufen ist, warum sitze ich hier im Gefängnis, warum wurden mir meine Kinder weggenommen?

Sage Gott ab und stirb. Vergiss ihn …

„Du redest, wie die närrischen Weiber reden. Haben wir Gutes empfangen von Gott und sollten das Böse nicht auch annehmen?" Die Worte, die Hiob zu seiner Frau sagt, machen mich sprachlos, lassen alle meine Fragen verstummen, aber sie geben keine Antworten. Oder ist das die Antwort: Dass ich diese schlimme Zeit aus Gottes Hand nehme? Und mich vielleicht noch dafür bedanke?

Ich las noch in der Bibel, als Janna heute Abend hereinkam. Ich klappte sie gleich zu und wunderte mich, wie schnell der Tag vergangen war.

Wie habe ich die Zeit, bevor mein Kind geboren wurde, nur überstanden? Ich habe nichts getan, als auf dem Abfallhaufen meines Lebens meine Wunden zu kratzen und schweigend meine verlorene Freiheit zu betrauern. Und dann war Janna da. Wie anders ist sie als die Freunde Hiobs. Schon dreiundzwanzig Nächte passt sie auf, und noch nicht *einmal* ist ein Vorwurf über ihre Lippen gekommen, obwohl sie von dem Schrecklichen weiß, das geschehen ist.

Wie anders auch als Luit, der mir alles Mögliche an den Kopf geworfen hat, als ich mich von Jans Tod überzeugen wollte. Nie zuvor hatte ich Luit so zornig gesehen, Augen voller Gewitterwolken und Blitze. Wie ich mich jemals vor Gott rechtfertigen wollte, fragte er. Warum ich nicht früher gekommen wäre, er hätte mich dreimal rufen lassen. Was für eine Schlange ich wäre, Jan so verrecken zu lassen! Auf den bloßen Knien müsste ich Gott anflehen, mir zu vergeben, vielleicht würde er sich gnädig erweisen. Ich sollte machen, dass ich aus seinem Haus verschwinde …

Wie anders ist Janna als der Pfarrer, der mich hier mit seinem selbstgerechten Geschwätz belästigt und dem ich schon die Tür gewiesen habe. Er braucht nicht wiederzukommen, auch wenn ich weiß, dass man mich als gottlos abstempeln wird. Ich verstehe Hiob, wenn er sagt, dass die Worte seiner Freunde für ihn wie eine fade, ungesalzene Speise sind.

Wie anders ist Janna. Sie hat heute Abend wieder meinen

Eimer geleert, saubere Lappen hingelegt, mir einen Becher frisches Wasser gebracht und zum Schluss ein Schälchen mit dem Abendbrei. Aber sie sagte nicht viel und sah erhitzt aus; ich zögerte, sie zu fragen, was sie hatte. Vielleicht war sie es satt, mir jeden Abend meinen Brei zu bringen. Vielleicht begann ihr wieder bewusst zu werden, für wen sie den Eimer leerte, Lappen wusch und mit wem sie jeden Abend ein Schwätzchen hielt. Schließlich fragte ich sie doch, gerade bevor sie meine Tür abschließen wollte. Wirklich, mir klopfte das Herz.

Sie sei müde, erklärte sie mir. Sie habe die Kirche geputzt, die Bänke abgestaubt, gekehrt und gewischt. Der Küster und Lehrer sei alt, sie gehe ihm öfter ein wenig zur Hand. Die Kirche sei an das Landschaftshaus angebaut, so könne sie die Arbeit verbinden. Aber heute sei der Mann überhaupt nicht aufgetaucht und habe sie mit allem allein gelassen. Als ob sie nicht auch so schon genug zu tun hätte.

„Ich habe im Buch Hiob gelesen“, sagte ich, als Janna schon wieder in der Tür stand.

Janna nickte. „Was Hiob passierte, war keine Strafe Gottes, aber er konnte das nicht wissen.“ Sie seufzte tief, kam noch einmal zurück in meine Zelle und ließ sich auf den Stuhl fallen. Ich fühlte mich ein bisschen schuldig, aber ich wollte so gern wissen, wie Janna darüber dachte.

„Hatte das denn einen Einfluss darauf, wie er damit umging?“, fragte sie.

„Für ihn nicht, aber für seine Frau.“

„Das lag daran, dass sie das Leben mit all seinen manchmal unbegreiflichen Geschehnissen nicht aus Gottes Hand annehmen konnte.“

„Er verfluchte den Tag seiner Geburt. Er hatte bei dem, was ihm widerfuhr, sehr wohl das Gefühl, dass der Zorn Gottes ihn traf.“

„Man darf die unbegreiflichen Dinge, die einem zustoßen, durchaus schwierig finden.“

Ich antwortete nicht mehr, und Janna machte wieder Anstalten, in ihre Zelle zu gehen. Im Vorübergehen legte sie mir kurz die Hand auf die Schulter. „Ich verstehe auch nicht alles, aber ich weiß genau, dass du noch dahinterkommen wirst, welcher tiefere Sinn sich hinter alldem verbirgt“, sagte sie. Ich ließ sie gehen, ich hatte wieder genug, worüber ich nachdenken konnte.

Gott straft oder prüft nach seinem Gutdünken, und wir müssen das klaglos hinnehmen. Wir dürfen es schwierig finden, aber wir können es nicht begreifen, und das Beste ist, wenn wir hübsch fröhlich bleiben. Ich merke, wie ich wütend werde – ein schöner Gott ist das! Mir ist danach zumute, die Flinte ins Korn zu werfen, aber das will ich nicht. Das tue ich nicht. Ich will es begreifen.

Vielleicht muss ich es anders betrachten? Dass die Frage, ob es eine Strafe oder eine Prüfung ist, keinen Einfluss darauf hat, wie ich es empfinde, und dass es einzig und allein darauf ankommt, wie ich reagiere?

Von wem habe ich gelernt, fröhlich zu sein? Vielleicht von Lieven. Aber das Leben mit Otie und Mutter hat vieles von dem, was ich von ihr gelernt habe, in den Hintergrund gedrängt. Oties Gott war so gerecht und so beschäftigt wie sie selbst, Zeit zum Loben hatte er nicht. Und der Gott dieses Pfarrers hat mir mit erhobenem Zeigefinger eine Strafe angedroht, schließlich ist der Sünde Sold der Tod. Haben wir etwa alle unseren eigenen Gott? Den lieben Gott von Lieven oder den strafenden Gott von Otie und dem Pfarrer? Wann habe ich zum ersten Mal gedacht, dass ich ihn vor allem zufriedenstellen musste, und wann war ich zum ersten Mal tief in meinem Herzen von ihm enttäuscht? Als ich ihn bat, mich diese Wunderbohne finden zu lassen? Als ich ihm versprach, meiner Mutter nie wieder Kummer zu machen?

Welche Dinge waren geschehen, auf die ich keinen Einfluss hatte? In manchen Fällen war das ganz klar. Ich konnte nichts dafür, dass das erste Elsjen gestorben war, und am Tod meines Vaters war ich genauso wenig schuld. Die Viehpest konnte ich ebenfalls nicht verhindern, selbst wenn ich mich noch so sehr anstrengte, die Heiden aus meinem Bett zu verbannen.

Im Moment weiß ich nicht wirklich, wer Gott ist. Ich weiß, dass ich ihn eine Zeit lang nicht an mich herangelassen habe, weil er zu viel von mir verlangte.

Ich lese die Gedanken, die ich heute Nacht aufgeschrieben habe, noch einmal durch, und sie scheinen mir verworren. Aber im Nachhinein frage ich mich doch, ob vielleicht *Gott* es war, der mir Menschen wie Lieven und Janna über den Weg geschickt hat.

Eigentlich lässt sich die Zeit mit Lieven vergleichen mit dem Finden der Wunderbohne. Ich hätte nicht danach zu suchen brauchen, Lieven selbst war für mich so etwas wie eine Leiter zum Himmel. Schade, dass ich das jetzt erst entdecke. Oder sollte ich sagen, schön, dass ich es jetzt erkenne?

Doldersum, 1747–1748

Otie brachte die Gerüchte um Lieven zum Schweigen. Sie besaß Autorität, und die anderen Frauen im Dorf hörten auf das, was sie über die erste kranke Kuh auf dem Jahrmarkt in Runne sagte. Die gehörte einem Bauern aus einer ganz anderen Stadt – was sollte Lieven damit zu tun haben? War etwa die ganze Region verhext? Die Viehpest gab es überall! Die Leute sollten sich lieber mit der Frage beschäftigen, was Gott damit sagen wollte –

warum er die Region so schlug. Und die saure Milch? Die Frau, die das gesagt hatte, sollte ihre Eimer besser putzen, dann erledigte sich das von selbst.

Als Muhme Lieven kurze Zeit darauf bei uns im Haus war, hörte ich, wie Otie auf sie einredete. Sie sprach ziemlich laut, denn Lieven war schon ziemlich schwerhörig. Ich war gerade bei den Hühnern, um Eier einzusammeln, und blieb dort sitzen, bis ich Lieven davonschlurfen hörte.

„Halt dich mal ein bisschen bedeckt", sagte Otie, während Lieven ihr schweigend zuhörte. „Ich habe jetzt schon so viele Gerüchte entkräften müssen. Deinen Bruder habe ich ein bisschen bremsen können mit all seinen Geschichten, aber du machst immer, was du willst. Hör endlich auf damit, deine Märchen herumzuposaunen, und geh lieber öfter in die Kirche, statt dich ständig auf der Heide herumzutreiben."

Lieven gab keine Antwort, und ich merkte, dass Otie ihren Zorn kaum noch zügeln konnte. Ich hörte es an ihrer Stimme, die immer heftiger wurde.

„Ich merke schon, dass ich auf taube Ohren stoße. Aber eins sage ich dir: Ich habe es satt, dass meine Familie mit dem Gerede von der Schwarzen Liesbeth in Verbindung gebracht wird!" Damit war das Gespräch beendet, denn Lieven stand auf und verließ unseren Hof. Ihr Rücken schien mir noch gebeugter als sonst.

Ich wusste nicht, wovon Otie gesprochen hatte, und fragte sie natürlich auch nicht danach. In den folgenden Monaten vergaß ich Lieven ein bisschen. Ich hatte keine Zeit, sie zu besuchen, denn mein Leben war auf einmal voller Wunder, als die Winterschule begann. Ich lernte, Buchstaben zu erkennen und zusammenzusetzen. Plötzlich konnte ich Wörter, die ich schon seit Jahren benutzte, auf meine Schiefertafel schreiben und wieder von dort ablesen. Dass ich mit den Buchstaben von „Nebel" auch „Leben“ schreiben konnte und mit denen von „Regal“ auch „Lager“, ließ mich ehrfürchtig staunen.

Hillegijn und ich machten uns einen Spaß daraus, uns auf dem Schulweg immer neue solcher Rätsel auszudenken, und wetteiferten miteinander, wem die meisten einfielen. Meine Freundschaft mit Hillegijn war auch solch ein Wunder, nur dass es sich nicht so einfach fassen ließ. Woran lag es nur, dass von allen Kindern gerade Hillegijn diejenige war, mit der ich mich am besten verstand? Warum war es so schön, gerade mit ihr zu reden, auch wenn es noch zwei andere Mädchen gab, die genauso alt waren wir ich? Und wie kam es, dass Hillegijn das genauso empfand?

Von den älteren Jungen und Mädchen brachten uns vor allem die Jungen wenig Interesse entgegen. Nur Leffert, der in jenem Jahr zum letzten Mal zur Winterschule ging, gesellte sich manchmal zu uns. Meist fragte er dann, wie es bei uns auf dem Bauernhof ging, was das Schaf machte, das Leberfäule hatte, und ob Otie noch bei Kräften sei.

Ich fragte mich, ob er wohl noch an jenen Sommer vor zwei Jahren dachte, als wir miteinander im Wasser geplanscht hatten. Meist wurde er nach kurzer Zeit wieder von seinen Freunden in Anspruch genommen, die ihn auslachten, weil er neben zwei Mädchen herlief. Er zuckte dann die Schultern und schloss sich wieder Rolf Hendriks und Jan Albers an. Rolf Hendriks war der Sohn des Wirts und Jan Albers der Sohn eines Vollbauern. Neben ihm nahm Leffert sich ärmlich aus in seinen geflickten Kleidern, aber ich fand ihn am nettesten von allen Jungen.

Einmal geschah etwas, wofür ich Leffert von da an immer dankbar war. Nicht, dass er selbst oder eins der anderen Kinder das gemerkt hätte, aber in meinem Herzen empfand ich das so.

Es war ein schöner Tag, an dem die Sonne schon kräftig geschienen hatte. Weil wir in Vleddere noch mit anderen Kindern gespielt hatten, gingen wir ziemlich spät nach Hause. Es begann schon zu dämmern, und plötzlich lag auf dem Weg mitten auf der freien Fläche zwischen Vleddere und Doldersum ein weißer Dunst. Er schien auf uns zuzuschweben, und wie von selbst verstummte das fröhliche Geschwätz. Ein älteres Mädchen blieb stehen und flüsterte mit heiserer Stimme: „Eine weiße Frau! Das ist der Geist der Schwarzen Liesbeth!“ Wie gelähmt blieben wir stehen. Mit ängstlichem Blick fuhr das Mädchen fort: „Sie ist hier gestorben und kann keine Ruhe finden.“

„Die Schwarze Liesbeth?“, fragte Hillegijn leise. Mein Herz begann zu klopfen. Von der hatte Otie auch schon gesprochen. Hoffentlich fing das Gerede über Lieven nun nicht wieder von vorn an!

„Sie hat sich erhängt und ist auf dem Brachland begraben worden, wo sie sich immer herumgetrieben hat, weil sie nicht auf dem Friedhof beerdigt werden durfte. Und jetzt sucht sie einen Ort, wo sie zur Ruhe kommt, aber sie kann keinen finden.“

Plötzlich schaute das Mädchen mich an. Ich schauderte und mein Gesicht begann zu glühen.

Leffert rettete mich, so wie Otie Lieven gerettet hatte. Er richtete sich auf und sagte laut: „Das ist bloß Angstmacherei. Letzten Herbst war ich mit meinem Vater in der Heide, und da habe ich Hunderte von Nebelschwaden gesehen – bestimmt alles rastlose Seelen, was? Das ist doch Altweibergeschwätz!“ Er drehte sich um und begann zu rennen, mitten durch den weißen Dunst hindurch. Dabei lachte er und wirbelte die Arme im Kreis herum: „Mach Platz, weiße Frau, ich bin Leffert und ich bin so stark wie der Riese Goliath.“

Wir hielten alle den Atem an, aber es geschah nichts Schreckliches. Dann brach der Tumult los. Die Jungen liefen schreiend hinter Leffert her, während die Mädchen nervös lachten und redeten. Für den Rest des Weges achteten wir sehr wohl darauf, dass wir nahe bei den Jungen blieben. Zu Hause sprach ich mit niemandem über diesen Vorfall.

Als die Schafe zu lammen begannen, endete die Winterschule. Der Hof erwachte aus seinem Winterschlaf, und in den Schafställen herrschte rege Betriebsamkeit. Die blökenden Lämmchen, die ihre Mütter im eigenen Stall mühelos fanden, konnten sie im Gedränge der großen Herde verlieren. Darum musste man ihnen beibringen, vom Dorfplatz aus selbst den Weg zu ihrem Stall zu finden. Der Mist aus den Tiefställen musste auf die Äcker gebracht und das Unkraut im Winterroggen gejätet werden.

Für die Frauen gab es im Haus genug zu tun. Vor Ostern wurde Großputz gehalten – die Leinenbezüge wurden gewaschen und mit neuem Stroh gefüllt, Gardinen gebürstet, Schränke ausgewischt, Gerümpel aussortiert, Teppiche geklopft und Kleider gelüftet.

Der Frühling war nass und kalt, der Roggen wuchs schlecht und die Weiden blieben lange sumpfig. Die Viehpest war zum Stillstand gekommen, aber viele Schafe litten an Leberfäule, weil die Heide völlig durchnässt war.

Eines Nachmittags im Mai, als Otie außer Haus war, bat ich meine Mutter um die Erlaubnis, zu Lieven zu gehen. Seit dem Gespräch, das ich belauscht hatte, war mir klar, dass ich Otie das nicht fragen durfte. Lieven kam auch nicht mehr, um mich zu holen, und obwohl ich sie natürlich manchmal traf, wenn sie bei uns oder anderen Bauern zu Besuch war, verspürte ich plötzlich ein heftiges Verlangen, mit ihr allein zu sein.

Die Frage, die ich ihr wegen der Schwarzen Liesbeth stellen wollte, begann mich immer mehr zu quälen. In meinen Träumen sah ich Liesbeth an einem Seil hängen, oder ich wurde von einer weißen Frau verfolgt, wenn ich einem Irrlicht nachgegangen war, aus dem ich nicht mehr herausfand. Immer öfter hatte ich solche Träume.

Meine Mutter stimmte zögernd zu, aber sie bat mich, nicht zu lange wegzubleiben. „Bring noch getrockneten Klatschmohn für mich mit", sagte sie. „Von dem Auszug kann ich gut schlafen, wenn ich unruhig bin. Und dann hast du gleich einen Grund, hinzugehen."

Lieven sah überrascht auf, als ich ihr kleines Zimmer betrat. „Guten Tag, mein Mädchen, bist du mal wieder gekommen?" Unvermittelt lief ich auf sie zu und gab ihr einen Kuss auf die alte, faltige Wange.

„Na, na, wie komme ich zu der Ehre?", fragte sie, aber ihre Augen glänzten. Sie goss mir einen Becher Milch ein und versuchte ein paar Kandisstücke aus einem Schälchen zu nehmen. Es gelang ihr nicht, und das Schälchen rutschte auf ihren Schoß. Ich half ihr, die Stückchen zurückzulegen, und betrachtete ihre Hände. Ihre Finger waren ganz krumm gebogen.

„Muhme Lieven, was ist mit deinen Händen passiert?", fragte ich.

„Was sagst du, Mädchen?" Sie hielt die Hand hinter ihr Ohr.

Ich wiederholte meine Frage etwas lauter.

„Ach Mädchen, ich werde alt, das ist es. Ich lege Beinwellblätter auf und das hilft ein bisschen, aber gegen das Alter lässt sich nichts machen, damit muss ich mich abfinden."

„Kann ich vielleicht irgendetwas für dich tun?"

Kurz darauf zerstampfte ich mit einem Mörser die Samenkörner des roten Klatschmohns, die Lieven aufbewahrt hatte. Es war herrlich, bei Lieven zu sein, die Gerüche in ihrem Haus zu riechen und ihre vertraute Nähe zu spüren. Ich erzählte ihr auch, dass ich von der Schwarzen Liesbeth gehört hätte. Wusste sie vielleicht, wer das war?

Lievens Gesicht verdüsterte sich, aber dann begann sie zu reden. „Die Leute erzählen von einer Hexe, die sich vor Urzeiten auf der Heide herumgetrieben haben soll. Angeblich hat sie sich erhängt. Nun gib es Menschen, die den Geschichten, die schon immer über sie erzählt wurden, neues Leben einhauchen wollen. Und das liegt daran, dass manche Leute irgendjemandem die Schuld geben wollen, wenn etwas geschieht, das sie nicht begreifen. Ich hoffe, dass du dir solche Geschichten nicht zu Herzen nimmst, Mädchen. Deine Muhme Lieven ist eine einfache Frau, die alles, was Gott geschaffen hat, bewundert und es gebraucht, wenn es irgend möglich ist."

Ich erschrak und sah Lieven an.

„Nun guck mal nicht so betreten. Ich weiß schon, was so über mich geredet wird ..."

Lieven stand auf und ging zu ihrem kleinen Schrank. Hinter der Bettwäsche holte sie einen Stoß Bücher hervor. Sie legte ihn vor mich auf den Tisch, und ich sah die zierlichen Buchstaben auf dem Umschlag des obersten Büchleins. „Die heilende Kraft der Kräuter" stand darauf. Ich folgte den Buchstaben mit dem Finger und blickte Lieven fragend an. Warum zeigte sie mir die Bücher?

„Weißt du noch, wie du hinter dem Vogel hergelaufen bist, Elsjen? Und wie ich dich fand, verirrt in der Heide?"

Ja, ich erinnerte mich an meinen herrlichen Ausflug in die Heide, der so erbärmlich geendet war, weil Mutter solche Angst gehabt hatte. Ich nickte.

„Schon damals habe ich beschlossen, dass du diejenige sein sollst, die meine Bücher bekommt, wenn der liebe Gott mich einmal zu sich nimmt. Das ist mein Vermächtnis an dich."

Mir wurde ganz warm; ich war glücklich und fühlte mich reich. Ich stand auf, ergriff Lievens Hände und küsste sie in der plötzlichen Angst, dass sie mich verlassen könnte, und gleichzeitig in der Hoffnung, dass sie noch lange nicht sterben würde. Sie legte ihre Hände um meinen Kopf und zog mich an sich.

Otie nahm mich an jenem Abend beiseite. Ich war doch recht lange weggeblieben, fand sie. „Ein paar Kräuter für deine Mutter zu holen, das braucht nicht so lange zu dauern. Du bist jetzt beinah zehn, und ich kann dich immer besser gebrauchen auf dem Hof. Dich hier nützlich zu machen, ist deine wichtigste Pflicht. Du bist jetzt alt genug, um buttern zu lernen. Und von wem im Dorf kannst du das so gut lernen wie von mir?" Ihre Augen blickten streng. Aber ich spürte, wie sich Widerstand in mir regte, und protestierte schwach: „Vielleicht kann Lieven ein bisschen Hilfe gebrauchen, jetzt, wo ihre Hände so krumm werden." Aber Oties Augen wurden noch dunkler. „Lieven kann es ein bisschen langsamer angehen lassen. Sie muss nicht mit aller Gewalt Kräuter suchen und verarbeiten. Wenn *du* hier auf dem Hof hilfst, können *wir* Lieven helfen. Sie kann bei uns essen, wann immer sie will. Ich werde ihr auch sagen, dass für dich die Zeit, sie auf ihren Streifzügen zu begleiten, endgültig vorbei ist." Damit war das Gespräch beendet. Ich wurde nicht gefragt, es wurde über mich verfügt. Oties Augen duldeten keinen Widerspruch.

Die Winterschule, Sankt Martin, Weihnachten, das Jahr flog nur so dahin. Das Gespräch kreiste um die Sorgen aufgrund der Missernte und um die Leberfäule, die der Schäfer jedoch schließlich zum Stillstand bringen konnte.

Es war lange nicht mehr so nass gewesen wie dieses Jahr. So sah man es wieder: Jedes Jahr hatte seine eigenen Sorgen. Es war die Frage, ob mit dem wenigen Gras, das gemäht worden war, nicht das Futter knapp wurde. In diesem Winter musste mehr Heide unter das Futter gemischt werden. Und die Frauen- und Kinderhände mussten eifriger als in anderen Jahren das Mutterkorn aus den Roggenkörnern herauslesen, anders ging es nun einmal nicht. Aber wir hatten ein gutes, fettes Schwein, das war beruhigend. Als es geschlachtet war, hängte Otie stolz die Würste in den Rauchfang.

Den Silvesterabend verbrachte Lieven bei uns, aber noch bevor die Glocke von Vleddere zu läuten begann und wir hier und da die Schüsse aus den alten Vorderladern hörten, wollte sie nach Hause. Luit und Barteld begleiteten sie. Meine Brüder wollten nach dem Schießen mit Freunden losziehen, um sich überall Neujahrsschnäpse spendieren zu lassen und alles, was vor den Häusern herumstand, auf den Dorfplatz zu stellen.

„Kommst du morgen Neujahrskuchen holen, Mädchen?“, fragte Lieven, als sie sich von mir verabschiedete. Ich hörte ihren pfeifenden Atem und nickte in plötzlicher Sorge: „Ich werde morgen die Erste sein, Lieven!“

An jenem Neujahrsmorgen des Jahres 1748 stand ich ganz früh auf und begann mit meinen täglichen Aufgaben. Luit, Barteld und der Knecht kamen durch die Tennentür herein, offenbar waren sie gar nicht erst im Bett gewesen. Barteld ging ein wenig schwankend an den Melkgerätschaften vorbei und kitzelte mich in der Seite.

„Na, hübsches Mädchen, so spät bist du noch auf?“

Ich kicherte, aber er roch nach Alkohol und so stieß ich ihn weg. „Was, ist dir so ein Besenstiel lieber als ein echter Kerl wie ich?“, fragte er und wollte mich packen. Ich wich seinen Händen aus und begann weiterzukehren. Luit stand steif dabei und sah zu, aber dann nahm er seinen Schemel und seinen Eimer und begann wortlos zu melken. Barteld und der Knecht taten es ihm nach.

Otie kam aus dem Bett, schürte das Feuer und hängte einen Topf an den Kesselhaken, um den Morgenbrei zu kochen. Dann legte sie ihre Sonntagstracht an. Mutter erschien erst, als der Brei schon auf dem Tisch stand. Sie und Otie würden viel zu tun haben mit all den Besuchern, die heute vorbeikamen, um uns Heil und Segen zu wünschen, ein Glas Rosinenbranntwein zu trinken und Kuchen zu essen.

Ich hatte mit Hillegijn ausgemacht, dass wir gemeinsam durchs Dorf gehen würden, um Hände zu schütteln und Gebäck zu essen. Aber zuerst wollte ich zu Lieven. Schnell zog ich meine violette Jacke und den violetten Rock an und band mir die neue bunte Schürze vor. Ich wollte das neue Jahr fröhlich beginnen, und gemeinsam mit Hillegijn würde das sicher gelingen. Mein Atem machte Wölkchen in der kalten, klaren Luft.

Ich klopfte und öffnete gleichzeitig die Tür. Lieven saß in einer seltsamen, etwas schiefen Haltung am Tisch, der Kopf lag auf ihrem Arm. Neben ihrer Hand lag eine Gänsefeder. Das Feuer brannte, und darüber hing ein Topf mit Brei, der leise blubberte. Auf dem Tisch standen ein Tintenfass, eine Schale mit Waffeln und daneben der Bücherstapel, den sie mir einmal gezeigt hatte. Seltsam, wie ich das alles in mich aufnahm und es plötzlich genau wusste: Lieven war tot. Ich erschrak nicht, empfand keine Angst, sondern eher Genugtuung darüber, dass ich diejenige war, die sie finden durfte. Ich schloss die Tür und ging auf Zehenspitzen zum Tisch, als hätte ich Angst, Lieven aus ihrem Todesschlaf zu wecken.

Vor ihr lag eine Karte, so wie diejenigen, die an den Töpfen und Krügen hingen. „Für mein liebes Elsjen“, stand in zittriger Handschrift darauf. Es musste sie viel Mühe gekostet haben, dies mit ihren krummen Fingern zu schreiben.

Ich setzte mich neben Lieven und legte meine Hand auf ihre. Sie war noch ein bisschen warm. „Danke“, flüsterte ich. Meine Augen brannten. Dann beugte ich mich über sie und drückte ihr einen Kuss auf die Wange.

Assen, 22. August 1767

Gestern kam wieder der Pfarrer vorbei. Ich hatte ihm schon zu verstehen gegeben, dass er nur seine Zeit verschwenden würde, aber was soll ich machen, wenn Folkert ihn hereinlässt und die Tür hinter ihm zuschließt? Der Mann tut ja nur das, wozu ihn die Provinzialverwaltung beauftragt. Er hat nicht nur über das Seelenheil der Menschen in Assen zu wachen, sondern auch über das all der armen Sünder und Sünderinnen im Gefängnis, unter denen ich im Moment die Größte bin. Daran besteht für ihn kein Zweifel.

Ich will mir die Worte zu Herzen nehmen, die Elifas an Hiob richtete: „Ich aber würde mich zu Gott wenden und meine Sache vor ihn bringen …“ Ich glaube, das ist der Grund, warum ich meine Bibel doch wieder aufgeschlagen habe. Aber dazu brauche ich diesen Pfarrer nicht. Wie kann ich nur erreichen, dass er seine wöchentlichen Besuche einstellt?

Nachdem er mir vorgehalten hatte, wie verderbt ich bin und dass ich in der Hölle landen würde, wenn ich meine Sünden nicht umgehend bekenne, habe ich gesagt, was Hiob zu seinen Freunden sagt: „Eure Worte sind für mich wie fade Speise!“ Und ich setzte noch hinzu: „Ich spucke sie aus!“ Ich muss jetzt noch lachen, wenn ich an sein erstauntes Gesicht denke, das sich gleich darauf zu einer zornigen Grimasse verzog. Wütend sprang er hoch: „Das ist wirklich das letzte Mal, dass ich dich besuche. Ich komme erst wieder, wenn du ausdrücklich darum bittest. Vielleicht kommst du ja doch noch zur Einkehr.“ Dann stürzte er davon. Er knallte die Zellentür zu, und ich hörte sein lautes Schimpfen, weil es einen Moment dauerte, ehe Folkert den Schlüssel umdrehte. Für einen Moment war die fromme Maske von ihm abgefallen.

Das Leben hat eine gewisse Ähnlichkeit mit dem auf Hochglanz polierten Schrank meiner Otie. Die Schranktür durfte einen Spalt offen stehen, damit die Besucher wussten, welche Schätze sie gesammelt hatte, aber niemand wusste genau, was *dahinter* verborgen lag.

So ist es auch mit dem Leben. Was verstecken wir hinter den schönen, sichtbaren Stapeln von Fleiß, Fügsamkeit und frommen, wohltönenden Worten? Verdrängte Erinnerungen? Schmerz? Zorn? Geheuchelte Liebe? Abneigung? Verborgene Sünden?

Dass ich Jan das Arsenik gegeben habe, konnte ich nicht verstecken. Es konnte ja nicht verborgen bleiben.

„Wo hast du das Arsenik gelassen?“, fragte der Landschreiber beim Verhör.

„Im Schrank, in einer Schublade.“

„Warum hast du es versteckt?“

Ich zuckte die Schultern. Warum hast du es versteckt? Was für eine dumme Frage von Meister Neunmalklug. Ich sage immer noch, dass ich dessen, was mir zur Last gelegt wird, nicht schuldig bin. So ist also das Leben, auch mein Leben. Wie ein Schrank, der einen Spaltbreit offen steht. Das Äußere dürfen die Menschen gern sehen. Aber weit hinten liegt das versteckt, worum es wirklich geht. Und jetzt, im Gefängnis, habe ich begonnen aufzuräumen.

Ganz in den Hintergrund gedrängt finde ich meine Erinnerungen an Lieven. Wichtig genug, um sie zu bewahren, aber nicht, um sie zur Schau zu stellen. Lievens Bücher habe ich nicht mehr, Otie hat sie mir gleich weggenommen. Nur von dem, was ich behalten habe, konnte ich manchmal Gebrauch machen. Lieven war mir so teuer. Ich wollte nicht, dass jemand ein böses Wort über sie sagte. Durch mein Schweigen habe ich sie aus unserem Leben verbannt, und Gott weiß, dass mich das jetzt zum

Weinen bringt. Erst jetzt. Heute, neunzehn Jahre später und eingesperrt in ein Loch von zwei mal drei Metern, würde ich gern in die Vergangenheit zurückkehren. Ich würde mich vor Otie hinstellen mit meinem Bücherstapel und sagen: „Lass die Finger davon. Die gehören mir. Lieven hat sie mir gegeben!"

Ich erschrecke beinah über mich selbst, über die Härte meiner Worte. Gleichzeitig fühle ich mich erleichtert. Zu lange musste ich meine Tränen und Worte hinunterschlucken.

Ich lese immer noch im Buch Hiob. Ich genieße es, wie er seinen Freunden antwortet. Obwohl sie manchmal durchaus wahre Dinge sagen, begreifen sie ihn nicht wirklich. Er nimmt kein Blatt vor den Mund, was hat er zu verlieren? Ich habe das Gefühl, ihm ähnlich zu sein. Meine Kinder wurden mir genommen, für meine Mutter kann ich nicht mehr sorgen und unser Hof – was ist der jetzt noch wert? Gott hat alles genommen, alles, worauf ich mein Leben aufgebaut hatte. Warum sollte ich jetzt nicht alles sagen? Aber zu wem? Ich habe hier keine Freunde, mit denen ich reden kann. Ich dachte, ich würde für meine Kinder schreiben, aber vielleicht rede ich mehr mit mir selbst, mit Otie, mit meiner Mutter.

Vielleicht rede ich auch mit Gott. Will ich mich verteidigen? Ist es das, worum es hier geht? Will ich beweisen, dass das Leben wie ein Schrank ist? Und dass dieser Schrank von meiner Otie gefüllt wurde – und ich hinter dem, was sie mir hinterlassen hat, meinen Zorn versteckt habe?

Nach Lievens Begräbnis rief Otie mich zu sich und erklärte mir, dass Lieven Glück gehabt hätte, dass sie zu uns gehörte. Schließlich hätte sie nicht alle Tassen im Schrank gehabt. Es sei besser, nun nicht weiter davon zu reden, dass sie mit uns verwandt gewesen sei. Im Dorf würde schnell geredet, ich hätte doch selbst gehört, wie die Menschen über Lieven sprachen.

„Wo sind die Bücher, die ich von Lieven bekommen sollte?", fragte ich.

Otie sah mich überrascht an. „Was denn für Bücher?"

„Die auf dem Tisch lagen. Es war eine Karte dabei. ‚Für Elsjen' stand darauf. Lieven hatte sie mir versprochen."

„Oh, die waren für dich? Nun, die Bücher werde ich schon aufbewahren, damit darfst du dich jetzt nicht zu sehr beschäftigen. Du musst eine gute Bäuerin werden, und ich werde alles tun, um dir dabei zu helfen. Darüber wird sich deine Mutter auch sehr freuen. Gott verbietet Hexerei, und wie schnell verstrickt sich ein Mensch in böse Dinge. Davon musst du dich fernhalten. Und jetzt will ich nichts mehr von Lieven hören." Oties Miene machte deutlich, dass sie keinen Widerspruch duldete.

Ja, ich wollte meine Mutter froh machen, mehr als alles andere auf der Welt. Für ein Lächeln meiner Mutter hätte ich alles getan. Aber ich fand es so niederträchtig von Otie, dass sie mir die Bücher nicht gab, obwohl ihre letzte Bemerkung mich ziemlich verwirrte. War Lieven etwa doch eine Hexe? Und waren die Bücher, die ich von ihr geerbt hatte, verbotene Bücher aus einer anderen, bösen Welt? Wie konnte die Welt von Lieven böse sein? Ich hatte nur Gutes von ihr empfangen. Ich lief nach draußen und suchte einen spitzen Stein. Als ich ihn gefunden hatte, steckte ich ihn in die Tasche meines Unterrocks. Als ich am Abend zu meinem Bett im Vorderhaus ging, schlich ich mich zu Oties Schrank, in dem die Bücher lagen. Ich zögerte. Ich wagte nicht, an dem glänzenden Holz zu kratzen, obwohl ich das eigentlich vorgehabt hatte. Ich bückte mich und kratzte wütend über die Unterseite des Schrankes. Das knirschende Geräusch erfüllte mich mit Befriedigung.

Das Jahr, das auf Lievens Tod folgte, war von Unruhe erfüllt. Die Viehpest brach wieder aus und verschonte keinen einzigen Hof in Doldersum. Die Menschen waren bedrückt. Eine düstere Stimmung hing über dem Dorf, die durch keinen Jahrmarkt im Frühjahr aufgehellt wurde, denn die Pest machte das unmöglich. Woche für Woche wurde in der Kirche leidenschaftlich dafür gebetet, dass die Pest aufhörte, und die Provinzialverwaltung erließ allerlei Vorschriften über frei herumlaufende Tiere wie Schweine und Hunde und verbot die Einfuhr von auswärtigem Vieh. Aber nichts schien zu helfen. Die Gespräche bei den gegenseitigen Besuchen drehten sich um die Predigten, die der Pfarrer hielt. Man sprach ausführlich über den zunehmenden Besuch der Wirtschaften, über Beerdigungen, die zu Trinkgelagen ausarteten, und über das Vieh, das verehrt wurde wie ein Götze.

Otie stimmte mit dem Pfarrer überein, was das ausschweifende Leben betraf. Aber ihr Vieh als Götze – wovon redete dieser Mann überhaupt? Er wusste doch ebenso gut wie sie, dass wir von irgendetwas leben mussten, und dass man, wenn es so weiterging, bald keinen Cent mehr für die Kirche übrig haben würde.

Obwohl die Viehpest weiterhin allen Sorge machte, richtete sich die Aufmerksamkeit im Mai auf etwas anderes. In regelmäßigen Abständen ertönte das Widderhorn. Man versammelte sich auf dem Dorfplatz und beriet über die zusätzliche Steuer, die erhoben wurde, um die Truppen des Statthalters zu unterhalten.

Ich war zu klein, um alle Einzelheiten zu begreifen, aber es ging um einen Angriff des französischen Heeres auf die südlichen Grenzanlagen der Republik. Dieser Angriff hatte im vergangenen Jahr stattgefunden, und nun sollten dort die einheimischen Truppen verstärkt werden. Für mich waren das schwierige Begriffe, die ich noch nicht vollkommen einordnen konnte. Aber ich begriff im Laufe der Jahre wohl, dass die Bauern von Drenthe die hohen Steuern satt waren, denn sie konnten nicht nachvollziehen, was mit ihrem Geld gemacht wurde. Und sie fanden auch, dass es an der Zeit war, mehr Mitspracherecht bei der Provinzialverwaltung zu bekommen. Sie wollten nicht länger hinnehmen, dass eine kleine Gruppe Hochgestellter über sie entschied und einander die fetten Brocken zuschusterte, wenn es um gewinnbringende Ämter und das Eintreiben der Steuern ging.

Es gab wieder ein nasses Frühjahr, die Saat verfaulte im Boden und nicht die Hälfte des Saatguts ging auf. Die Viehpest, die Aussicht auf eine weitere Missernte, die niedrigen Getreidepreise und die Steuer machten die Bauern ungewöhnlich mutig; sie nahmen den Kampf mit der herrschenden Klasse auf.

Wenn das Widderhorn ertönte, trieb Otie Barteld immer an, hinzugehen. Schließlich war er jetzt der Mann im Haus. Am liebsten wäre sie vermutlich selbst hingegangen, aber das gehörte sich nicht. Wenn Barteld nach Hause kam, wurde alles besprochen, und dann wurden die Gespräche noch tagelang fortgeführt mit jedem, der vorbeikam. So bekam ich einiges mit von der Unruhe.

In jenen Tagen hörte ich Otie verschiedentlich sagen, sie fände es schade, dass Barteld noch kein Bauernvertreter sei wie früher ihr Vater. Diese Zeit würde gewiss noch kommen, sagte sie nachdrücklich zu Barteld und Luit. Ansonsten musste sie sich begnügen mit all dem, was Barteld nach einem Treffen mit den Bauernvertretern von Doldersum zu berichten hatte, wenn diese von einer Sonderversammlung der Abgeordenten von Drenthe zurückgekehrt waren.

Diese Versammlungen wurden ohne die Provinzialversammlung abgehalten, und schon bald wurden wir von der Kanzel herab ermahnt, diese Versammlungen nicht länger zu besuchen. Sie widersprachen den Gesetzen der Provinzialversammlung. Wenn die darauffolgende Predigt zu lange dauerte, stand ein Teil der Abgeordneten auf und begann vor der Kirche eifrig zu besprechen, was zu tun war, eine Besprechung, die im Gasthaus fortgesetzt wurde, wo man dann auf einen guten Ausgang anstieß. Der Prinz stand immerhin auf ihrer Seite.

Ich spüre heute noch die Spannung, die an jenem Sonntag im August herrschte, als der Pfarrer ein Pamphlet vorlas, in dem stand, dass der Prinz sich nachdrücklich gegen die eigenmächtige Festsetzung von Abrechnungsterminen aussprach und das Recht zu derartigen Veränderungen ausschließlich sich selbst vorbehielt. Wir hörten, dass er, um die Ruhe wiederherzustellen, Truppen aus Coeverden nach Assen schicken würde. Es wurde unangenehm still in der Kirche, und die Gesichter der meisten Männer blickten grimmig. Auch Otie neben mir erstarrte, und durch die Wimpern meiner halb geschlossenen Augen sah ich zu meinem Schrecken, dass sie die Hände während des letzten Gebetes nicht gefaltet hatte; sie lagen zu Fäusten geballt auf ihrem Schoß. Dort in der Kirche begann ich mir zum ersten Mal Sorgen darüber zu machen, wie es weitergehen sollte, wenn sich die Lage nicht verbesserte.

Ich half öfter als sonst beim Buttern. Viele Stunden bewegte ich den Butterstößel auf und nieder, bis sich meine Arme anfühlten, als ob zehn Butterfässer daran hingen und ich sie beinah nicht mehr heben konnte. Dann übernahm Otie mit ihren starken Armen das Stampfen. Viel Milch gab es nicht mit unserem halbierten Viehbestand, aber von dem, was uns blieb, machten wir die beste Butter. Noch immer musste Otie nicht jede Woche zum Buttermarkt und das beruhigte mich doch.

Außerdem brachte mir meine Mutter in jenem Jahr das Spinnen bei. Zu Anfang spann ich noch oft unregelmäßige, knotige Fäden, aber geduldig zeigte sie mir immer wieder, wie ich das verhindern konnte. Ich sah den Faden, den sie aus der gekämmten Wolle hervorzauberte, wie sie ein Wollbüschel mit dem nächsten verband, während ihr Fuß ununterbrochen das Spinnrad weiterbewegte. Ebenso wie das gemeinsame Füttern der Tauben gab mir das Spinnen ein Gefühl der Verbundenheit mit ihr, als seien wir beide zwei Wollbüschel, die zu *einem* Faden gedreht wurden. Wie sehr gehörte ich zu Mutter und wie sehr gehörte sie zu mir! Und wie sehr schmerzte mich ihre schwache Gesundheit, als sie gegen Ende des Winters so zu husten begann, dass sie sich manchmal übergeben musste.

Ihr Lächeln, das sie mir ab und zu zuwarf, wenn wir gleichzeitig aufblickten, bedeutete mir tausendmal mehr als das Geld, das uns Sicherheit schenkte und das Otie wortlos in ihren Schrank legte. Gemeinsam saßen wir in jenem Winter am Feuer und spannen, und in meinem Bett dankte ich Gott dafür, dass ich auf diese Weise zum Unterhalt unseres Bauernhofes beitragen konnte, aber noch mehr dafür, dass ich Seite an Seite mit meiner Mutter arbeiten durfte.

Im folgenden Frühjahr hörte ich wieder den Bussard rufen: *ieuuu, ieuuu.*

An einem warmen Tag im Mai, als Otie und Mutter ihren Mittagsschlaf hielten, konnte ich ihm keinen Widerstand mehr entgegensetzen. Nur ganz kurz, redete ich mir ein. Während ich das Joch mit den Eimern absetzte und dem Bussard folgte, war es, als würde ich Geigenmusik hören. Als ich weit genug vom Dorf entfernt war, begann ich mitzusingen und vorsichtig die Arme zu schwingen. Meine Bewegungen wurden immer geschmeidiger, und ich dachte an das Mädchen mit dem roten Rock und an den Bussard, der mit weit ausgebreiteten Flügeln durch die Luft schwebte. Die Sonne ließ Blumen, Sand und Heide duften. Ich spürte ein Glück, das ich so lange nicht gekannt hatte, und dachte an nichts als die Sonne, den Vogel und die Musik in meinem Kopf.

Tanzend pflückte ich Blumen, schwebte mit geschlossenen Augen immer weiter über die Heide und kam erst zur Besinnung, als dicht neben mir eine Stimme sagte: „Elsjen?"

Ich erschrak und machte die Augen auf. Da stand Leffert. Wie konnte es sein, dass ich ihn und die Herde nicht hatte kommen hören? Ich spürte, wie mein Gesicht warm wurde, aber Leffert sagte nichts, er lächelte nur. Ich sah, dass er hier und da schon ein paar Bartstoppeln hatte, er wurde schon ein bisschen Mann. Ich war verlegen, weil er gesehen hatte, wie ich so selbstvergessen über die Heide tanzte.

„Bist du ganz allein mit der Herde?", fragte ich darum.

„Ja, Vater ist ziemlich krank, aber ich komme gut allein zurecht", sagte er. „Und du? Bist du ganz allein am Tanzen, weiße Frau?"

Ich wusste, dass er einen Scherz machte, aber ich fand es nicht schön, dass er das sagte.

„Ich gehe nach Hause." Ich drehte mich um und lief weg.

„He, mir hat's gut gefallen ... Wir können zusammen nach Hause gehen!", rief er mir nach. Aber ich machte mir plötzlich Sorgen und rannte weiter. Wie lange war ich fort gewesen, wenn Leffert schon auf dem Nachhauseweg war?

Als ich das Dorf erreichte, sah ich, wie Barteld auf einem Pferd davongaloppierte.

Mutter! Es ist etwas mit Mutter, durchfuhr es mich. Mir war, als würde mein Herz von einer eisigen Faust umklammert. Für einen Moment war ich wie gelähmt, doch dann verlieh die Furcht mir Flügel und ich stürzte zu unserem Hof.

An der Tennentür stieß ich mit jemandem zusammen. Es war Luit. „Verdammtes Biest, wo bist du wieder gewesen? Es ist deine Schuld", zischte er.

Ich riss mich los und lief über die Diele. Ein paar Nachbarinnen standen über eine Gestalt gebeugt, die am Boden lag, neben der Leiter zum Dachboden. Zögernd ging ich darauf zu. Ich musste wissen, wer da lag. Vorsichtig schob ich eine Nachbarin zur Seite. Sie machte Platz, und ich sah Otie liegen. O Wunder, es war Otie, nicht Mutter! Ein Kissen lag unter ihrem Kopf und eine Decke über ihrem Körper; sie war leichenblass und ihre Augen waren geschlossen.

Neben ihr kniete meine Mutter und hielt ihre Hand. Dann sah sie hoch, die Augen voller Tränen. „Wo warst du denn", sagte sie. Es war keine Frage, es war ein Vorwurf, der mich im tiefsten Innern traf.

Während der Jahre, die Otie noch lebte, regierte sie von ihrem Stuhl aus, und an den Tagen, als sie nicht aus dem Bett konnte, von dort. Der Arzt, den Barteld aus Steenwijk geholt hatte, hatte festgestellt, dass ihr Rückgrat gebrochen war. Sie würde wahrscheinlich nie wieder laufen können. Aber das hinderte sie nicht daran, mich kochen und braten zu lehren und mir beizubringen, wie ich die Wäsche zu waschen hatte, wie ich verhandeln musste, wenn ich mit der Magd zum Buttermarkt ging, und noch vieles mehr. Immer, wenn meine Brüder und ich etwas getan hatten, war da die Frage, ob wir es auch so und so gemacht und ob wir auch nicht dieses oder jenes vergessen hätten. Manchmal war ich das satt, aber dann sah ich, wie Otie das Gesicht vor Schmerzen verzog, wenn sie sich auf ihrem Stuhl zurechtsetzte. Dann fühlte ich mich schuldig und tat, was sie verlangte.

Jeden Abend bat ich Gott um Vergebung, aber jeden Morgen war da meine starke Otie, die nun gebrochen war und von Barteld oder Luit aus dem Bett getragen werden musste.

Schlimmer noch waren die traurigen Augen meiner Mutter, die zu fragen schienen, warum ich nicht da gewesen war – dann hätte Otie in ihrer Ungeduld nicht selbst auf den Dachboden klettern müssen, um die Zwiebeln zu holen. Aber geredet wurde über das alles nicht, und Otie schien sich in ihr Schicksal zu fügen. Nach einiger Zeit genoss sie es sogar, dass sie so viel Besuch bekam. Sie äußerte nie ein Wort der Anerkennung, aber einmal sagte sie zu mir: „Der Mensch denkt und Gott lenkt, Elsjen." Vielleicht wollte sie mich auf diese Weise von den Schuldgefühlen befreien, die sie bei mir vermutete, ich weiß es nicht.

Im April 1751 spürte sie, dass ihr Ende nahte. Eines Abends rief sie uns nacheinander zu sich. Was sie zu Barteld, Luit und meiner Mutter sagte, wusste ich damals nicht, das erfuhr ich erst Jahre später.

Ich war die Letzte, die zu ihr ging. Auf ihrem Schoß lag die schwere Familienbibel. Otie tastete unter der Decke herum und gab mir ihren Schrankschlüssel.

„Mach mal den Schrank auf", sagte sie mühsam.

Ich ging zu dem großen Schrank und öffnete die Tür.

„Hol mein Totenhemd heraus."

Ich sah mich um, aber ihre Miene verlangte Gehorsam. Mit ihrer mageren Hand zeigte sie auf das oberste Fach. „Da an der Seite, ganz oben auf dem Stapel."

Ich zögerte, als ich das weiße, mit Spitze eingefasste Hemd

aus dem Schrank nahm und die Tür zuschloss, aber Otie winkte und ich gab es ihr. Sie legte es auf die Bibel.

„Als ich deinen Großvater geheiratet habe, habe ich dieses Hemd mitgenommen, Elsjen, und jetzt ist die Zeit gekommen, dass ich es tragen werde."

Mir schossen die Tränen in die Augen, während sie Atem schöpfte. Ich wurde von einem Gefühl der Verlassenheit überwältigt, und ich empfand auch Angst vor dem, was unwiderruflich bevorstand: der Tod.

„Ich habe meine Aufgaben als Frau, Mutter und Bäuerin immer gut erfüllt, Elsjen. Ich kann mich vor Gott verantworten", keuchte sie. „Ich habe diesen Hof trotz aller Schwierigkeiten gut geführt, und ihr, meine Nachkommen, habt die Pflicht, alles in eurer Macht Stehende zu tun, damit es so bleibt." Dann schwieg sie eine ganze Weile. Sie hielt die Augen geschlossen, aber ich wagte nichts zu sagen.

„Deine Mutter braucht dich, Elsjen, ich bitte dich, sie nach Kräften zu unterstützen, solange sie lebt, und ich bitte dich, ihr zu gehorchen. Und alles zu tun, was du vermagst, um diesen Hof weiterzuführen. Ich habe mit deiner Mutter alles besprochen, was für die Zukunft wichtig ist. Du bist stark, mein Kind. Versprichst du mir, zu tun, was ich von dir verlange?" Sie sah mich scharf an.

Meine Augen brannten, und ich spürte ein Stechen in meinem Kopf, während ich vorsichtig nickte. Aber etwas in mir wehrte sich und es schien, als würde ich ganz in der Ferne den Ruf des Bussards hören.

„Ich will es hören." Sie ergriff meine Hand und legte sie auf ihr Totenhemd. Ihre eigene, magere Hand drückte unerwartet fest auf meine, und ich spürte den Einband der Bibel, die auf ihren dürren Beinen lag. Otie rang mühsam nach Luft, aber ihre Augen blieben fest auf mich gerichtet. Ich wusste, ich konnte nicht entkommen. Ich selbst war die Ursache dafür, dass sie in diesem Zustand vor mir lag.

„Ich verspreche es." Ein Tropfen Schweiß lief langsam über meinen Rücken, während ich gleichzeitig innerlich erschauderte. Otie lächelte und schloss ihre Augen.

Assen, 24. August 1767

Heute Nacht quälte mich die Tatsache, dass ich nicht mit meinem Mädchen gesprochen habe, als sie in meinen Armen lag. Sie hat meine Stimme nicht gehört. Ich war so ergriffen davon, ihr kleines Gesicht zu betrachten, die Berührung ihres Mündchens zu fühlen und ihren Atem zu spüren, dass ich ganz vergessen habe, mit ihr zu sprechen. Sie hätte meine Stimme hören müssen, ich hätte liebe Worte sagen müssen, ich hätte ihr erzählen müssen, wie sehr ich sie liebe und wie leid es mir tut, dass sie unter diesen Umständen geboren wurde und dass sie die erste Zeit ihres Lebens an einer fremden Brust trinken muss und fremde Hände sie hochnehmen, wenn sie weint. Wie lieb Hillegijn auch zu ihr sein mag, ich bin ihre Mutter, sie darf mich nicht vergessen.

Ich dachte, dass der Schmerz im Laufe der Zeit nachlassen würde, aber er verstärkt sich nur.

Im Buch Hiob finde ich Worte für das, wofür ich selbst keine Worte habe: „Wenn man doch meinen Unmut wöge und mein Leiden zugleich in die Waage legen wollte! Denn nun ist es schwerer als Sand am Meer; darum sind meine Worte noch unbedacht. Denn die Pfeile des Allmächtigen stecken in mir; mein Geist muss ihr Gift trinken …"

Gift. Mein Schmerz durchdringt meinen ganzen Leib, und ich würde alles darum geben, selbst mein Schreibzeug, wenn ich meine Eva nur ein einziges Mal in den Armen halten und ihr ins Ohr flüstern könnte. Und wer soll meinen kleinen Jungen trösten, wenn er hinfällt, wer soll ihm vorsingen, wenn er nicht schlafen kann? Wie sehne ich mich danach, seine verschwitzten blonden Härchen an meiner Wange und an meiner Brust zu spüren. Ich packe mein Kissen, schließe die Augen und singe sein Wiegenlied.

Ist das die Strafe für all meine bösen Träume, meine bösen Gedanken? Nicht nur nachts, sondern auch tagsüber, wenn ich hellwach war? Habe ich alles selbst verschuldet? Sind diese Pfeile, deren Gift sich einen Weg zu meinem Herzen bahnt, die Strafe für das Gift, das ich Jan gegeben habe? Ist die quälende Einsamkeit dieser Zelle die Vergeltung für die Qual, die er ganz allein durchstehen musste?

„Hast du Jan Albers das Gift gegeben?"

„Ja."

„Wie hast du es ihm verabreicht?"

„Ich habe es in den Roggenbrei gerührt."

Obwohl ich mir angewöhnt hatte, ihn nicht direkt anzuschauen, sah ich manchmal aus dem Augenwinkel, wie der Landschreiber mich mit verhüllter Abscheu betrachtete.

Er will hören, dass ich es sage. Dass ich Jan ermordet habe. Aber das ist nicht so. Vielleicht ist es so, dass das Gift ihm das Leben genommen hat. Aber die Wahrheit ist, dass er vorhatte, *mir* das Leben zu nehmen.

Mein Leben, *mein* Leben, mein *Leben.* Ich will es hinausschreien, wieder und wieder, denn in meinem Kopf höre ich eine Stimme, die fragt: War es wirklich *mein* Leben?

Assen, 25. August 1767

Ich habe einen ganzen Tag lang auf ein Fässchen Tinte warten müssen. Heute Abend hat Janna es mir gebracht. Sie vertraute mir an, dass sie es aus dem Zimmer des Amtmanns geholt hat, in der Hoffnung, dass bald ein Hausierer vorbeikommt, bei dem sie ein neues kaufen kann. Der Amtmann wird nicht vor dem vierten September ins Landschaftshaus zurückkehren.

Einen Teil des Tages habe ich damit zugebracht, den Fleck wegzuputzen. Folkert brachte mir einen Eimer Wasser, Sand und eine Bürste. Der größte Teil ist verschwunden, aber an der Wand ist immer noch eine dunkle Stelle.

Nun kann ich also weiterschreiben. Ich war gestern so abgrundtief traurig, aber bei dem letzten Satz, den ich schrieb, stieg eine Wut in mir auf, wie ich sie bisher nur Jan gegenüber empfunden hatte. Eine Wut, für die ich kein Ventil fand. Ich sah sie dort stehen, in der Ecke meiner Zelle, mit stechendem, drohendem Blick: *Du bist aus demselben Holz geschnitzt wie ich, Elsjen, lass dich nicht gehen.*

Ich ergriff mein Tintenfass und warf es mit aller Kraft in ihre Richtung. Aber sie war nicht mehr da, und das Fässchen zerbrach an der Wand. Ein großer schwarzer Fleck lief an ihr hinunter, der in dünne Strahlen auseinanderfloss.

Es erleichterte mich nicht, und ich stand auf und lief in meiner Zelle auf und ab. Ich weinte und wollte mir die Haare ausreißen, mich selbst schlagen. Das tat ich auch, keuchte und schrie. Ich warf meine Pritsche um und stand gerade mit einem Stuhl in der Hand da, als ich plötzlich gepackt und umgedreht wurde. Ich erschrak und wollte um mich schlagen, aber jemand hielt mich ganz fest. Im nächsten Moment stand ich weinend in Jannas Armen und begriff, dass das Wimmern, das ich hörte, aus meinem eigenen Mund kam. Es stiegen Worte in mir auf, Worte der Sehnsucht, die Namen meiner Kinder.

Wir sanken zu Boden, und Janna hielt mich in ihren Armen, wiegte mich sanft hin und her und streichelte mein Haar. „Ruhig, mein Kind, ganz ruhig“, sagte sie.

Es dauerte lange, bis ich still wurde, und sie fuhr fort, mich zu wiegen. Ich ruhte an ihrer weichen Brust und wünschte mir, dies würde ewig so weitergehen.

„Es ist wegen meiner Otie. Ich habe das Tintenfass auf sie geworfen“, sagte ich schließlich und begriff es selbst nicht mehr.

„Auf deine Otie?“, fragte Janna.

Ich nickte. Der Schein der Kerze fiel weich auf ihr Gesicht.

„Was hat sie dir angetan?“

Das ist die Frage, um die sich alles dreht. Was hat sie mir angetan, als sie mich dieses Versprechen ablegen ließ mit meiner Hand auf ihrem Totenhemd, unter dem ich den harten Einband der Familienbibel spürte?

„Ein Mensch ist in seinem Leben wie Gras, er blüht wie eine Blume auf dem Felde“, hatte der Pfarrer auf ihrer Beerdigung gesagt, „wenn der Wind darübergeht, so ist sie nimmer da, und ihre Stätte kennt sie nicht mehr.“

Bei Otie war es nicht so gewesen. Barteld hatte sie einmal mit einem Baum verglichen. Der Schlag, den der Tod ihr versetzte, traf sie hart. Aber als sie umstürzte, nahm sie ihre Wurzeln, und damit die jungen Triebe, mit. Durch ihre noch halb in die Erde geschlagenen Wurzeln sorgte sie dafür, dass sie weiterlebte, nachdem sie gefällt worden war.

Otie war eine starke Frau. Zu stark. Sie nahm meiner Mutter alles aus der Hand, als ob diese ein Kind wäre. Muss ich jetzt zu dem Ergebnis kommen, dass ich bin wie sie? Und ist dann jetzt die Zeit gekommen, Wurzeln abzuschneiden, frei zu werden von dem, was mich gebunden hat?

Als ich meiner Otie am nächsten Morgen etwas zu essen bringen wollte, war sie unnatürlich blass, und ihre Augen waren starr. Es schien, als würde sie mich noch ansehen und mir sagen, dass ich nicht vergessen durfte, was ich ihr am Abend zuvor versprochen hatte. Ich starrte sie an, und mich durchfuhr der Gedanke, dass ich niemals so werden wollte wie sie. Tief im Innern wusste ich, dass ich froh war, für immer von ihrer alles beherrschenden Gegenwart befreit zu sein. Wie sehr ich mich irrte.

Meine Mutter weinte nicht, aber sie wollte nicht aus dem Vorderhaus weichen und sah geistesabwesend zu, wie die Nachbarinnen Otie wuschen und ankleideten.

Die Nachbarn holten das Eichenbrett herunter, das seit Oties Hochzeit auf dem Dachboden gelegen und auf ihren Tod gewartet hatte. Sie ließen einen Sarg daraus zimmern.

Still und blass lag sie vier Tage lang im Vorderhaus, in ihrem Totenhemd und ihrem fest um den Kopf gebundenen weißen Häubchen. Manchmal bildete ich mir ein, sie würde im nächsten Augenblick aus dem Sarg klettern, ihre Sonntagskleider anziehen, ihren Hut aufsetzen und sagen, dass sie mitwollte zur Beerdigung.

Der Tod war etwas so Seltsames. Am Abend zuvor hatte Otie noch geredet, sie war noch warm gewesen und hatte Verfügungen getroffen, und am nächsten Morgen war das Leben aus ihr gewichen. Was sie gesagt und getan hatte, war für immer Vergangenheit. Das Wort, das ich ihr gegeben hatte, war mit ihr gegangen; ich konnte es nie mehr zurücknehmen.

Mutter saß die ganze Zeit über bei Otie und aß nur dann etwas, wenn ich es ihr brachte. Ich bekam sie abends mit Mühe ins Bett, aber im Laufe der Nacht stand sie wieder auf und setzte sich neben die Bahre. Dort fand ich sie am Morgen, leichenblass, die Augen starr auf Oties Hände gerichtet. Manchmal legte ich ihr die Hand auf die Schulter und versuchte mit ihr über ihren Schmerz zu sprechen. Aber es schien, als würde sie meine Anwesenheit gar nicht bemerken, als hätte sie sich in einen hohen Turm zurückgezogen, zu dem keine Wendeltreppe hinaufführte. Ich fand keine andere Möglichkeit, mich ihr zu nähern, als ihr zu essen zu geben, ihr beim Ausziehen zu helfen und sie mit sanfter Gewalt ins Bett zu bringen.

Unsere Nachbarn füllten unser Haus mit langen, aus Böcken und Brettern aufgebauten Tischen voller Roggenbrote, Speck, Brei, Honig, Stockfisch und Bierkannen. Viel Essen und viel Bier zu Ehren eines Lebens, das an diesen Dingen keinen Mangel gehabt hatte. Das musste auch nach dem Tod noch bezeugt werden.

Der Pfarrer kam vorbei und sprach mit Barteld und Luit über die Trauerfeier und wie alles ablaufen sollte. Später hörte ich, wie er Mutter einen Psalm vorlas und laut betete. Aber als ich dann wieder zu ihr kam, starrte sie noch genauso reglos auf Oties Hände wie zuvor.

Am Abend nach dem Begräbnis brachte ich Mutter mit Fieber ins Bett. Am Tisch besprachen Barteld, Luit und ich in Abwesenheit der Magd die Lage. Trotz meiner Erleichterung, als ich Otie tot in ihrem Bett fand, und obwohl wir wussten, dass Mutter noch da war, fühlten wir uns verwaist.

Wie soll es jetzt weitergehen, dachte ich immer wieder, wer soll uns jetzt führen? Aber während des Gespräches mit meinen Brüdern wurde mir klar, dass Otie nicht wirklich weg war, dass ihre Anweisungen in unsere Köpfe und Herzen eingekerbt waren wie Buchstaben in die Rinde eines Baumes. Sie waren fest mit uns verwachsen und bestimmten alles, was wir taten.

Luit ergriff das Wort. „Wir machen weiter wie bisher. Das

hätte Otie so gewollt, und es ist auch am besten für Mutter. Barteld und ich können die Arbeit gut bewältigen, und wenn unsere Magd im Mai weggeht, nehmen wir uns eine neue für die grobe Arbeit, jedenfalls fürs Erste, solange Mutter so verstört ist. Wenn es ihr wieder besser geht, kann sie die kleinen Aufgaben erledigen, die Elsjen ihr aufträgt, und im Winter kann sie spinnen. Deine Butter ist genauso vortrefflich wie die von Otie, Elsjen, und kochen kannst du auch wunderbar. Mit dem Kleinvieh kennst du dich auch schon aus, nur mit der Winterschule ist es dann früher vorbei, als wir gedacht hatten. Aber im nächsten Winter hättest du ja sowieso damit aufhören müssen."

Barteld hörte sich das alles an und nickte ab und zu. Es schien fast, als sei Luit der Ältere von ihnen, und mir wurde bewusst, dass Otie in der letzten Zeit häufiger mit Luit als mit Barteld besprochen hatte, was zu tun war.

Luit und Barteld unterhielten sich noch ein bisschen über die Kartoffeln, die sie dieses Jahr zum ersten Mal pflanzen wollten; Ende des Monates mussten sie schon in die Erde, hatte der Kaufmann gesagt. Aufregend war es schon, sein gutes Geld für solch eine neue Pflanze auszugeben. Aber wenn es stimmte, was die Leute erzählten, würden wir nächsten Winter etwas anderes auf unseren Tellern liegen haben. Und bei diesen niedrigen Getreidepreisen war es zumindest einen Versuch wert.

Es war seltsam, dieses Gespräch zu hören, weil Otie fehlte. Gleichzeitig war es aufregend. Mir wurde schlagartig bewusst, dass wir drei für unseren Hof verantwortlich waren. Dass wir dafür sorgen würden, dass es Mutter an nichts fehlte. Ich würde meine ganze Kraft dafür einsetzen, mit meinen Brüdern das Beste daraus zu machen.

Zusammen mit der Magd machte ich mich an den Großputz und wachte darüber, dass wir alles so erledigten, wie Otie es getan hatte. Ich hätte zwar manches gern anders gemacht, aber dann bekam ich Schuldgefühle und beschloss, es vorläufig doch so beizubehalten – um Otie Respekt zu erweisen und um die Schuld, die ich an ihrem Tod trug, zu verdrängen. Vielleicht würde ich es im nächsten Jahr dann anders angehen.

Ein verbotener Traum wurde Wirklichkeit, als ich es übernahm, Oties alten Wäscheschrank zu putzen. Ich brannte darauf zu erfahren, was sie in ihrem Schrank aufbewahrte. Der Schrank war reich gefüllt mit Leinen- und Wollstoffen, Mützen, Kleidung und Schmuck. Das waren die Dinge, die wir alle gesehen hatten, wenn die Tür einen Spalt offen stand. Aber nun fand ich heraus, was in dem Schrank sonst noch versteckt war. Ich suchte eilig hinter den Wäschestapeln, manche Dinge riss ich achtlos heraus, aber die Bücher, die ich von Lieven bekommen hatte, fand ich nicht. In mir flammte Zorn auf. Natürlich hatte sie die Bücher vernichtet, ohne dass ich es gemerkt hatte. Wie konnte dieses Weibstück das tun, sie gehörten mir! Dafür fand ich andere Dinge in dem Schrank. Gut versteckt lag dort das Geld, das finanzielle Polster für den Bauernhof, das uns allen gemeinsam gehörte. Aber ich fand auch alte Knöpfe, Seidenbänder, eine kleine Holzpuppe, ein Kindergeschirr und einen vergilbten Brief von Großvater, der mit den Worten „An meine liebe Frau" begann und dessen Buchstaben kaum noch zu entziffern waren. Dinge, die sie aufheben wollte, die jedoch nie zum Vorschein kamen, nur beim Großputz. Als hätte niemand erfahren dürfen, dass sie einmal ein Kind gewesen war oder eine liebende Ehefrau oder ein Mensch, der den Glanz eines Stückchens Seide genießen konnte. Am meisten wunderte ich mich jedoch über ein kleines Büchlein mit getrockneten Blumen. Wann hatte sich Otie in ihrem Leben einmal die Zeit gegönnt, Blumen zu pflücken und vorsichtig in einem Büchlein zu trocknen?

Viel Zeit, um darüber nachzudenken, gönnte ich mir damals nicht. Außerdem wurde unsere Aufmerksamkeit schnell auf etwas anderes gelenkt; auf ein Ereignis, dessen gute Seite ich sah, das mich jedoch auch erschreckte und dessen Geheimnis ich bis zum heutigen Tag nicht ergründen konnte.

Die Gerüchte begannen, als die Frau des vorherigen Pfarrers in Vleddere zu Besuch gewesen war. Nach dem Tod ihres Mannes war sie nach Gordijk gezogen, und sie erzählte, wie Gott dort Menschen berührt hatte. Alle im Dorf sprachen davon, wie landauf, landab in Gelderland und Friesland Menschen zum Glauben gefunden hatten, entweder zum ersten Mal oder von Neuem. Die Wirtshäuser leerten sich oder wurden sogar zu Gebetshäusern.

Wir hörten es von einer Nachbarin, die kam, um es Mutter zu erzählen. Und weil sie sehr interessiert zuhörte, ließ ich die beiden allein, froh darüber, dass Mutter ein bisschen aus ihrer Teilnahmslosigkeit erwacht war. Dadurch bekam ich nicht alles mit, was die Nachbarin über die Erweckung erzählt hatte. Ehrlich gesagt, interessierte mich das auch nicht besonders. Ich freute mich einfach, dass Mutter hinterher wieder ein bisschen Farbe im Gesicht hatte. Aber sie verriet uns auch nicht, was die Frau ihr gesagt hatte.

Am nächsten Samstagabend fand ich sie im Vorderhaus auf den Knien liegen. Erschrocken lief ich zu ihr hin. „Mutter, was ist passiert?"

Auch sie erschrak und wandte mir ihr Gesicht zu. Tränen strömten über ihre Wange, und ich half ihr hoch. Behutsam brachte ich sie zu Bett.

Ich befürchtete einen Rückfall ihrer Erkrankung, aber am nächsten Morgen kam sie schon früh ins Hinterhaus, wo ich gerade Buchweizenpfannkuchen zum Frühstück backte. Sie war fertig angezogen, setzte sich an den Tisch und guckte so erwartungsvoll, dass ich dachte, sie sei hungrig.

„Ich bin gleich fertig", erklärte ich. Als dann aber die Männer vom Melken kamen und wir uns zum Frühstück setzten, nahm sie nur ein paar Bissen. Anschließend ermahnte sie uns, wir sollten uns beeilen, sie wollte nicht zu spät zum Gottesdienst kommen.

In der Kirche predigte der Pfarrer so wie immer. Aber die Leute, so schien es, hörten aufmerksamer zu. Es war, als wären noch mehr Menschen so erwartungsvoll wie meine Mutter zur Kirche gekommen. Vor allem an der Seite, wo die Frauen saßen, spürte ich die gesammelte Aufmerksamkeit, mit der die Worte des Gemeindehirten aufgenommen wurden.

Die Predigt handelte von dem mondsüchtigen Knaben, der von den Jüngern Jesu nicht geheilt werden konnte. Der Pfarrer stellte besonders heraus, dass der Vater vor Jesus auf die Knie gefallen war und ihn angefleht hatte, seinen Sohn zu heilen. „Er fiel auf die Knie, liebe Gemeinde, und flehte." Seltsam, dass ich das noch so genau weiß, denn die meisten Predigten gingen an mir vorbei. Gewöhnlich ließ ich in der Kirche meinen Gedanken freien Lauf, ebenso wie in meinem Bett. Vielleicht lag es daran, dass ich meine Mutter am Abend zuvor auf den Knien vorgefunden hatte. Langsam begann mir zu dämmern, dass sie dort vielleicht gebetet hatte.

Vor Beginn des Nachmittagsgottesdiensts stand eine große Anzahl Menschen vor der Kirche um eine junge Frau herum. Soweit ich verstand, kam sie aus dem Nachbarort und berichtete, dass dort an jenem Morgen in der Kirche Frauen vom Heiligen Geist berührt worden seien und dass seltsame Dinge stattgefunden hätten. Alle redeten aufgeregt durcheinander, aber dann begann die Glocke zu läuten, und wir mussten hineingehen.

Der Pfarrer predigte über das Gebot „Du sollst nicht töten". Er sagte: „Was fordert der Herr in diesem Gebot? Dass ich meinen Nächsten weder in Gedanken noch mit Worten oder irgendwelchen Gesten und erst recht nicht durch die Tat entehre, hasse, verletze oder töte, sondern dass ich alle Rachsucht ablege. Aber handelt dieses Gebot nur vom Totschlag selbst? Nein, es lehrt uns, dass Gott schon die Wurzeln des Totschlags hasst, als da sind Neid, Zorn und Rachsucht. Diese Dinge gelten in seinen Augen bereits als Totschlag ..."

Der Pfarrer sprach so wie immer, aber es schien, als würde ich das sanfte Säuseln eines Windes hören, der sich bald zu einem Sturm entwickelte. Plötzlich hörte ich ein Stück hinter mir eine Taube gurren. Ich blickte mich um und sah, wie eine stattliche Bäuerin das Gesicht verzog. Das Geräusch schien aus ihrem Mund zu kommen. Plötzlich hörte ich vor mir dieselben Laute, und auch neben mir begann es zu gurren wie in einem Taubenschlag, wenn Futter hineingestreut wurde. Ich drehte mich um und sah zu meinem Entsetzen, dass auch meine Mutter solche Laute ausstieß.

Der Pfarrer versuchte das Geräusch zu übertönen, und hier und dort erklang ein „Pssst". Aber es wurde immer lauter.

Dann hörte man eine Frauenstimme, die rief: „Herr, sei mir gnädig!" Um mich herum sah ich fünf oder sechs Frauen auf die Knie fallen, und verschiedene Stimmen wiederholten: „Sei mir gnädig, o Herr, sei mir gnädig." Meine Mutter stimmte ein, fiel ebenfalls auf die Knie und begann sich selbst an die Brust zu schlagen, flüsternd, mit flehender Stimme. Tränen strömten über ihre Wangen.

Ich wollte neben ihr zu Boden sinken und mit ihr weinen, denn eine ratlose Angst befiel mich. Sie stieß mich von sich weg und rief: „Nein, Kind, halt mich nicht fest! Oh, sei mir gnädig, Gott, mir, der schlimmsten Sünderin. Ich bin eine Totschlägerin und eine Hasserin!" Ihre letzten Worte gingen in den Wehklagen anderer Frauen unter.

Der Pfarrer blickte sich verwirrt um, und von der anderen

Seite des Ganges starrte die Mehrzahl der Männer so entsetzt herüber, wie sie die erste Kuh angestarrt hatten, die die Viehpest gehabt hatte. Einige standen auf, ohne recht zu wissen, was sie tun sollten. Ich begegnete Bartelds verwirrtem Blick. Neben ihm saß Luit, stirnrunzelnd, als würde er zu ergründen versuchen, was hier geschah, oder es missbilligen.

Noch zwei oder drei weitere Frauen sanken von ihren Bänken. Mutter fuhr fort, sich an die Brust zu schlagen. Ihr Kopf wiegte sich im selben Takt mit, während sie leise vor sich hinmurmelte. Plötzlich begann sie zu zittern und fiel zu Boden, in den Gang. Ich sah noch mehr Frauen fallen. Immer heftiger wurden die Bewegungen, die Mutter machte. Ich kniete neben ihr nieder, schüttelte sie am Arm und versuchte sie durch Zurufe zu erreichen, aber sie schien meine Stimme nicht zu hören.

Ich kniete im Gang und fühlte mich jämmerlich allein. *Jetzt stirbt sie*, dachte ich, *jetzt verliere ich sie auch noch.*

Ich weiß nicht, wie lange ich da neben ihr ausharrte, aber plötzlich stand die Frau des Pfarrers an meiner Seite. Ganz ruhig, aber deutlich sagte sie zu mir: „Geh nur mit deinen Brüdern nach draußen und warte dort, ich werde mit deiner Mutter beten."

Ich sah Barteld neben mir stehen; er streckte mir die Hand entgegen, als ob ich ein kleines Kind wäre, und dankbar ergriff ich seine große Hand. Wir gingen hinaus.

Still und in sich gekehrt ging Mutter mit uns nach Hause. Während der nächsten Wochen starrte sie manchmal stundenlang ins Feuer, und ich traf sie regelmäßig im Vorderhaus auf den Knien an, ins Gebet versunken. Manchmal wiegte sie sich sacht hin und her, manchmal weinte sie stumm. Aber wir sprachen nicht darüber. Wohl suchte sie andere Frauen aus Doldersum auf, die auch berührt worden waren. Vielleicht konnten sie miteinander teilen, was sie bewegte. Und auch diejenigen, die nicht direkt betroffen waren, sprachen viel über das, was Gott in unserer Gemeinde und in der Umgebung tat.

Ich selbst beteiligte mich nicht an den Gesprächen. Das normale Leben ging weiter, die Kühe konnten nicht warten, das Land musste bearbeitet werden. Aber das war nicht meine größte Sorge. Ich fühlte mich, als wäre mir ein Kuhstrick fest um den Hals gebunden, wenn ich sah, wie Mutter reglos und ohne ihre Umgebung wahrzunehmen am Feuer saß, unfähig, ihre Hände zu rühren. An solchen Tagen hatte ich immer den Eindruck, dass ein Joch auf meinen Schultern lag.

Ich versuchte das tägliche Leben so gut wie möglich zu bewältigen, aber manchmal war ich meinen Mitmenschen gegenüber gereizt. Da ärgerte es mich plötzlich, dass die Magd sich so prächtig mit Barteld unterhielt, wenn wir gegessen hatten. Ihre fröhlichen Gesichter und begehrlichen Blicke machten mich immer wütender. „Jetzt beweg endlich deinen faulen Hintern und geh an die Arbeit“, sagte ich einmal, als es mir zu lange dauerte. Ich erschrak im Grunde ebenso sehr über meinen Ausbruch wie die Magd. Und Barteld sah mich verständnislos an. Ich fühlte mich elend und begann mit viel Lärm das Geschirr zu spülen.

Während der nächsten Wochen war die Kirche voller als sonst; es schien, als hätte die Nachricht von der Erweckung andere dazu veranlasst, nach dem Gott zu fragen, der das alles bewirkt hatte. Nach dem Gott, der unser Leben in der Hand hatte, aber der uns auch mit Pest und Missernten schlug. Dem Gott, den wir vielleicht hingebungsvoller suchen mussten, so wie der Pfarrer uns das oft vorgehalten hatte.

Aber derselbe Pfarrer stellte nun in Absprache mit den Ältesten Regeln auf: Sobald eine Berührung des Heiligen Geistes erfolgte, wurden die Frauen, die es betraf, aus der Kirche geführt.

Im Kirchturm wurde dann mit ihnen gebetet, damit der Gottesdienst ungestört weitergehen konnte.

Die Erweckung dauerte noch eine Zeit lang an, aber allmählich wurden weniger Frauen aus der Kirche geführt. Die Erscheinungen verschwanden beinah ebenso unerwartet, wie sie gekommen waren. Und alles wurde wieder so ähnlich gemacht wie vor der Erweckung.

Eines Tages kam meine Mutter aus dem Vorderhaus, wo sie eine Zeit lang gebetet hatte. Ihr Gesicht strahlte, aber man sah ihr noch an, dass sie geweint hatte. „Ich bin erlöst, er hat mir wohlgetan", sagte sie.

Ich war verdattert und nickte nur. Eigentlich wollte ich fragen: „Wovon erlöst? Und warum hast du dich als Totschlägerin bezeichnet, als Hasserin? Was ist jetzt geschehen, dass du so glücklich aussiehst?" Ich wartete, ob sie mir mehr erzählen würde, aber sie ging nach draußen und ließ mich allein. Ich hatte zwar meine Vermutungen, aber wir sprachen nie mehr darüber.

Assen, 27. August 1767

Woran liegt es nur, dass wir dasjenige, was uns am tiefsten berührt, anderen Menschen gegenüber nicht in Worte fassen können? Wann hören wir auf damit, vertrauensvoll zu fragen? Wann beginnt das Kind in uns zu schweigen? Auch ich selbst, meine Mutter und Otie sind doch einmal solche Kinder gewesen, die unbekümmert Fragen stellten und erzählten, was in ihnen vorging. Wie kam es, dass Mutter die Freude, die ihr Gesicht zum Strahlen brachte, nicht mit mir teilen konnte?

Vielleicht ist es so: Je mehr Wörter man lernt, desto weniger werden sie dem gerecht, was man wirklich sagen möchte. Man tut besser daran, seine Herzensangelegenheiten für sich zu behalten, weil man letztlich doch nicht verstanden wird. Wie kann ich nach meinen heutigen Überlegungen in Worte fassen, dass meine Wut von vorgestern Nacht nicht nur Otie betraf, sondern auch meine Mutter? Denn ich empfinde nicht nur Wut, ich verspüre auch tiefe Trauer und einen heimtückischen Schmerz, weil ich mich immer weiterquälen und selbst zusehen musste, wie ich überlebte. Das hatte ich ihnen zu verdanken.

Wie fasst man das in Worte? Begreife ich es denn selbst? Wie kann ich so empfinden, obwohl meine Mutter schwach und kränklich war und Otie nur unser Bestes wollte?

Drecksweiber, das ist das einzige Wort, das sich jetzt in mir zusammenballt. Ich erschrecke furchtbar darüber, schäme mich meiner Gedanken und würde niemals wagen, das irgendjemandem zu erzählen – da haben wir's wieder. Am liebsten würde ich diese Worte ganz dick mit schwarzer Tinte durchstreichen, aber ich unterdrücke diese Regung.

Drecksweib. Das Wort prallt an den Gefängniswänden ab und kommt als Echo zu mir zurück.

„Für wie viel Cent hast du Arsenik gekauft?", fragte der Landschreiber, während er sich mit der Feder unter seiner Perücke kratzte.

„Für fünf Cent", antwortete ich.

„Wusste deine Mutter davon?"

„Ja, sie wusste, dass das Pferd krank war."

„Das meine ich nicht."

„Was meint Ihr dann?"

„Dass du einen Teil des Giftes für Jan Albers verwenden wolltest."

„Nein! Meine Mutter hat nichts damit zu tun."

Lass deine weißen Landschreibergriffel von meiner Mutter, dachte ich. Noch immer will ich um jeden Preis für meine Mutter eintreten und sie beschützen, sie wird es schwer genug haben jetzt, wo ich nicht mehr da bin und sie mit der Tatsache leben muss, dass sie eine Tochter hat, die des Mordes bezichtigt wird. Ich bete, dass sie es überlebt.

Meine Mutter, ja, meine Mutter stand außerhalb. Von meinen innersten Gedanken wusste sie nichts, so wie auch ihr Inneres mir verschlossen blieb. So, als würde sie in zwei verschiedenen Welten leben. Die eine war das normale Leben, zu dem ich gehörte und in dem es schön oder sogar nötig war, mich bei sich zu haben. Und dann gab es da die verborgenen Regungen ihrer Seele, die nur Gott zugänglich waren und unter Umständen noch einem Menschen, der selbst ähnliche Erfahrungen gemacht hatte.

Es ist, als seien so auch in meinem Leben zwei Welten entstanden, die alltägliche Welt, die uns gemeinsam war und in der Otie und Mutter eine immer wichtigere Rolle spielten, und die andere Welt meiner eigenen Erlebnisse und Gedanken. Diese eigene Welt blieb beschränkt auf den kleinen Raum meines Bettes und trat immer mehr in den Hintergrund. Erst, weil das Alltagsleben Besitz von mir ergriff und mich abends vor Erschöpfung sofort in den Schlaf fallen ließ, und später, weil mein Bett nicht länger mir allein gehörte, sondern von dem Mann in Besitz genommen wurde, den ich eigentlich nicht kannte.

Neben mir, in der anderen Zelle, höre ich den Mann husten, der gestern eingesperrt worden ist. Janna erzählte, dass er des Diebstahls bezichtigt wird und dass er sich unberechtigt in Drenthe aufhält. Er wurde bereits wegen Erpressung und Misshandlung verbannt. Janna ist froh, dass Folkert für ihn verantwortlich ist, denn er stinkt wie ein alter Bock, sagt sie. Es wird wieder auf Verbannung hinauslaufen, nur länger diesmal. Er wird ebenso wie ich bis zum vierten September auf sein Urteil warten müssen, wenn der Amtmann und die Geschworenen zusammenkommen.

Ich rechne aus, dass es noch acht Nächte sind bis dahin. Das nötigt mich dazu, weiterzuschreiben und mich auf das zu beschränken, was wirklich wichtig ist. Aber was ist wirklich wichtig? Augenscheinlich unbedeutende Dinge wie ein Versprechen, das ich meiner Otie gegeben habe, geben unserem Leben oft eine unvorhersehbare Wendung.

Doldersum, 1755–1756

Während der ersten Jahre nach Oties Tod taten wir alles in unserer Macht Stehende, um so weiterzuleben, wie sie es gewollt hätte. Nicht, dass wir fortwährend darüber sprachen, aber ich denke, dass sich mein Leben durch das Versprechen, das ich Otie gegeben hatte, nicht sehr von dem meiner Brüder unterschied. Auch sie waren von Otie an ihr Sterbebett gerufen worden. Dennoch veränderte sich für sie nicht so viel wie für mich. Mir war es, als müsste ich ihren Platz einnehmen, und das war zu Beginn eine zentnerschwere Last.

In meiner Erinnerung bestand mein Leben aus nichts anderem als aufzustehen, zu arbeiten, todmüde ins Bett zu fallen und am nächsten Tag erneut aufzustehen. Obwohl ich vor Oties Tod in vieler Hinsicht dasselbe getan hatte, war es mir doch anders vorgekommen.

Ich zwang meine Beine, einen Schritt nach dem anderen zu tun, während ich mit dem Joch und zwei Eimern Wasser einige Male hintereinander vom Brunnen zum Stall und wieder zurückging. Ich tränkte das Vieh dreimal am Tag. Wenn ich manchmal erschöpft über dem Butterfass stand, ermahnte ich meinen Arm, sich zu bewegen, als ob meine Müdigkeit und diese Bewegung voneinander unabhängige Teile meines Körpers wären. Als könnte ich zu meiner Müdigkeit sagen: „Du bleibst mal kurz, wo du bist, der Arm muss sich jetzt bewegen." So erfüllte ich meine Pflichten, vom Kochen zum Unkrautjäten, vom Waschen zum Kornbinden. Eine Frauenhand war niemals untätig: Wenn die Arbeit getan war, konnte ich immer noch spinnen oder flicken.

Nun im Rückblick denke ich: Später machte ich alles allein, aber damals teilte ich mir die Arbeit noch mit der Magd. Ich war erst dreizehn und war noch nicht so behände und stark wie eine erwachsene Hausfrau. Das Schwerste war für mich, Mutter zum Essen zu bewegen und dazu, kleine Aufgaben zu übernehmen. Darin den Platz meiner Otie einzunehmen, die durch mein Zutun für uns zu früh gestorben war, gab meiner Arbeit etwas Unmenschliches. Dennoch hielt ich um jeden Preis durch, und manchmal erfüllte es mich mit Stolz, *dass* ich durchhielt, dass ich mich selbst zwingen konnte.

Mutter war eigentlich *meine* Mutter und ich ihr Kind, aber es schien, als seien die Rollen vertauscht, so wie in einer Posse, die ich einmal auf dem Jahrmarkt gesehen hatte und in der ein Liliputaner mit großem Kopf und kurzen Ärmchen sich zum Herrn über einen riesigen Kerl aufspielte. Aber die Wirklichkeit mit meiner Mutter war alles andere als lustig.

Obwohl es nach einiger Zeit besser mit ihr wurde und sie im Winter nach Oties Tod auch wieder zu spinnen begann, schien es, als würde sie alles rein mechanisch erledigen. Sie tat nur das, was sie früher einmal gelernt hatte, und auch nur dann, wenn ich es ihr auftrug. Sie hatte nicht das Bedürfnis, selbst etwas aus ihrem Leben zu machen, so als sei bei Oties Beerdigung das kleine bisschen Lebensfreude, das sie noch besessen hatte, mit begraben worden.

Nur die Sonntage waren anders. Da stand die Arbeit still – vom Tränken, Melken und Füttern der Tiere abgesehen. Durch den Gottesdienstbesuch lebte Mutter auf. Seit sie so strahlend aus dem Vorderhaus gekommen war, sah ich einen leichten Abglanz davon auf ihrem Gesicht, wenn sie die Psalmen sang. Vor und nach dem Singen saß sie zusammengesunken da, ebenso unerreichbar, wie sie oft bei uns zu Hause am Feuer saß. Ich hatte den Eindruck, dass der Rest des Gottesdienstes an ihr vorüberging, aber sobald der Lehrer mit seiner wohllautenden Stimme den Psalm anstimmte, wurde sie lebendig. Und immer war ihr Blick beim Singen auf das hohe Fenster hinter dem Chor gerichtet. Als würde sie dort etwas sehen, wofür sie sang. Erst damals hörte ich, dass meine Mutter eine schöne Stimme hatte; ich kann mich nicht daran erinnern, sie vor dieser Zeit singen gehört zu haben.

Einmal fuhren wir mit dem Planwagen zurück nach Hause. Luit lenkte und Barteld war nicht dabei. Es war nicht lange nach Oties Tod. Plötzlich griff Mutter nach meiner Hand und sagte: „O Elsjen, wenn ich dich nicht hätte, Kind, ich würde …“ Ihre Wangen waren gerötet, und ich dachte mir, dass das daran lag, dass wir Psalm 103 gesungen hatten: „Ein Mensch ist in seinem Leben wie Gras, er blüht wie eine Blume auf dem Felde …“ Das weckte Erinnerungen.

„Ruhig, Mutter, ist ja gut“, sagte ich schnell. Ich wollte nicht wissen, was sie tun würde, wenn sie mich nicht hätte. „Ist ja gut, Mutter, ich bin doch da.“

Aber ich war plötzlich tieftraurig, und ich dachte darüber nach, was ihre Worte für mich bedeuteten. Ich würde immer für sie da sein müssen.

Nach ein paar Jahren verhältnismäßiger Ruhe brach das Jahr 1755 an. Mutter schien sich wieder gefangen zu haben und begann sich dem Leben wieder zuzuwenden. Es geschah nichts Besorgniserregendes, und der Hof gedieh. Der Kartoffelanbau machte sich erstaunlich gut und brachte uns neben der Bereicherung unseres Speisezettels auch Geld ein. Die Viehpest hatte nachgelassen, und ich konnte die Arbeit immer besser bewältigen, sodass wir schon daran dachten, im nächsten Frühjahr die Magd zu entlassen.

Von Zeit zu Zeit besprachen meine Brüder und ich uns im Vorderhaus, wenn Mutter im Bett war. Dabei behandelten sie mich von Anfang an als Gleichgestellte. Gemeinsam beschlossen wir, wie viel Getreide wir aufbewahren mussten, wie viel Saatgut wir verwenden würden und welcher Teil des Ackerlandes brachliegen sollte. Wir einigten uns darüber, wie viel wir für neues Vieh ausgeben würden und ob der Schneider kommen sollte oder nicht.

Allerdings fiel mir immer öfter auf, dass Luit derjenige war, der uns zusammenrief und das Wort führte. Barteld hörte sich alles an, aber mit dem meisten war er einverstanden. Luit ging auch immer häufiger anstelle von Barteld zu der Versammlung auf dem Dorfplatz.

Der Unterschied im Charakter meiner beiden Brüder war mir schon immer aufgefallen. Barteld liebte ich besonders – seine Gutmütigkeit, seine sanfte Fürsorglichkeit für Mutter, wenn er ihren Stuhl näher zur Feuerstelle schob. Ich liebte es, dass er, als es Mutter wieder ein bisschen besser ging, fröhlich von den Feldern zurückkam, einen Geruch von Frische und Natur mitbrachte und mit mir oder der Magd scherzte. Er war derjenige, der unser Brot oder meine Butter lobte und uns erzählte, wie reich er doch sei mit zwei solchen Prachtmädchen im Haus. Er kitzelte mich oder gab der Magd einen Klaps auf den Hintern, der sie hochgehen ließ. Dann blinzelte er mir zu und wich ihrem zuschlagenden Arm aus. Ich war froh, dass ich das wieder genießen konnte.

Barteld ging viel öfter aus als Luit, der abends meist am Feuer sitzen blieb. Wenn Barteld spät vom Wirtshaus zurückkam, machte er meist ziemlichen Lärm, was Luit mit Missbilligung quittierte.

Luit, das sah ich immer deutlicher, war ebenfalls fürsorglich, wenn auch auf ganz andere Art. Er behielt alles im Blick, was den Hof betraf, sorgte dafür, dass das Getreide rechtzeitig gemahlen wurde, holte Leffert, der seit dem Tod seines Vaters Schäfer war, zu einer kranken Kuh, ging treu zu allen Versammlungen auf dem Dorfplatz und hielt uns darüber auf dem Laufenden, was dort beschlossen wurde. Je mehr Einblick ich in die Vorgänge auf unserem Hof bekam, desto mehr begann ich Luit zu schätzen. Die gemeinsame Sorge um das Gedeihen unseres Hofes schien zu bewirken, dass wir einander näherkamen.

Luit fehlte auch nie im Gottesdienst, während Barteld sich, seit Otie gestorben war, sonntags nach dem Melken manchmal wieder ins Bett legte. Und obwohl Luit Barteld ermahnte, den Gottesdienst nicht zu versäumen, ließ Barteld sich in diesem Punkt nichts sagen. Seiner Ansicht nach verstand Gott gut, dass er nach einer Woche harter Arbeit einen Tag zum Ausruhen brauchte. Wenn er die Wahl hätte, in der Kirche oder in seinem Bett zu schlafen, sagte er augenzwinkernd, dann würde er sein Bett bevorzugen; und vor dem Einschlafen würde er sogar noch ein Gebet sprechen.

Luit fing immer wieder davon an – Barteld dürfe nicht so spotten, und der Pfarrer habe das Heil der Gemeindeglieder im Auge. Wenn Barteld meine, ohne dieses Heil auszukommen, dann mache er sich selbst etwas vor. So redeten sie miteinander, Barteld in gutmütigem Spott, Luit in ernstlicher Ermahnung. Aber sie führten diese Gespräche nie in Mutters Gegenwart.

Mutter erwachte immer mehr zum Leben. Manchmal zeigte sie Interesse für das, was wir unternahmen, und fragte sogar, ob sie etwas helfen könnte. Das gab mir mehr Freiraum, gelegentlich selbst etwas zu unternehmen.

Nachdem Hillegijn eines Winterabends mit ihren Eltern zu Besuch gewesen war, ging ich öfter mal auf ein Schwätzchen zu ihr. Ich spürte, dass wir beide froh über unsere neubelebte Freundschaft waren. Ohne dass wir darüber sprachen, wusste ich, dass Hillegijn verstand, warum ich sie in den letzten Jahren vernachlässigt hatte.

Es schien, als würde auch ich in jenem Jahr 1755 erwachen. Ich entdeckte, dass ich kein Kind mehr war, sondern eine junge Frau.

An einem warmen Junitag geschah es wieder. Ich spürte die Sonne, hörte den Bussard – und der Ruf nach Freiheit schien unwiderstehlich. Es war Nachmittag, meine Mutter hielt ihren Mittagsschlaf, die Magd spülte das Geschirr und ich tränkte das Jungvieh. An jenem Tag wartete nicht mehr so viel Arbeit auf mich: Die Erntezeit hatte noch nicht begonnen, das Unkraut war gejätet, das Korn stand schon gut, und den Großputz hatten wir hinter uns. Eilig gab ich den Tieren Wasser, hastig, als wollte ich keine Minute verlieren. Dann sagte ich der Magd, dass ich kurz zu einer Nachbarin müsse.

Das erste Stück bis zum Wall ging ich langsam. Ich kletterte hinüber und griff nach einem abgebrochenen Ast, mit dem ich auf die Heide schlug, um die Schlangen zu verjagen, die möglicherweise vor meinen Füßen lagen. So arglos wie früher war ich schließlich nicht mehr. Aber ich dachte nicht so sehr an das Kind, das ich gewesen war – nur die Gegenwart zählte. Ich begann sogar zu rennen, als ich ein Stück außerhalb des Dorfes auf einen Weg stieß, der durch die jahrelangen Streifzüge des Schäfers entstanden war. Der Gedanke, dass hier Generationen von

Schäfern und Schafen vorbeigezogen waren und dies auch in Zukunft tun würden, erfüllte mich mit einer unbestimmten Ehrfurcht für das Leben. Das Leben, an dem auch ich teilhatte. Vielleicht würden auch meine Kinder und Kindeskinder einmal hier entlanglaufen, gebahnte Wege betreten und das Leben in vollen Zügen genießen, so wie ich es gerade tat.

Ich keuchte und schwitzte, als ich die Aa erreichte. Es war genau die Stelle, wo ich einmal mit Leffert geschwommen war. Ich sank nieder und ließ mich auf den Rücken fallen; auf einmal musste ich über die verrückte Eile lachen, mit der ich hergerannt war. Mit zusammengekniffenen Augen blickte ich in den Himmel und entdeckte zwei Bussarde, die einander mit weit gespannten Flügeln umkreisten. Ab und zu stießen sie ihren Ruf aus: *ieuuu, ieuuu.* Ich breitete die Arme aus und flog mit ihnen.

Ich lag dort in der Sonne und spürte die Sonne auf meinem verschwitzten Leib. Einem plötzlichen Impuls folgend, zog ich meine Kleider aus, ohne weiter darüber nachzudenken, was ich tat – Häubchen, Jacke, Röcke, Unterrock und Unterhemd. Ich stand auf und schaute mich kurz um. Niemand war zu sehen.

Ich lief zum Wasser und ging ohne zu zögern hinein. Ich wollte mich abkühlen und das Wasser auf meinem nackten Leib fühlen. Zwischen meinen Zehen spürte ich die weiche Erde. Meine Hände berührten die Wasseroberfläche, und ich plätscherte ein bisschen herum. Nach jenem Nachmittag war ich nie mehr geschwommen, daher wusste ich nicht, ob ich von dem damaligen Geplansche noch etwas behalten hatte, was mir helfen würde, mich über Wasser zu halten. Ich breitete die Arme aus und ließ mich vorsichtig absinken; ich spürte das Wasser in kalten Kreisen um meinen Leib. Ich bekam Gänsehaut und merkte, wie meine Brüste steif und meine Brustwarzen hart wurden. Seltsam, dachte ich, ich hatte es doch miterlebt, hatte gesehen, wie mein Körper wuchs, hatte die Monatsblutungen mit ihren lästigen Begleiterscheinungen hingenommen, und jetzt erst wurde mir klar, dass ich eine Frau geworden war. Ich bemerkte die Rundung meiner Brüste, meiner Hüften, und fand mich selbst schön.

Ich stellte mich wieder hin, achtete aber darauf, dass ich bis zu den Schultern unter Wasser blieb. Ich strich mit den Händen über meinen Körper, betastete erregt meine Brüste und ließ meine Hände von dort zu meinen Hüften gleiten, zu meinem Bauch und meinem Po. Wärme strömte durch meinen Unterleib, als ich die Stelle zwischen meinen Beinen streichelte, eine Wärme, die sich plötzlich auflodernd zusammenkrampfte. Mir schien, als könnten meine Beine mich nicht mehr tragen. Erschrocken fuhr ich hoch, blickte mich um, ob ich beobachtet würde, und stolperte zu meinen Kleidern. Meine Beine zitterten und mein Kopf war heiß, trotz des kalten Wassers. Ich schlüpfte eilig in Unterrock und Hemd und musste plötzlich lachen. Es war niemand da: Was ich getan und gespürt hatte, war mein Geheimnis. Ein verwirrendes, aber auch ein herrliches Geheimnis, von dem ich mich nicht so einfach lösen konnte.

In jenem Monat wurden die Schafe gewaschen. Herde für Herde wurden sie zur Aa getrieben. Alle Männer des Dorfes halfen dabei, die Tiere vor der Schur vom schlimmsten Schmutz zu befreien. Es waren schöne, sonnige Tage, warm genug, dass die Männer sich einige Zeit mit den Schafen im Wasser aufhalten konnten. Es war ein ziemliches Stück Arbeit, alle siebenhundertfünfzig Tiere mit ihren dicken Fellen zu reinigen. Das nahm einige Tage in Anspruch. Die Frauen des Dorfes übernahmen abwechselnd die Aufgabe, die Männer zu verköstigen.

Es machte Spaß, gemeinsam mit unseren Müttern das Essen zuzubereiten und mit vollen Körben an die Furt zu gehen. Mutter ging es gut, das erkannte ich daran, wie sie neben Hillegijns

Mutter herlief. Ein Bruder und eine Schwester von Hillegijn gingen auch mit und spielten unterwegs Fangen. Hillegijn an meiner Seite, ihre vertraute Stimme, die schwatzenden Mütter, die spielenden Kinder – ich hätte die ganze Welt umarmen können.

Als wir mit dem Essen ankamen, waren die Männer gerade mit den letzten Schafen beschäftigt und wollten noch ihre Arbeit beenden, bevor sie zum Essen kamen. So hatten wir Zeit, uns ins Gras zu setzen und ihnen zuzuschauen, wie sie mit aufgekrempelten Ärmeln, angespannten Muskeln und geröteten Gesichtern tätig waren. Ich winkte Luit und Barteld zu.

Wir stellten die Roggenbrote mit Speck, die Milch, das Bier und die Becher bereit. Nach und nach kamen die Männer, die fertig waren, zu uns und ließen sich ins Gras fallen. Als Letzte kamen Leffert und Jan Albers aus dem Wasser. Das Wasser tropfte aus ihren hochgerollten Hosenbeinen, aus denen behaarte Waden hervorsahen. Mit ihren einundzwanzig Jahren waren sie zu starken jungen Männern herangewachsen. Das Essen wurde freudig in Empfang genommen, zumal wir als Zugabe gebratene Speckschwarten mitgebracht hatten. Nachdem einer der Bauernvertreter gebetet hatte, griffen die Männer zu.

Irgendwann stieß Leffert Jan Albers in die Seite. „Was meinst du, Jan – haben wir da nicht ein paar Schafe vergessen?“ Er nickte in die Richtung, wo Hillegijn und ich saßen. Jan nickte bedächtig, und andere Männer begannen die beiden anzufeuern: „Was, ihr habt Schafe vergessen? Hopp, ins Wasser mit den beiden! Wir hatten doch extra gesagt, dass ihr die schönsten Schafe im Stall nicht auslassen dürft!“

Ich schaute Hillegijn an und sah, dass sie lachte. „Das wagt ihr im Leben nicht!“, rief sie, aber ich ahnte Schlimmes und sprang auf die Füße. Auch Hillegijn stand auf, gleichzeitig mit Jan und Leffert, und wir ergriffen die Flucht.

Ich zog meine Röcke hoch, schleuderte die Holzschuhe von den Füßen und rannte, so schnell ich konnte, den Weg entlang, der zum Dorf führte. Hinter mir hörte ich, dass Hillegijn schon gepackt worden war und widerstrebend kreischte. Auch mir war jemand auf den Fersen und kam immer näher. Dann packte er mich am Arm und wir wurden langsamer, aber ich gab mich nicht gleich geschlagen. Ich blickte in Lefferts lachendes Gesicht, während ich versuchte, ihm meinen Arm zu entwinden, aber er schlang seinen anderen Arm um meinen Körper und drückte mich fest an sich. Obwohl ich mich angestrengt hin und her wand, konnte ich mich nicht befreien und gab fürs Erste nach. Es war doch nicht zu ändern, nass würde ich werden. Ein bisschen widerstrebend lief ich mit ihm mit, obwohl meine Füße kaum den Boden berührten, weil er mich im Laufen so nach oben zog. Ich genoss die Kraft, mit der seine Arme meine Brüste hochdrückten. Sein Geruch mischte sich mit dem von Wasser, Schafen und Schweiß. Vielleicht hätte ich das zu einem anderen Zeitpunkt abstoßend gefunden, aber jetzt fühlte ich mich besiegt und beschützt zugleich. Es war das erste Mal, dass ein Mann, der nicht zu unserer Familie gehörte, mir so nahkam. Plötzlich war ich erregt.

„Du wirst eine schöne, starke Frau, Elsjen", hörte ich ihn leise in mein Ohr sagen. Sein Griff lockerte sich ein bisschen, und ich spürte, wie er mir fest die Hände auf die Hüften legte. So stieß er mich vorwärts. Der sanfte Druck seines Brustkastens, seine Hände auf meinen Hüften – es war das zweite Mal in diesem Monat, dass ich mich als Frau fühlte. Ich wünschte mir, dass dieser Moment niemals endete. Aber wir näherten uns der Gruppe, darum setzte ich mich ein bisschen heftiger zur Wehr. Ich sah, dass Hillegijn schon mit den Füßen im Wasser stand, während Jan Albers sie festhielt und Barteld sie nassspritzte. Die Männer, die dabeistanden, genossen das Schauspiel und johlten mit, wenn Hillegijn bei jedem Wasserschwall aufschrie. Die

Mütter lachten, und auch Hillegijns Bruder und Schwester standen mit den Füßen im Wasser.

Dann war ich an der Reihe. Leffert ließ mich los, und obwohl ich selbst die volle Ladung von ihm und den anderen empfing, gelang es mir, gleichzeitig Leffert, Barteld und die Kinder nasszuspritzen. Auch Hillegijn machte mit. Es war wie ein Fest. Kurz darauf wateten wir alle triefend aus dem Wasser. Die Männer lobten die gewaschenen Schafe, und die Mütter schüttelten den Kopf, weil wir völlig durchnässt waren. Aber ich sah ihren Augen an, dass sie genauso viel Spaß gehabt hatten wie wir.

Assen, 29. August 1767

Gestern kam die Hebamme in meinen engen Raum. Ich erschrak, denn ich war, den Kopf in die Arme gestützt, am Tisch eingeschlafen.

„Leg dich hin!", sagte sie und zeigte, ohne mich anzusehen, auf meine Pritsche. Sie schwitzte, ihr dickes Gesicht war gerötet und ihr schwerer Busen wogte auf und ab, als sei sie schnell gelaufen.

Ich fühlte mich überrumpelt und tat, was sie sagte. Ohne Umschweife zog sie mir den Rock hoch.

„Mach die Beine breit, so kann ich doch nichts sehen, dummes Weib", schimpfte sie.

Ich schloss die Augen und machte die Beine breit. Sie zog den Lappen weg, den ich zwischen die Beine geklemmt hatte, betrachtete mich kurz und ließ meinen Rock gleich wieder los. Ich richtete mich auf, lehnte mich an die Wand, zog meinen Rock herunter und fasste mich wieder.

Miststück, dachte ich, du hast nicht das Recht, mich so zu behandeln.

Sie bückte sich, fasste mich am Kinn und sah mir ins Gesicht. Fest erwiderte ich ihren Blick, und auch als sie mein Gesicht im Loslassen wegstieß, sah ich sie unverwandt an. Sie zog die Nase hoch und spuckte einen Schleimklumpen auf den Boden, direkt vor meine Pritsche.

„Du bist wieder in Ordnung, ich werde es dem Landschreiber melden“, sagte sie, als sie aus meiner Zelle ging.

Heute Abend habe ich es Janna erzählt. Ich spürte, dass ich noch vor Entrüstung glühte.

„Ach“, sagte sie, „Liene ist nicht die Schlechteste, aber sie weiß es nicht besser. Sie sieht in dir eine Mörderin und sie findet, dass du es nicht wert bist, einem Kind das Leben zu schenken.“

Janna ging mit meinem Eimer aus der Tür, und das gab mir die Zeit, mich von dem Schlag zu erholen. Ich musste mich auf meinen Stuhl setzen, denn mir bebten die Knie.

Ich bin es nicht wert, meiner Eva das Leben zu schenken … nicht wert, Mutter zu sein. Mörderin. Ich bin nicht nur ein Vogel, der sich nach Freiheit sehnt, ich bin ein reißendes Raubtier.

„Du hast also das Gift in den Brei getan?“, fragte der Landschreiber bei seinem Verhör.

„Ja.“

„Wie viel hast du hineingetan?“

Wie viel? Ich habe halt was reingetan. Einen Esslöffel? Die Hälfte? Was machte es schon aus?

„Ich weiß es nicht mehr.“

„So, du weißt es nicht mehr?“ Ich schaute ihn kurz an und las Zweifel und Misstrauen in seinem Blick. Er glaubte mir nicht.

„Ich wollte ihn nicht ermorden“, sagte ich zum soundsovielten Mal.

Für die Hebamme ist es ein klarer Fall, ich bin eine Mörderin.

„Und was denkst du?“, fragte ich Janna, als sie mit dem Abendbrei zurückkam. „Bin ich eine Mörderin?“

Sie ging auf mich zu, umfasste mein Gesicht mit ihren Händen und sah mich an. „Du hast dich verirrt, Elsjen, du bist vom Weg abgekommen.“

Tränen schossen in meine Augen, und mein Kopf sank auf ihre Brust. „Wo? Wo bin ich vom Weg abgekommen?“, fragte ich sie.

„Erzähl mir mehr“, sagte sie. Sie setzte sich neben mich. Ich musste den nötigen Mut aufbringen, ich *musste.* Hier war ein Mensch, der meine Geschichte hören wollte. Ein fleischgewordener Engel, durch dessen Mitgefühl meine geschriebenen Worte ein gesprochenes Zeugnis *meiner* Wahrheit wurden, die andere nicht hören wollten. Janna hörte zu, ohne zu unterbrechen. Dreiunddreißig Nächte ist sie schon mit mir im Gefängnis, schläft unter demselben Dach und atmet dieselbe beklemmende Luft.

„Das Joch war zu schwer für deine Schultern“, sagte Janna, als ich endlich schwieg.

Ich musste mich von meinen Gedanken lösen, die in vergangenen Zeiten hängen blieben, und schaute sie an. Ich begriff sie nicht.

„Du warst ein Kind, Elsjen, du hast dich tapfer gewehrt, aber es war zu schwer für deine Schultern.“ Janna stand auf. „Es ist schon spät, ich kann mich nicht mehr aufrecht halten. Erzähl mir mehr, Elsjen, morgen Abend, übermorgen Abend. Schreib weiter, noch hast du Zeit. Du wirst den Rückweg finden. Gute Nacht.“

Noch habe ich Zeit, sagt sie. Was meinst du, Janna, warum sagst du das? Wenn ich hier herauskomme, habe ich massenhaft

Zeit. Ich werde nicht nach Doldersum zurückgehen. Irgendwo anders, allein mit meinen Kindern, werde ich Zeit genug haben. Jetzt werde ich von dem Gedanken geplagt, dass es vielleicht anders kommen wird. Der Landschreiber glaubt mir nicht. Meine Kehle ist wie zugeschnürt. Ich will nicht daran denken, es darf nicht geschehen. Meine Kinder brauchen mich. Ich darf sie nicht im Stich lassen, sie haben schon ihren Vater verloren.

Roelof und Eva, ich will für euch sorgen. Irgendwo leben, wo uns keiner kennt, weg von dem Hof, auf dem ich gefangen war. Und dann werde ich Waffeln für euch backen, und wir werden Gänseblümchen pflücken und lange Ketten daraus flechten, und die hängen wir uns um den Hals und tanzen in der Sonne. Dann singe ich euch das Lied von den Heiden vor. Ich zeige euch die Blumen und Vögel und lehre euch ihre Namen.

Aber wenn es anders kommt? O Gott, ich sage mit Hiob: „Ich wartete auf das Gute, und es kam das Böse; ich hoffte auf Licht, und es kam Finsternis ... Jetzt aber zerfließt meine Seele in mir, und Tage des Elends haben mich ergriffen ...“

Was Janna sagt, ist wahr. Die Last *war* zu schwer, aber ich dachte, dass Gott es von mir verlangte. Habe ich ihn auf die falsche Art gefürchtet? Habe ich letztlich doch das Böse getan? Wo finde ich Weisheit?

Da fällt mir etwas ein: Vielleicht bin ich im Laufe der Zeit so mit dieser Last auf meinen Schultern verwachsen, dass es mir eine Ehre war zu beweisen, dass ich sie tragen konnte. Meine Otie, meine Mutter, meine Brüder, ich, vielleicht alle Menschen – wir handeln doch nach bestem Wissen. Aber „nach bestem Wissen“ bedeutet nicht immer Weisheit. Der Weg, den wir nach bestem Wissen einschlagen oder der uns nach bestem Wissen gewiesen wird, ist nicht immer der richtige Weg. Wir verirren uns. Jetzt erst dämmert mir das.

Ich sage dies nicht zu meiner Entschuldigung, sondern in

einem Anflug von Begreifen. Denn ich bin nicht Gott und ich werde niemals alles begreifen können.

Doldersum, 1757–1758

Die soundsovielte Pestepidemie war ausgebrochen und kam bei Besuchen, Hochzeiten und Begräbnissen zur Sprache. Die Meinungen waren geteilt, und es gab oft Streit, vor allem, wenn zu viel getrunken wurde. Es ging um die Frage, ob man seine Kühe gerade dadurch gegen die Pest schützen konnte, indem man sie mit der Krankheit ansteckte.

Ein gewisser Geert Reinders hatte das mit seinem Vieh ausprobiert. Ich begriff es nicht ganz, aber er benutzte Nadeln, um der Kuh ein bisschen von der Krankheit einzuspritzen, aber nur so viel, dass die Kuh sie besiegen konnte. Wenn man das machte, hatte man ein infiziertes Tier, das nie mehr an der Pest sterben würde.

Anfangs starben noch viele Tiere, die auf diesem Weg angesteckt wurden, aber die Ergebnisse wurden immer besser. Nun stellte sich die Frage, ob wir eigentlich das Recht hätten, auf diese Weise in etwas einzugreifen, das uns Gott geschickt hatte. Viele sagten ja, wir müssten die Krankheit als Warnung Gottes betrachten, damit wir uns auf ihn ausrichteten und nicht auf unseren irdischen Besitz. Andere sagten, dann dürfe man auch keine Zugsalbe auf einen Furunkel schmieren, egal wie groß die Schmerzen seien. Lief man etwa weiter, wenn man sich das Bein gebrochen hatte? Nein, das ließ man beim Arzt schienen, in der Hoffnung, dass es dadurch heilte und man dann seine Arbeit wieder tun konnte.

Aber, rief ein anderer dazwischen, wenn der Mensch diese Krankheit überwinden sollte, dann würde Gott sicher wieder eine andere schicken, um uns zu warnen. Waren zu Beginn der Vierzigerjahre nicht auch drei Viertel der Schafherden durch Leberfäule dahingerafft worden?

Nun ja, die Hirten hatten doch auch gelernt, mit ihren Herden Sumpfgebiete und nasse Wiesen zu meiden, wo die größte Gefahr bestand, dass die Tiere Leberfäule bekamen? Musste ein Mensch nicht alles in seiner Macht Stehende tun, um seinen Hof mit allem, was dazugehörte, zu schützen?

Da wurde zustimmend genickt, bis jemand sagte: „Wenn wir nur nicht anfangen, Gott zu spielen!" Und dann begannen die hitzigen Gespräche von vorn.

Natürlich diskutierten Barteld, Luit und ich miteinander auch über diese Fragen, und wir kamen zu keinem rechten Ergebnis. Das lag daran, dass wir nicht wussten, wie Otie darüber gedacht hätte. Sie glaubte immer an die strafende Hand Gottes, aber unser Viehbestand hatte ihr auch sehr am Herzen gelegen. Noch immer bestimmten ihre Ansichten, wie der Hof geführt werden sollte, unsere Entscheidungen, und wir waren froh, dass wir hinsichtlich dieser Frage in nächster Zeit noch keine Entscheidung treffen mussten: Der Impfstoff war noch nicht auf dem Markt.

Ja, es schien, dass Otie weiterhin mit uns lebte. Manchmal hatte ich das Gefühl, dass sie bei uns am Tisch saß und zuhörte. Als müsse sie jeden Beschluss, den wir fassten, billigen.

Zum Glück brach die Pest nicht mehr so heftig aus wie beim ersten Mal, und das Leben verlief recht ruhig. Eine Ausnahme bildete der Februar, als Mutter wieder Fieber bekam und zu husten begann. Sie blieb wochenlang in ihrem Bett liegen, zu schwach, um aufzustehen, und mich beschlich Angst. Sie drückte mich so schwer, als würde ich tagein, tagaus mit einem Joch auf den Schultern herumlaufen. Ich träumte öfter von ihrem

Tod, auch tagsüber. Manchmal erleichterte mich dieser Gedanke sogar, aber gleich darauf klagte ich mich selber an: „Du schlechtes Mädchen, du denkst nur an dich selbst. Hat sich deine Mutter vielleicht ein solches Leben gewünscht?“ Dann rackerte ich mich ab, um es wiedergutzumachen.

Wie froh war ich, als der März ein paar warme Tage brachte; die Sonne tat Mutter gut, und sie kam wieder ein bisschen zu Kräften. Die Last auf meinen Schultern verringerte sich, lauerte jedoch weiter im Hintergrund. Ängstlich achtete ich darauf, ob sich ihr Zustand nicht wieder verschlimmerte.

Das Leben ging weiter. Jeder Monat hatte sein eigenes Gesicht, das Jahr seinen festen Rhythmus, der Abwechslung und Farbe in den Ablauf der Dinge brachte, die täglich zu erledigen waren.

Seit jenem Tag beim Schafewaschen wanderten meine Augen unwillkürlich zu Leffert, wenn ich wusste, dass er sich irgendwo aufhielt. Wenn er inmitten einer Gruppe junger Männer auf dem Dorfplatz stand, Pfeife rauchend und erzählend, sah ich den frohen Glanz in seinen Augen, wenn ich vorbeikam und unsere Blicke sich trafen.

Wenn er beim Rundessen, jenem Recht, das er als unverheirateter Schäfer hatte, eine Woche lang bei uns am Tisch saß, spürte ich eine stille Freude. Sein Lob „Verflixt noch mal, Elsjen, was war das für ein unglaublich leckeres Essen!“ brachte mich immer zum Lachen. Dann sah er mich mit seinen grünen Augen an, die manchmal bräunlich schimmerten, kratzte sich die dunklen Locken und fragte: „Hab’ ich was Dummes gesagt?“

Meine Mutter und meine Brüder genossen sein fröhliches Wesen ebenfalls, und oft stellte Barteld die Schnapsflasche auf den Tisch, denn solch einen guten Schäfer mussten wir bei Laune halten.

Am zweiten Weihnachtsfeiertag 1757 kam ich Leffert erneut

sehr nah, und von jenem Tag an wusste ich genau, dass ich in ihn verliebt war. Dennoch sprach ich mit niemandem darüber, nicht einmal mit Hillegijn. Ich fühlte, dass es ein stilles Geheimnis bleiben musste.

Anlässlich des Stephanus-Rittes der Junggesellen sprengte an jenem Tag eine Gruppe junger Männer auf ihren Pferden über den Dorfplatz und hielt an der Gastwirtschaft von Hendrik Claassen. Ich ging mit Hillegijn und ein paar anderen Mädchen über den Dorfplatz, um den Kindern beim Sackhüpfen und den verheirateten Männern beim Centwerfen zuzuschauen, und natürlich gefiel es uns insgeheim auch, die jungen Burschen zu sehen. Wir beobachteten, wie die jungen Männer aus unserem Dorf ihre Pferde aufzäumten und sich der Gruppe vor der Wirtschaft anschlossen. Ich sah auch Leffert mit seinem Freund Jan Albers dorthin reiten.

Der Wirt kam mit einem Krug und Gläsern nach draußen, und die Männer begrüßten einander fröhlich und unterhielten sich angeregt. Der Krug machte die Runde, und die Stimmen der Männer, das Schnauben der Pferde, das Hufescharren und Wiehern schufen eine angeregte Stimmung.

Als wir Mädchen vorbeigingen, richteten sich die Blicke auf uns, die Pferde wurden noch unruhiger und einer der Männer fragte: „Wohin des Wegs, schöne Damen?“

Wir kicherten, und ein Mädchen sagte: „Wohin auch immer, wir kommen nie so weit wie ihr, denn wir haben nur unsere eigenen Beine.“

Der junge Mann blickte in die Runde und sagte: „Hat jemand etwas dagegen, diese lieblichen Mädchen ein Stück weiter mitzunehmen, als ihre eigenen Beine sie tragen?“ Die Männer jauchzten zustimmend. „Alle einverstanden? Nun, Mädchen, wer hat Lust zu einem kleinen Ausritt?“

Hände wurden ausgestreckt und Mädchen auf Pferde gehoben, es wurde geschrien und gelacht. Und dann war da die ausgestreckte Hand von Leffert. Ich ergriff sie und saß seltsam schnell auf der Decke, mit beiden Beinen an einer Seite des Pferdes. Schnell ordnete ich meine Röcke. Der Wirt, der das Schauspiel lachend beobachtete, bekam sein Geld, und die Ersten ritten davon.

„Schling deine Arme um mich", sagte Leffert. Ich tat es, und in diesem Moment schnalzte Leffert mit der Zunge und stieß seinem Pferd die Fersen in die Flanken. Im Galopp stoben wir durchs Dorf Richtung Wapse. Die Kraft des Pferdes, seine Wärme, der Wettstreit, wer als Erster im nächsten Dorf sein würde, und Lefferts Nähe – dies alles gab mir ein Gefühl der Erregung.

Ich sah, dass Hillegijn lachend bei einem Jungen aus Vleddere auf dem Pferd saß, und die jungen Männer, die noch keine Mitreiterin hatten, gabelten in Wapse ein paar Mädchen auf.

Bei jeder Gastwirtschaft hielten wir an, aber wir stiegen nicht ab. Die Wirte kamen nach draußen, und es wurde getrunken und angestoßen, gescherzt und erneut etwas ausgeschenkt. Die Pferde wurden getränkt, und dann ging es weiter, nach Diever, nach Wapserveen und über Vleddere wieder zurück. Die ganze Zeit über saß ich an Lefferts Rücken gelehnt. Auf dem Rückweg fühlte ich mich schläfrig vom Branntwein und lehnte meinen Kopf an Leffert. Eigentlich sprachen wir an diesem Nachmittag sehr wenig miteinander, aber ich fand es wunderbar.

Es war schon dunkel, als wir wieder in Doldersum ankamen. Wir verabschiedeten uns von den anderen, und dann standen wir auf unserem Hof. Leffert drehte sich um, schlang den Arm um mich und ließ mich vom Pferd gleiten. Und in diesem Moment, als ich neben dem Pferd zwischen Himmel und Erde schwebte, presste er den Arm um meine Taille und küsste mich voll auf den Mund. Bevor ich wieder richtig bei mir war, stand ich mit glühendem Gesicht auf dem Boden. Leffert stieß seinem

Pferd die Hacken in die Seiten, stieß einen fröhlichen Schrei aus und stob davon.

Im Herbst wurden wieder Spinnabende veranstaltet. In den vergangenen Jahren hatte ich viele davon verpasst, weil ich Mutter zuliebe zu Hause geblieben war, aber nun ging es ihr besser. Mutter hatte kein Fieber, der Husten blieb aus, und sie ermunterte mich, hinzugehen.

„Du bist im heiratsfähigen Alter, Mädchen. Ich weiß genau, dass sich ein passender Junge für dich finden wird", sagte sie und sah mich ein bisschen verschwörerisch an. Ich wunderte mich über ihre Anteilnahme und lachte. Bald dachte ich nicht mehr daran.

Zu solch einem Spinnabend holte ich Hillegijn ab oder sie mich. Mit unserem Spinnrad unter dem Arm und einer Tasche Flachs oder Wolle in der Hand gingen wir nach dem Abendessen zu dem Haus, in das wir eingeladen worden waren. Manchmal fand der Abend auch bei einer von uns zu Hause statt.

Die Eltern und anderen Familienmitglieder verließen dann meist das Haus und machten einen Besuch, sodass wir Mädchen unter uns waren. Wir spannen und plauderten miteinander, und so wurden die trüben Winterabende ein bisschen aufgehellt, während wir uns gleichzeitig nützlich machten. Gegen acht Uhr stellten wir Kaffee und Kuchen bereit, und dann trudelten nach und nach die Junggesellen ein. Wir spannen noch ein bisschen, tranken Kaffee und aßen Kuchen, und bald darauf bildeten sich Pärchen. Meist blieb es dabei, dass man ein bisschen miteinander redete, ab und zu gab es auch ein Küsschen.

Dieses Jahr freute ich mich sehr auf die Abende, weil ich hoffte, dass Leffert mich auswählen würde. Nach jenem Kuss zu Weihnachten sehnte ich mich nach mehr. In meinem Bett träumte ich von ihm, bevor ich einschlief; ich war mit ihm in seinem Häuschen, dem Kotten, den er seit dem Tod seines Vaters allein bewohnte. Ich teilte das Bett mit ihm, und manchmal streichelte ich meine Brüste und stellte mir dabei vor, dass es seine Hände wären, die mich berührten. Ich wusste, dass es Träume waren und dass es vielleicht immer Träume bleiben würden, aber in der Abgeschiedenheit meines eigenen Bettes konnte sie mir niemand nehmen.

Erwartungsvoll ging ich an jenem ersten Abend mit meiner Freundin durch die eisige Kälte zum Haus von Anni, einer älteren Cousine von Hillegijn. Bei schnurrenden Spinnrädern und mit rhythmisch tretenden Füßen saßen wir gemütlich ums Feuer herum – acht Mädchen aus unserem Dorf und noch zwei Cousinen aus einem Nachbarort. Wir unterhielten uns angeregt, als gegen acht Uhr die jungen Männer alle gleichzeitig eintrafen. Sie hatten auf dem Dorfplatz aufeinander gewartet.

Anni schenkte Kaffee aus und ihre Freundin reichte Kuchen. Ich sah Leffert sofort, er war im Gespräch mit seinem Freund Jan Albers. Luit war auch dabei, er nickte mir kurz zu und ging dann mit zwei Bechern Kaffee schnell auf Hendrikjen Albers, Jans ältere Schwester, zu. Seine Zielstrebigkeit erstaunte mich. Obwohl es dort im Hinterhaus sehr dämmrig war, konnte ich sehen, wie sie bis zum Hals errötete, als er sie ansprach.

Oft war es so, dass es sich mehr oder weniger zufällig ergab, wer bei wem landete; eigentlich schäkerte an diesen Spinnabenden jeder mit jedem. Anders war es bei denen, die feste Pläne hatten. Meist sah man diese Paare dann im nächsten Jahr nicht mehr wieder. Die Liebelei, die am Spinnabend begonnen hatte, war zu einer festen Beziehung geworden. Wenn der Junge dann von den Eltern des Mädchens eingeladen wurde und beim Essen einen halben Schweinekopf vorgesetzt bekam, war die Sache klar. Wenn ich mich nicht irrte, hatte Luit vor, das bei Mutter Trijne Geerts auszuprobieren. Sie war ebenso wie meine Mutter

Witwe, aber immer noch Vollbäuerin, so wie wir. Luit würde sicher nicht abgewiesen werden.

Dadurch, dass ich auf Luit und Hendrikjen achtete, war ich ganz überrascht, als ich plötzlich Leffert und Jan auf mich zukommen sah. Gleichzeitig fragten sie: „Willst du einen Becher Kaffee?“ Ich schaute in zwei lachende Gesichter. Grüne Augen und blaue Augen, zu wem sollte ich sagen, dass er einen Becher holen durfte? Natürlich wusste ich es schon, aber ehe ich etwas sagen konnte, wurden wir von ein paar Jungen umringt, die noch keine Wahl getroffen hatten.

„Was, wollt ihr euch etwa um Elsjen streiten?“

„Ja“, sagten Jan und Leffert gleichzeitig.

„Und Elsjen kann sich nicht entscheiden?“, fragte einer. Noch ehe ich antworten konnte, sprach er schon weiter, diese Chance wollte niemand verpassen. „Dann müssen wir die Löffelprobe machen. Anni, hol uns mal einen großen Kochlöffel!“

Der Kochlöffel wurde eilig gebracht, und es hieß: „Wer zuerst?“

Leffert streckte sofort die Hand aus. Klatsch, mit einem harten Schlag traf der Löffel seine Handfläche. Er verzog keine Miene, lächelte nur. Die Anwesenden jubelten, ein Punkt für Leffert, er hat den Schmerz mit einem Lachen ertragen.

Jetzt war Jan an der Reihe, und auch er streckte die Hand aus. Der Löffel sauste durch die Luft, aber bevor er Jans Hand treffen konnte, zog der sie zurück.

Es ertönten Buhrufe, aber Jan lächelte Leffert zu und sagte: „Ich lasse meinem Freund den Vortritt, meine Zeit kommt schon noch“, und er nickte mir mit einem selbstsicheren Blick zu, den ich nicht deuten konnte. Ich spürte, wie ich seltsam kalt wurde. Warum war Jan nicht gleich zurückgetreten, warum ließ er Leffert schlagen und zog dann selbst seine Hand zurück? Feigling!

Die Gruppe zerstreute sich, und Leffert holte Kaffee für mich. Ich sah Hillegijn mit einem Jungen zu einem Plätzchen weiter hinten in der Diele gehen; sie winkte mir im Weggehen kurz zu.

„Trink deinen Kaffee nur schnell aus", sagte Leffert, als er mir den Becher reichte. „Hier drinnen ist es viel zu eng, da gibt es ja kein ruhiges Fleckchen mehr. Sollen wir nach draußen gehen?"

Die frische Luft draußen war wirklich verlockend für mich, denn nun, da unser Zusammensein so nahe rückte, wurde mir seltsam heiß. Ich war aufgeregt und wusste nicht recht, was ich sagen oder was ich tun sollte. Ich nahm mein wollenes Umschlagtuch und folgte Leffert ins Freie. Draußen angekommen, atmete er tief ein und sagte mit feierlicher Stimme: „Sieh nur, mein Elsjen, die klare Luft, die Sterne am Himmel, die Wolken, die wir selbst machen können", dabei blies er seinen Atem in die mondhelle Nacht, „wer will da noch freiwillig im Haus bleiben?"

Ich musste lachen und machte ebenfalls Wölkchen, während wir über den Dorfplatz schlenderten. Die Bäume und die Häuser mit den geschlossenen Läden waren große, dunkle Schatten, eingetaucht in das milchweiße Licht des Mondes. Es war wie ein Märchen, dass ich hier mit Leffert durch das weißgefrorene Gras lief. Eine nie gekannte Fröhlichkeit durchströmte mich, und ich verspürte das Bedürfnis zu tanzen, zu rennen, zu fliegen.

„Wer als Erster am Zaun ist", fiel mir plötzlich ein, und ich rannte schon in Richtung der Felder. Ich zog meine Röcke hoch, um schneller zu sein, und hörte, wie Leffert hinter mir ebenfalls zu rennen begann. Diesmal holte er mich nicht ein, und bald darauf lehnte ich am Zaun. Einen Augenblick später war er auch da, und wir fielen uns in die Arme und küssten einander so heftig, so innig, als hätten wir beide schon jahrelang auf diesen Moment gewartet.

Am Tag darauf versuchte ich mein Glück ein bisschen zu zügeln, und ich wich Mutters vertraulichen Fragen aus, als sie versuchte, mehr über den vergangenen Abend zu erfahren. Ich tat meine Arbeit mit jubelndem Herzen, und manchmal brach sich dieser Jubel doch Bahn, und ich hörte mich selbst summen.

Alles stand an diesem Tag im Zeichen von Leffert. Als ich mit meinen Brüdern auf der Tenne stand und Getreide drosch, verkündete der Rhythmus der drei Dreschflegel: „Leffert, ich liebe dich, Leffert, ich liebe dich." Auf die beschlagenen Fensterscheiben schrieb ich den Buchstaben L, aber danach verzierte ich ihn so, dass er nicht mehr zu erkennen war. Als ich das Schäferhorn hörte, weil die Schafe zurückkehrten, stand ich selbst dort, um sie hereinzulassen und das Lächeln des Schäfers aufzufangen und in seine Augen zu schauen, die zu fragen schienen: „Nächstes Mal wieder?"

An diesem Nachmittag hörte ich meine Mutter husten, und beim Abendessen waren alle ungewöhnlich still. Dann räusperte sich Luit und wollte etwas sagen, aber er schloss den Mund wieder.

Barteld fragte: „Bei wem trefft ihr euch heute zum Spinnabend?"

„Bei Japikjen", antwortete ich.

Luit räusperte sich wieder. „Hendrikjen ist ein nettes Mädel", sagte er.

„Ja, das finde ich auch."

„Ihr Bruder Jan ist auch ein feiner Kerl."

„Ja, bestimmt."

„Wenn er heute Abend wieder zu dir kommt, musst du es mal mit ihm versuchen."

Ich sah ihn an. Ich wunderte mich über das, was er sagte.

Mutter hustete, rauer als am Nachmittag. Dann sagte sie sehr nachdrücklich: „Ja, Jan Albers ist eine sehr gute Partie. Du bist über das Alter hinaus, um mit Kätnern herumzuschäkern."

Ich brachte kein Wort heraus, auch, weil ich tief in meinem Herzen gewusst hatte, dass es so kommen würde. Aber ich hatte nicht so bald damit gerechnet. Ich hatte mir meine Waffen noch nicht zurechtgelegt.

„Lasst uns nicht um den heißen Brei herumreden“, sagte Barteld. Er schaute mich mit einer Spur von Mitleid an. „Es ist so, Elsjen: Mutter und Luit wollen sagen, dass du dich jetzt, wo du das Alter dazu hast, am besten mit Jan Albers abgeben solltest, wenn er mit dir zusammensein will.“

„Ja, gut, vielleicht mache ich das mal“, antwortete ich.

„Nicht vielleicht“, sagte Luit.

„Er passt sehr gut zu dir“, sagte meine Mutter und hustete erneut.

„Verflixt noch mal“, sagte Barteld plötzlich mit einem verbissenen Zug um den Mund. „Jetzt sagt ihr doch ehrlich, was los ist.“

Ich blickte verwundert vom einen zum anderen. Plötzlich empfand ich die würgende Gewissheit, dass die Freude, die ich an diesem Tag empfunden hatte, nie wieder zurückkehren würde.

Noch einmal räusperte sich Luit. „Elsjen, bevor ich dir offen sage, worum es geht, musst du wissen, dass Otie sich das so sehr gewünscht hätte. Eigentlich hat sie alles geregelt, bevor sie starb. Trijne Geerts und ihr Mann Albert Jans, der damals noch lebte, stimmten darin vollkommen mit ihr überein.“

„Nein“, sagte ich, aber Luit redete weiter, als würde er mich nicht hören.

„Ich habe darüber kürzlich noch mit Trijne gesprochen, und es schien uns immer noch die beste Lösung. Es ist nämlich so: Otie hatte mit den beiden besprochen, dass unser Besitz erhalten bleibt, wenn ich Hendrikjen heirate und du Jan. Hendrikjen ist ein feines Mädchen und ich weiß genau, dass du dich auch mit Jan verstehen wirst. Wir sagen es dir jetzt, falls du vorhattest, heute Abend mit einem anderen zu schäkern. Wenn du sagst, dass du dich für ihn entscheidest, dann braucht man auch den Löffel nicht und alle wissen, woran sie sind. Nun?"

„Nein", sagte ich noch einmal, aber es klang sehr heiser. Ich bekam Lust, Luit zu verprügeln, auf den Mund einzuschlagen, der all diese Worte ausgesprochen hatte. Ich ballte die Fäuste in meinem Schoß und presste sie tief in meine Röcke hinein. Meine Beine zitterten.

Luit sah mich fragend an; ich antwortete nicht, weil meine Kehle wie zugeschnürt war, so als sei ich mit einem kalten, eisernen Halsband an einen Stallpfosten gekettet. Dann sagte er zu allem Überfluss: „Otie wäre darüber sehr glücklich gewesen."

Ich spürte, wie sich in mir ein Widerstand erhob, mit dem ich nicht umgehen konnte. Ich sah Luits fragenden, Bartelds immer noch etwas mitleidigen und Mutters flehentlichen Blick, und mir war danach zumute, sie alle vom Tisch zu werfen, zu schreien und zu weinen, aber ich nahm mich zusammen und schob unter Aufbietung all meiner Selbstbeherrschung meinen Stuhl zurück. Dann fiel mir etwas ein, und ich fragte heiser: „Und du, Barteld?"

Er lächelte und sagte leichthin: „Ach Mädchen, mir gefallen zu viele Frauen, ich bleibe Junggeselle, da komme ich am besten zu meinem Recht."

Ich sah Luit an und stellte fest: „Dann wird Engbert sicher auch Junggeselle bleiben?" Luit nickte. Es war also alles abgesprochen. Wenn Jans jüngerer Bruder auch Junggeselle blieb, konnte der gesamte Besitz in den Händen der Familie bleiben. Ich hätte Luit ins Gesicht schlagen können.

Ich schob meinen Stuhl an den Tisch und ging zur Tür vom Vorderhaus.

„Wenn Hillegijn mich abholen kommt, dann sagt ihr, dass ich

nicht mitkomme, ich habe Kopfschmerzen“, sagte ich in den Raum hinein, öffnete die Tür und schlug sie hinter mir zu. Ich zog mich aus und legte mich ins Bett. Nein, nein, nein, schrie es unaufhörlich in meinem Kopf. Ich schlug mit den Fäusten auf die Decken, wälzte mich hin und her und vergrub das Gesicht in meinem Kissen, bis ich dachte, ich würde ersticken. Ich schnappte nach Luft und zwang mich, ruhig zu werden. Mit der Zeit gelang es mir auch. Nachdem ich eine Weile still gelegen hatte, versuchte ich meine Gedanken zu ordnen. Das war nun also meine Strafe. Mein eigener schöner Traum zerstört wegen all der schlechten Träume, die ich gehabt hatte. *Nein!* Ich wollte nicht, Luit konnte sagen, was er wollte, ich würde Jan Albers nicht heiraten.

„Und dein Versprechen?“, sagte ein Stimmchen in meinem Innern, „dein Versprechen mit deiner Hand auf der Bibel und den dürren Beinen darunter? Das kannst du nicht zurücknehmen. Versprochen ist versprochen, Gott war dabei!“

Ich hörte, wie Mutter hustend ins Bett kroch.

„Und deine Mutter? Willst du ihren Tod auch noch auf dem Gewissen haben?“ Das Stimmchen begann zu schreien: „Du bringst sie um!“

In jener Nacht kämpfte ich lange mit den Stimmen in meinem Kopf, mit der von Otie, der von Luit, der von Barteld und der klagenden Stimme meiner Mutter. Ich sah, wie mein sonniger Traum immer mehr hinter den Wolken dieser Stimmen verschwand.

Dann hörte ich die Stimme meiner Mutter. Sie rief wirklich nach mir. Leise drang ihr Rufen von ihrem Bett zu meinem herüber. Ich stand auf und ging zu ihr. Als der Schein des Nachtlichtes auf ihr Gesicht fiel, sah ich deutlich, dass sie Fieber hatte. Ihre Wangen glühten, und ich legte meine kalte Hand auf ihre Stirn. Ich erschrak über die Hitze, die davon ausging. Ich sagte liebe Worte: „Ist ja gut, Mutter, ich bin ja da, warte, ich bringe dir ein bisschen Wasser.“ Ich holte einen frischen Becher Wasser, ließ sie trinken und tupfte dann mit einem Tuch den Schweiß von ihrer Stirn. Ich gab ihr von dem Saft aus Benediktenkrautblättern und wartete, bis sie schlief.

Später, in der Abgeschiedenheit meines eigenen Bettes, nahm ich Abschied von meinem Traum und fügte mich in die Verantwortung, die ich übernommen hatte, als ich einst in demselben Zimmer meine Hand auf ein Totenhemd legte, die Bibel darunter spürte und vor Otie und Gott mein Versprechen ablegte. Und jedes Mal, wenn in den folgenden Nächten mein Herz weinte, wenn ich hinausschreien wollte, dass ich Jan *nicht* heiraten wollte, hielt ich mir hartnäckig vor, dass es letztlich für mein eigenes Glück das Beste sein würde, wenn ich Mutter zuliebe diese Entscheidung traf.

Ich ging nicht mehr zu den Spinnabenden. Meine Mutter wurde so krank, dass ich ihr erzählte, was ich in Bezug auf Jan Albers beschlossen hatte – in der Hoffnung, dass sie das wieder aufrichten würde.

An einem der ersten Märzsonntage kam Jan Albers zu Besuch und blieb zum Essen. Den besten Speck und den leckersten Schinken bekam er vorgesetzt, eine doppelte Portion. Von da an kam er jeden Samstagabend.

Assen, 30. August 1767

Nun, da ich mit dem Schreiben bis zu diesem Punkt gekommen bin, begreife ich: dieser Moment der Entscheidung in meinem Bett war der Zeitpunkt, an dem ich Gott den Rücken kehrte. Ich habe nie geleugnet, dass er existierte, aber ich habe ihn nicht mehr gesucht. Zu viel verlangte er von mir. Er wurde für mich der Gott meiner Otie, der mich an mein Versprechen band und der mir nichts Schönes gönnte. Er war der Gott, der mich zu Hause gefangen hielt.

Und nun bin ich ihm durch meine Gefangenschaft wieder nähergekommen!

Ich sage mit Hiob: „Er hat meinen Weg vermauert, dass ich nicht hinüberkann, und hat Finsternis auf meinen Steig gelegt."

Das Dunkelste an dieser Finsternis ist die Sehnsucht nach meinen Kindern. Wir leer sind meine Arme, wie leer ist mein Schoß, o Gott. Wie vermisse ich hier in der Eintönigkeit, mit der die Tage vorübergehen, die Rhythmen, die zu Hause unser Leben bestimmten. Die schmutzigen Wände erdrücken mich, ich möchte sie zertrümmern. Ein Frühling und ein Sommer sind schon vergangen, und ich habe es nicht gemerkt. Manchmal klettere ich auf meinen Stuhl und versuche mich auszustrecken, um so viel wie möglich zu sehen. Einen Baumwipfel mit seinem matten, schon herbstlich werdenden Grün. Eine Taube auf dem Dach, die ihre Federn putzt, als stünde sie im Begriff, einen Besuch zu machen.

Ich sauge es in mich auf und versuche die Bilder festzuhalten, wenn diese Mauern mir zu nahe kommen. „Gott, warum diese Mauern?" Manchmal ertappe ich mich dabei, laut zu reden.

Aber ab und zu verwandelt sich mein Klagen in eine vorsichtige, schüchterne Form des Dankens, so wie man manchmal schüchtern aus dem Dunkel hervorkommt, um im Licht jemandem zu begegnen, dem man viele Vorwürfe gemacht hat. Weil das Licht einen blendet und weil man nicht weiß, wie der andere auf einen reagiert.

Mein Weg vermauert ... Wo sonst hätte ich mein Leben überdenken können, wenn nicht hier? Wo hätte ich meine Bibel jemals wieder zur Hand genommen?

Wie tröstlich klingen mir die Worte, die Hiob nach seiner Klage äußert: „Aber ich weiß, dass mein Erlöser lebt." Die Worte erwärmen mich, auch wenn ich sie nicht völlig begreife.

Heute ist es die dreiunddreißigste Nacht, dass Janna in der Zelle neben mir schläft. Schon so viele Nächte, in denen ich getröstet bin durch ihre bloße Anwesenheit. Ich habe ihr von meiner Entscheidung erzählt, mich mit Jan Albers zu verloben, und von meinen Gefühlen Gott gegenüber, die sich auf so unerklärliche Weise verändern.

Sie hat gesagt: „Ein Mensch kann nicht klüger sein, als er zu einem bestimmten Zeitpunkt ist. Aber man kann klüger *werden*, und du wirst immer klüger, denn du lernst Gott so kennen, wie er ist."

Wo wäre ich ohne den liebevollen Trost Jannas, dieses Engels, den Gott mir gesandt hat? Wenn ich daran denke, dass die Nächte, in denen sie mir nahe ist, zu Ende gehen, bin ich plötzlich so ängstlich wie ein Kind, das in einem großen, dunklen Wald alleingelassen wird. Ich laufe in meiner engen Zelle im Kreis herum und frage mich ständig, wie es weitergehen soll.

Von Janna hörte ich die Nachricht, die mir solche Angst macht: „Gestern war die Hebamme beim Landschreiber."

„Ja?" Ich wagte nichts zu fragen.

„Sie hat dich für gesund erklärt."

„Oh."

Ich sehe Liene in das Zimmer des Landschreibers treten. Die Brust herausgestreckt, die Hände auf ihren breiten Hüften. „Das Weib ist wieder völlig in Ordnung. Es ist gänzlich unnötig, sie noch weiter durchzufüttern!" Und der Landschreiber bekommt eine seltsame Fratze, eine lange Schnauze, und verwandelt sich in einen Werwolf. Er reibt sich die Pfoten, und es ist klar, dass er nichts lieber will, als die Sache zu Ende bringen.

„Und heute war der Landschreiber noch einmal in Doldersum. Um ein letztes Mal Zeugen zu verhören", sagte Janna. Ich war wieder in meiner Zelle und schwieg.

„Am dritten September kommt er nach Assen, um die Zusammenkunft des Geschworenengerichts vorzubereiten. Sie wird am vierten September stattfinden, das steht jetzt endgültig fest." Sie sah mich ein bisschen unsicher an, aber ich wusste nicht, was ich sagen sollte. Es rückt auf einmal alles so nahe.

„Ich habe heute schon den großen Saal geputzt. Ich werde viel zu tun bekommen, und dann ist das schon mal erledigt."

Sie machte einen gehetzteren Eindruck als sonst und redete immer weiter. „Ich muss die Zimmer für all diejenigen in Ordnung bringen, die dort übernachten werden, und die Lebensmittel kaufen für die kleinen Speisen, die während der Versammlung gereicht werden."

Ich nickte. Das Verrückte ist, dass Janna dies alles tun muss, weil ich hier sitze und verurteilt werden soll. Ich wusste wirklich nicht, was ich sagen sollte. So etwas wie: „Es tut mir leid, Janna, dass ich dir das alles antue. Ich fühle mich elend, dass du so schwer arbeiten musst, weil ich hier sitze." Und es ist wirklich so, ich fühle mich elend deswegen, es tut mir wirklich leid.

„Die Hauptmahlzeiten können die Fressköpfe zum Glück in der Wirtschaft einnehmen, aber nach dem vierten September kehrt auch noch keine Ruhe ein, denn ..." Janna schlug sich die Hand vor den Mund. Endlich schwieg sie.

„Macht nichts“, sagte ich.

„Es tut mir leid.“

Ich weiß, dass sie an die Verkündung der Urteile dachte, die über mich und die anderen Gefangenen gefällt werden würden, und an ihre Vollstreckung. Der Dieb neben mir, der Vagabund gegenüber und ich, die Mörderin, wir warten auf unsere Urteile, die nach jenem vierten September vollstreckt werden sollen. Auspeitschung, Brandmarkung und Verbannung, Zuchthaus oder eine Geldbuße, das sind die häufigsten Strafen, wie ich verstanden habe. Ich will gar nicht daran denken, welche Strafe mir zuteil werden wird.

Aber meine Gedanken gehen mit mir durch, sobald Janna meine Zelle verlassen hat. Ich sehe mich selbst über den Dorfplatz zum Richtplatz gehen. Ich spüre die Peitschenhiebe auf meinem Rücken, ich höre des Brandeisen zischen und ich rieche verschmortes Fleisch. Meine Kehle schnürt sich zu, ich ringe nach Luft.

Ich finde mich mitten in meiner Zelle auf den Knien liegend wieder. Stockend hole ich Atem. „Gott, hilf mir!“, höre ich mich selbst immer wieder murmeln.

Ich bin eine Mörderin, ich denke, das steht für den Landschreiber fest, aber vielleicht können die Leute aus dem Dorf ihn davon überzeugen, dass ich dafür nicht gestraft zu werden brauche. Oder mache ich mir falsche Hoffnungen, ist der Abstand zwischen mir und den anderen Dorfbewohnern zu groß geworden? Hillegijn, sie wird sich vielleicht für mich einsetzen.

„Nach Zeugenaussagen hat Jan Albers eine Bemerkung gemacht über den seltsamen Geschmack des Breis und das weiße Zeug, das sich darin befand“, sagte der Landschreiber.

„Ja, das stimmt.“

„Und was hast du darauf erwidert?“

„Ich sagte, das Kind hätte vielleicht mit der Asche gespielt." Ja, er aß weiter, und ich habe ihn nach den paar Happen nicht aufhören lassen zu essen. Nein, ich habe ihn nicht aufhören lassen.

Ich kann mich nicht länger mit Hiob vergleichen. Bin ich so rechtschaffen wie er? Was bildest du dir ein, Weib? Du mit deinen Träumen über den Tod anderer Menschen. Du, die den Tod von Jan auf dem Gewissen hat, die den Kindern den Vater nahm. Oh verdammt, wie konnte ich das nur tun? Ich reiße mir die Haare aus. Wie kann ich es wagen, mich mit Hiob zu vergleichen?

Der Gedanke, dass ich meinen Kindern den Vater genommen habe, traf mich wie ein Blitzstrahl, ich konnte nicht weiterschreiben. Ich fühlte mich zerschlagen und plötzlich voller Reue. Jetzt bin ich wieder etwas ruhiger, denn wirklich, ich wollte ihn nicht ermorden. Die Sache hat sich verselbständigt. Ich dachte, dass es nicht anders ginge.

Ebenso wie Hiob begreife ich nicht, was mit mir geschehen ist, aber ich will mich ehrlich mit mir selbst befassen. War ich fromm und rechtschaffen, als ich das Gift unter den Brei mischte und Jan den Brei essen ließ?

Mein Herz vertraute damals schon längst nicht mehr auf den Gott, der so viel von mir verlangte, obwohl ich dachte, dass ich es auch für ihn tat, denn der Gott meiner Otie verlangte Gehorsam. Oder war es Otie, die ihn verlangte und Gott vor ihren Karren spannte? Darüber muss ich noch weiter nachdenken.

Wenn ich Leffert begegnete, wich ich seinen fragenden Augen aus. Als er beim Rundessen bei uns am Tisch saß, war die Spannung deutlich zu spüren. Die fröhlichen Scherze, die Barteld und er gemacht hatten, blieben aus. Barteld tat sein Bestes, um ein lockeres Gespräch in Gang zu bringen, aber Luit war noch schweigsamer als sonst. Es war klar, dass er Leffert nur darum in meiner Nähe duldete, weil er ihm das Rundessen nicht verweigern konnte.

Als ich nach dem Essen Wasser schöpfen ging, stand Leffert plötzlich hinter mir. Er nahm mich am Arm und ging hinter dem Brotofen auf die Knie. Er zog mich mit sich und küsste mich. Ich küsste ihn auch, und in meinem Herzen tobte ein Kampf. Ich hätte am liebsten nie aufgehört, ihn zu küssen.

Dann schob sich die Gestalt meiner Mutter zwischen uns. „Wo warst du denn, Elsjen?“, fragte sie vorwurfsvoll. Leffert hielt mich so leidenschaftlich umklammert, doch ich stieß ihn zurück.

„Was hast du denn, Elsjen, warum stößt du mich weg? Hast du es nicht so gemeint an dem Spinnabend?“

Ich schluckte. Ich fühlte, wie meine Augen brannten, und war froh, dass es dunkel war. „Nein, ich hab's nicht so gemeint“, hörte ich mich selbst sagen und riss mich los. Ehe ich es mir anders überlegen konnte, rannte ich ins Haus.

Als Leffert begriff, dass sein Freund Jan Albers der Auserwählte der Familie Roelofs war, verschwand das Fragen in seinen Augen, aber für lange Zeit trat etwas anderes an seine Stelle, eine Art Nichtbegreifen. Und wenn uns unsere Blicke begegneten, sah ich schnell in eine andere Richtung.

Im Jahr darauf machte Leffert bei den Spinnabenden Hillegijn den Hof. Ich war natürlich nicht mehr dabei, aber Hillegijn erzählte mir alles. Es gab mir einen Stich ins Herz. Tagelang wollte ich sie nicht mehr sehen, und ich übersah ihr Winken, wenn sie auf der anderen Seite des Dorfplatzes vorüberging. Ich stellte mir vor, wie Leffert jetzt mit *ihr* Wölkchen in die kalte Luft blies und nach den Sternen schaute. Mir war ganz elend bei dem Gedanken. Gleichzeitig machte ich mir Vorwürfe. Was war ich nur für eine Freundin! Ich zwang mich dazu, mich für sie zu freuen, und irgendwie war ich auch froh, dass *sie* ihn bekam und nicht jemand anders. Von da an besuchte ich sie wieder und spielte ihr Anteilnahme für alles vor, was mit Leffert zu tun hatte.

Durch meine Freundschaft mit Hillegijn und Lefferts Freundschaft mit Jan begegneten wir einander regelmäßig. Wir sprachen nie wirklich über das, was geschehen war, aber dieses Unausgesprochene stand lange im Raum. Ich ärgerte mich, wenn ich bei einem gemeinsamen Spaziergang steif neben Jan herlief, ohne das geringste Gefühl von Verbundenheit, und sah, wie Hillegijn ihren Arm locker in den von Leffert legte. Ich war kurz angebunden, wenn sie fröhlich auf mich einredete, und bereute es sofort, wenn ich ihr ratloses Gesicht sah. Aber sobald sie fragte: „Was hast du denn?“, war ich wieder gereizt. „Nichts“, sagte ich dann, blieb stehen und pflückte eine Blume.

Einmal brachte Leffert es beinah zur Sprache. Wir waren zu viert auf dem Jahrmarkt, und es ergab sich, dass wir nebeneinander hergingen. Jan war bei einem Stand mit Messern stehen geblieben, und Hillegijn war schon ein Stück vor uns, an einem Stand mit Hüten.

„Sag mal, Elsjen“, fragte Leffert, „bist du glücklich mit Jan?“

Einen Moment lang sah ich ihn an, aber als ich antwortete, konnte ich seinen Blick nicht ertragen.

„O ja, natürlich“, sagte ich. „Und was ist Hillegijn für ein liebes Ding, nicht?“ Er sah mich schmerzlich getroffen an, aber ich wollte es nicht sehen.

„Ja, Hillegijn ist ein liebes Ding“, sagte er dann und ging zu ihr, weil sie ihm winkte. Mit gespielter Aufmerksamkeit betrachtete ich das Messer, das Jan gekauft hatte und mir mit kindlicher Freude zeigte.

Jan kam jeden Samstagabend. Luit war dann bei Hendrikjen, Barteld in der Wirtschaft, die Magd war bei ihrer Familie und Mutter ging oft früh zu Bett. Dann hatten wir das Hinterhaus für uns allein. Manchmal verabredeten wir uns mit anderen Paaren, und dann war es ganz unterhaltsam, aber die Abende mit ihm allein waren langweilig. Ich wusste nicht, was ich zu ihm sagen sollte, und die Gespräche beschränkten sich oft darauf, wie es mit den Tieren stand, wie das Wetter war und was es bei dem einen oder anderen im Dorf für Neuigkeiten gab.

Es dauerte einige Wochen, bevor er den Mut hatte, mich zu küssen. Am vierten Abend, als ich ihn zur Tennentür brachte, sagte er plötzlich: „Jetzt müssen wir uns aber mal küssen.“ Und gleich darauf beugte er sich vor und küsste mich. Seine Zunge war in meinem Mund, und ich dachte: Verdammt noch mal! Ich stieß seine Zunge zurück, und er hörte sofort auf.

„Willst du nicht?“, fragte er.

Ich zuckte die Schultern.

„Aber wir gehen jetzt miteinander. Wenn man miteinander geht, muss man sich küssen, Elsjen.“ Seine Stimme klang fordernd.

Ich dachte an Lefferts Küsse. Bei ihm war alles so selbstverständlich. Ihn zu küssen war, als würde man eine saftige Frucht genießen. „Ja, dann muss man sich küssen“, sagte ich, und wieder drückte er seinen Mund auf meinen.

Wenn er mich in den folgenden Monaten im Dämmerlicht

des Hinterhauses küsste, ließ ich das immer wieder zu, ohne dass ich jemals selbst das Bedürfnis empfand, ihn zu küssen. Ich konnte mir noch nicht einmal mit geschlossenen Augen vorstellen, dass es Leffert war, so anders war es. Es entzündete mich nicht. Selbst als er in leidenschaftlichem Verlangen an meine Brüste griff und sein steifes Glied gegen mich presste, ließ ich ihn zwar gewähren, aber es ließ mich kalt.

Wohl wunderte ich mich ab und zu darüber, wie plötzlich er sich manchmal wieder zurücknahm, so als sei er erschrocken über sich selbst. Dann war ich immer nur erleichtert, dass es vorbei war, und sprach wieder über Gott und die Welt oder fragte ihn, ob er einen Schnaps wollte. Nie versuchte er, so wie andere Jungen bei meinen Freundinnen, weiter zu gehen, als mich zu küssen und mir unter den Rock oder die Jacke zu fassen. Wenn er das tat, verspürte ich niemals die Erregung, die ich empfand, wenn ich mich im Dunkel meines Bettes selbst betastete. Auch jetzt tat ich das noch, und immer stellte ich mir dabei vor, dass es Leffert wäre, der meinen Körper streichelte und die sehnsuchtsvolle Wärme in meinem Unterleib hervorrief. Auch darum war ich froh, wenn Jan sich abwandte, und ermutigte ihn nicht zu mehr. Nein, ich war sogar froh, weil ich dachte, dass er verhindern wollte, dass ich schwanger würde.

Ach, er war wirklich ein netter Kerl, und manchmal war ich sogar ein bisschen gerührt, wenn er mir mit seinen kindlich blauen Augen zulächelte und mir etwas überreichte: ein Rosinenbrot oder ein geschlachtetes Huhn. Er sagte dann immer: „Mit den besten Empfehlungen meiner Mutter …“ Fast wäre ich ihm mit der Hand durch sein glattes blondes Haar gefahren, aber ich tat es nicht.

Öfter jedoch geschah es, dass ich mich über ihn ärgerte. Er sagte so oft: „Aber meine Mutter meint …“, dass ich Lust bekam, ihn nachzuäffen. Oder ihn zu fragen: „Na, Kleiner, was sagt deine Mutter wohl dazu?“ Seine kindlichen Augen ärgerten mich manchmal auch, oder ein Pickel an seinem Hals, oder die Schuppen aus seinem Haar auf seinem schwarzen Sonntagsanzug.

Ich ärgerte mich auch über seine Mutter, wenn ich manchmal sonntags bei ihnen aß und sie dann zum Beispiel sagte: „Mein Junge, hier hast du ein leckeres Stück Fleisch, du musst noch wachsen.“ Oder: „Das würde ich aber nicht machen, mein Liebling.“

Er wurde schnell eifersüchtig. Wenn ich bei den Nachbarschaftsbesuchen kurz mit einem anderen Jungen sprach, stand er sofort neben uns und riss das Gespräch an sich. Wenn wir etwas mit Leffert und Hillegijn unternahmen, sorgte er meist dafür, dass er zwischen Leffert und mir saß, als hätte er immer noch Angst, dass jemand mit dem Kochlöffel kommen und er verlieren würde. Auch das störte mich, aber ich sagte nichts dazu. Mit der Zeit würde sich das schon legen.

Ich war froh, dass es immer wieder Montag wurde. Dann konnte ich mich in meine Arbeit stürzen und schwang voller Genugtuung den Dreschflegel, um die neue Woche einzuläuten. Da konnte ich meine ganze Liebe einbringen. Dennoch fehlte der wahre Glanz, wie bei einem matt gewordenen, aber noch sehr brauchbaren Kessel.

Barteld und ich kamen uns noch näher. Es schien mir, als würde er begreifen, welches Opfer ich brachte, weil auch er sich selbst verleugnen musste, wenn auch auf andere Weise. Ich denke, dass er zumindest als Mann auf seine Kosten kam. Er gabelte mal hier, mal dort ein Mädchen auf. Mit seinem gewinnenden Lachen und seinem freundlichen Verhalten fand er schnell ein Liebchen für eine Nacht. Meine Mutter und Luit missbilligten das zwar, aber sie sagten nichts dazu. Barteld band sich nicht an eine Frau und schloss dadurch aus, dass seine Nachkommen einmal etwas von dem erben würden, was er mit aufbaute und unterhielt. Wahrscheinlich sahen sie deshalb über sein Verhalten hinweg.

Ich wusste, warum er das tat. Wenn Jan und ich Kinder bekamen, würde der Hof einmal ihnen gehören. Trotzdem war es ein großes Opfer, und in diesem Punkt verstanden Barteld und ich einander.

Einmal sah es so aus, als würde alles schiefgehen mit Barteld, aber da war die Sache schon so abgemacht, dass ich keinen Weg zurück mehr sah. Es war der Abend vor der Hochzeit von Luit und Hendrikjen. Gemeinsam mit anderen jungen Männern hatte Barteld den Junggesellenabend mit Luit gefeiert. Mutter war schon im Bett, und Luit legte sich auch sofort hin, als sie nach Hause kamen, aber Barteld goss sich in seinem Rausch noch einen Schnaps ein und setzte sich an den Tisch. Ich war bis in die Nacht hinein damit beschäftigt gewesen, das Hochzeitsessen vorzubereiten, und nun setzte ich mich zu Barteld an den Tisch.

Ich fragte ihn, ob es ein schöner Abend gewesen sei, aber Barteld starrte traurig ins Leere. Plötzlich sah ich Tränen in seinen Augen.

„Ich habe ein nette Frau kennengelernt, Elsjen, eine Witwe mit zwei Kindern“, sagte er.

Ich erwiderte nichts.

„Manchmal denke ich: Was machen wir da bloß? Du bist nicht glücklich mit diesem Schlappschwanz von Jan, der immer noch am Schürzenband seiner Mutter hängt, und ich habe auch keine große Zukunft. Der Einzige, der ein bisschen zufrieden ist, ist Luit, aber der würde selbst das hässlichste Weibsbild noch nehmen, solange nur der Besitz erhalten bleibt. Außerdem steht er bei Hendrikjen schon gehörig unter dem Pantoffel. Die ist genauso herrschsüchtig wie ihre Mutter …“

„Barteld, hör auf“, sagte ich, während mir das Herz bis zum Hals schlug. Barteld sprach zum ersten Mal laut aus, was ich in meinem Innern schon so oft gedacht hatte. Aber mir standen Otie und Mutter und der Hof vor Augen – und die Brücke, die ich hinter mir abgebrochen hatte, als ich Leffert abwies.

„Wirf nicht alles um mit deinem besoffenen Kopf. Geh schlafen, und morgen siehst du das wieder ganz anders." Ich packte ihn am Arm und schob ihn zu seinem Bett.

Plötzlich ergriff er meine Arme und hielt den Kopf nah an meinen. „Ich tue das für deine Mutter, und ich tue es für dich." Seine Schnapsfahne schlug mir ins Gesicht. „Wenn du nicht willst, Elsjen, dann lasse ich die ganze Sache platzen."

In meinem Herzen tobte ein Kampf, aber Otie siegte, Mutter siegte und ich besiegte mich selbst. Zu lange schon hatte ich mein Leben auf die bevorstehenden Hochzeiten ausgerichtet, und außerdem würde Mutter eine Veränderung nicht überleben.

„Geh schlafen", sagte ich.

Assen, 31. August 1767

Ich schreibe beinah ununterbrochen. Ab und zu mache ich ein Nickerchen. Die Zeit drängt. Ich muss mich beeilen. Ich habe zusätzliche Kerzen von Folkert gekauft. Ich habe mich auch bedankt, und er sah mich erstaunt an. Später hörte ich ihn hinter der Tür mit Janna tuscheln.

„Hat Elsjen sich bekehrt?", hat er vielleicht gefragt.

„Nein", wird sie darauf antworten, „so kann Elsjen auch sein." Oder vielleicht sagt sie sogar: „So ist Elsjen eben."

Ich muss darüber lachen, obwohl mir das Herz wehtut. O Gott, wie tut es weh.

Elsjen, wer ist überhaupt Elsjen?

Doldersum, Mai 1762

Die Hochzeiten sollten an zwei aufeinanderfolgenden Wochenenden stattfinden. Die Mütter hatten alles miteinander besprochen. Das ging nicht ohne Schwierigkeiten vonstatten, denn meine Mutter wollte nicht auf mich verzichten, und Trijne konnte nicht ohne ihren Jan auskommen. Trijne gab erst nach, als meine Mutter beinah einen Nervenzusammenbruch bekam und ich mich so getäuscht fühlte, dass ich Jan mitteilte, wenn er nicht bei mir einheiratete, würde ich das Ganze abblasen. Ich war mir meines Standpunktes absolut sicher: Nie und nimmer würde ich meine Mutter oder unseren Hof im Stich lassen.

Mit Mühe gelang es Jan, seine Mutter zu überreden, aber ich habe immer wieder zu hören bekommen, wie sehr sie ihren Jan vermissen würde, was er gerne aß und dass er im Winter ein wollenes Unterhemd tragen müsse, weil er so oft hustete. Ich sagte zu allem Ja und Amen und versprach ihr, so für Jan zu sorgen, wie sie es verlangte. Mir wurde immer klarer, dass ich meine Entscheidung vor allem deshalb getroffen hatte, weil ich weiterhin für meine Mutter da sein wollte.

Luit sollte also bei Hendrikjen einziehen, aber später änderte sich das, als Hendrikjen verkündete, dass sie lieber allein leben wollte. Dann war sie ihr eigener Herr; zwei Kapitäne auf einem Schiff, das konnte nicht gutgehen. Luit und sie konnten von Hendrik Claassen in Doldersum ein Haus mieten, und damit war die Sache klar.

Die Hochzeit von Luit und Hendrikjen sollte auf dem Hof von Trijne gefeiert werden und die von Jan und mir auf unserem Hof. Der Hochzeitseinlader ging mit seinem geschmückten Stab von Haus zu Haus und las ein Gedicht vor, um Angehörige und Dorfbewohner einzuladen. Reich beschenkt kam er zurück, die Taschen voller klingender Münzen, die er auf dem Boden seiner Schnapsgläser fand. Das ganze Dorf traf die nötigen Vorbereitungen, um die Feste ausgiebig feiern zu können. Die Frauen halfen kochen und backen, der Wirt brachte Fässer voller Bier und viele Krüge Branntwein, für die Frauen und auch die Kinder mit Rosinen. Trijne und Wemele würden zeigen, dass sie gut betucht waren.

Ich ließ die beiden Mütter machen; manchmal schien es, als ob mich das alles gar nichts anginge, als ob jemand anders heiraten würde. Und dann plötzlich begriff ich wieder, dass es um meine eigene Hochzeit ging: als ich im Gedicht des Einladers meinen Namen hörte oder als meine Mutter mich ermahnte, mit dem Nähen meines Totenhemdes zu beginnen, das am Hochzeitstag in den Schrank gelegt werden sollte. Dann war es, als ob sich eine Hand um meinen Hals legte und mich langsam würgte. Aber ich schüttelte diese Hand ab. Es gab keinen Weg zurück, ohne dass Otie sich im Grab umdrehen und meine Mutter ebenso dort landen würde.

Am Tag meiner Hochzeit war Barteld derjenige, der die Tennentüren aufmachte, und für einen Moment vermisste ich meinen Vater, der das eigentlich hätte tun müssen. Festlich gekleidet und geschmückt stand ich neben meiner Mutter und Hillegijn. Ich trug einen violetten Rock mit eingewebten schwarzen Blumen, der zu glänzen begann, als das Sonnenlicht darauf fiel. Ich fühlte mich so reich mit meinem Ohreisen und meiner weißen Spitzenhaube und dem großen Hut darüber, der mit weißen Stoffblumen verziert war. Das Ohreisen hatte ich von meiner Mutter bekommen, und es war so schön, weil daran ein Stirnschmuck befestigt war, wie ihn nur wenige Frauen in Doldersum besaßen.

An jenem Morgen, als ich mich mithilfe meiner Mutter und

Hillegijns anzog, nahm ich mir vor, das Allerbeste daraus zu machen; die neuen Kleider schienen mir neuen Mut zu geben. Als Hillegijn mir einen Spiegel vorhielt und mir sagte, dass ich wunderbar aussähe, ergriff mich plötzlich doch ein Gefühl von Hoffnung und freudigem Stolz. Ich würde Jan eine gute Frau werden! Wenn wir zusammen auf unserem Hof arbeiteten, würde uns das immer mehr miteinander verbinden. Meine Liebe zu ihm würde sicher wachsen, vor allem, wenn Gott uns gemeinsame Kinder schenkte.

Vor der geöffneten Tennentür stieg Jan aus einem geschmückten Planwagen, der von Leffert gelenkt wurde. Der hohe schwarze Hut, der schwarze Anzug mit dem glänzenden Oberhemd und der roten Krawatte standen Jan gut, und als er lächelnd vor mir stand, klatschten die Nachbarn und Gäste um uns herum in die Hände. Barteld lud alle lautstark ein, hereinzukommen und an den langen Tafeln im Hinterhaus Platz zu nehmen. Kaffee, Rosinenstuten, Schinken, Erbsen, Bohnen und Roggenbrei mit Zucker – die Gäste taten sich gütlich.

Danach fuhren wir in einem langen Zug nach Vleddere und heirateten dort vor Gott und der Gemeinde. Mein Ja, mit dem ich auf die Fragen des Pfarrers antwortete, war ehrlich, weil ich immer noch so von der Hoffnung erfüllt war, die mich an jenem Morgen plötzlich ergriffen hatte.

Nach dem Gottesdienst kam zuerst die Arbeit, die getan werden musste: Die Männer molken die Kühe, die Frauen bereiteten das Essen zu und dann konnte das Fest weitergehen. Es gab Essen und Trinken im Überfluss, und die Stimmung wurde immer ausgelassener, vor allem, als zwei Musikanten kamen und mit Geige und Akkordeon zum Tanz aufspielten.

Ich saß neben Jan, der an seiner reich verzierten Hochzeitspfeife zog. Ich sah, dass er viel trank; sein Gesicht lief rot an. Plötzlich wurde mir klar, dass ich in dieser Nacht mit ihm allein sein würde. Aber daran wollte ich noch nicht denken. Ich schloss mich dem Kreis von Frauen an, der von einem Männerkreis umgeben war, und tanzte mit.

Als ich mich gerade wieder gesetzt hatte, kam Barteld auf mich zu. Ich merkte gleich, dass auch er viel getrunken hatte. „Mein liebes Schwesterchen“, lallte er, „habe ich dir schon zu dieser gewaltigen Hochzeit gratuliert? Komm mal her.“ Er nahm mich bei der Hand, schloss mich in die Arme und drückte mich so fest an sich, dass ich kaum noch Luft bekam.

Plötzlich stand Jan neben uns und sagte: „Nimm die Pfoten von ihr, Mann!“ Er begann an Bartelds Arm zu zerren. Barteld ließ mich los und stieß Jan vor die Brust.

„Na hör mal, Junge, ich darf meine eigene Schwester ja wohl in die Arme nehmen und ihr zu dieser gewaltigen Hochzeit mit dir gratulieren!“

Ich sah, wie Jan vor Zorn noch mehr errötete.

„Sie ist jetzt meine Frau, und du lässt die Pfoten von ihr!“

In diesem Moment zerbrach die lange, dünne Pfeife in seiner geballten Hand, und um uns her wurde es peinlich still. Alle blickten auf die zerbrochene Pfeife und auf die beiden Männer, die einander wie Kampfhähne gegenüberstanden.

Plötzlich war Leffert zwischen den beiden zornigen Männern; er hielt zwei Krüge Bier in den Händen. „Kein Streit an solch einem Tag, Männer. Hier, trinkt!“ Er schob einen Krug in die Hand von Barteld und einen in die von Jan, schlang den Arm um Jan und schob ihn vorsichtig zu seinem Platz.

Barteld hob seinen Krug und rief: „Auf Elsjen, Leute, die schönste und tapferste Frau von Doldersum.“ Hurrarufe ertönten, und Barteld ging wieder zu seinem Platz. Alles schien wieder in Ordnung.

Ich war Leffert dankbar für sein Eingreifen, denn auf wessen Seite hätte ich mich gestellt, wenn die beiden sich weiter hineingesteigert hätten? Ich ging zu ihm und flüsterte: „Danke, Leffert.“

Er sah mich einen Moment durchdringend an, dann sagte er: „Ich wünsche dir viel Glück, Elsjen!“

Hillegijn half mir beim Ausziehen. „Du warst so schön heute, Elsjen, ich wünsche dir viel Glück mit Jan“, sagte sie, während sie mir liebkosend das lange Haar kämmte. Ich legte den Kopf an ihre Brust, und plötzlich stieg Kummer in mir auf. Aber ich konnte ihr nicht sagen, was mich bedrückte.

„Bist du aufgeregt wegen dem, was jetzt kommt?“, fragte sie.

Ich zuckte die Schultern und sagte nur: „Du kannst ihn holen gehen.“ Sie ließ mich im Vorderhaus allein. Mutter hatte sich heute in Oties Bett gelegt, worüber ich froh war.

Ich legte mich in mein eigenes, vertrautes Bett, wo ein Nachtlicht brannte. Während ich dort lag und auf Jan wartete, wurde mir mit Schrecken bewusst, dass dieses einzige vertraute Plätzchen, das ich in diesem Haus besaß, nun von einem Fremden in Beschlag genommen würde.

Jan kam, kleidete sich aus und stieg in seiner Unterwäsche und mit einem Gesichtsausdruck, den ich nicht deuten konnte, zu mir ins Bett. Er brachte seine Schnapsfahne mit, und ich dachte nur: Jetzt habe ich kein Zuhause mehr.

Er blies das Nachtlicht aus. Ohne etwas zu sagen, riss er mein Nachthemd hoch, schob seine Unterhose hinunter und stieß ohne Umstände sein Glied in mich hinein. Mit abgewandtem Kopf und unter heftigem Keuchen ergoss er seinen Samen so schnell, dass es schien, als habe er Angst, mich zu sehen oder zu berühren. Danach drehte er sich um und schlief sofort ein.

Ich starrte mit weit offenen Augen ins Dunkel, während es zu meiner Verwunderung in meinem Kopf schrie: Jetzt gehöre ich nicht mehr Mutter.

Am Morgen nach der Hochzeitsnacht stand ich früh auf. Jan schlief noch tief und fest. Ich wollte für ein gutes Frühstück sorgen und fachte das Feuer an, mischte Buchweizenmehl, Eier und Milch und buk einen ganzen Stapel Pfannkuchen. So wie immer hatte die Arbeit eine wohltuende Wirkung auf mich, ich hatte Freude an dem zischenden Schmalz in der Pfanne, die ich über das Feuer hielt.

Voller Genugtuung sah ich, wie der Stoß goldbrauner Pfannkuchen wuchs. Inzwischen versuchte ich über die Art nachzudenken, wie Jan vergangene Nacht gehandelt hatte. Ich war immer noch in derselben optimistischen Stimmung wie am Tag zuvor. Er hat bestimmt zu viel getrunken, dachte ich. Natürlich war er müde nach solch einem anstrengenden Tag. Das war doch alles sehr aufregend für uns beide, und auch wenn wir schon vier Jahre miteinander gegangen waren – was hieß das schon? Hatten wir einander wirklich kennengelernt? Von jetzt an mussten wir gemeinsam weiter, im selben Bett, und vielleicht fand er das genauso seltsam wie ich. Wir würden uns schon daran gewöhnen, und alles würde besser werden.

Barteld stand als Erster auf. Voller Genugtuung schnupperte er den herrlichen Duft nach gebackenen Pfannkuchen und rieb sich den Bauch. „Genau das Richtige für mich, Elsjen. Die sind gut gegen meine hämmernden Kopfschmerzen und geben mir wieder Kraft, ein paar Bäume auszureißen“, sagte er im Vorbeigehen. Er stellte das Melkgerät bereit, und ich rief Jan.

Er war nur mit Mühe wachzubekommen und stolperte kurz darauf, ohne etwas zu sagen, nach hinten, wo ich ihn und Barteld darüber reden hörte, wie sie die Arbeit verteilen wollten.

Etwa zu dem Zeitpunkt, als sie mit dem Melken fertig waren, kam auch Mutter aus dem Bett. Sie klagte über Kopfschmerzen, zog sich an und setzte sich lustlos an den Tisch.

Die Männer kamen dazu, und Jan sah schon ein bisschen

besser aus. Ich stellte den Honigtopf, den Teller mit dem Stapel Pfannkuchen und das Geschirr auf den Tisch, und nach einem stillen Gebet begannen wir zu essen.

Mutter nahm nichts, sagte, sie hätte noch keinen Hunger; aber Barteld und Jan griffen zu. Ich selbst aß einen Pfannkuchen mit viel Honig und fand, dass sie herrlich schmeckten. Barteld sagte das auch.

Jan nickte mir zu. „Man kann sie gut essen, wirklich, aber ich vermisse doch etwas." Er kostete noch einmal. „Ich kann es nicht genau sagen, aber ich glaube, meine Mutter tut ein bisschen mehr Salz hinein." Er nahm noch einen Bissen. „Oder vielleicht nimmt sie auch mehr Eier, ich weiß es nicht, sie schmecken auf jeden Fall anders. Vielleicht musst du meine Mutter mal fragen, wie sie das macht."

Mutter, Barteld und ich sahen ihn wortlos an. Meine gute Laune begann dem Gefühl zu weichen, das einen befällt, wenn ein Schwein den Trog umwirft, den man gerade so schön mit Futter gefüllt hat. Man bekommt Lust, dem Vieh einen Tritt zu versetzen.

Barteld befreite mich von dem Impuls, Jan zu schlagen. „Elsjen, gib mir noch so einen herrlichen Pfannkuchen!"

Und dann war da Mutters Stimme: „Ich will auch einen!" Es war etwas Streitlustiges in ihrem Ton, und das tat mir gut, ebenso wie das Schmatzen, mit dem Barteld seinen letzten Pfannkuchen verzehrte. Ich wollte nicht kindisch sein und sagte so beherrscht wie möglich zu Jan, dass ich bei Gelegenheit nachfragen würde, was seine Mutter in den Teig tat.

Er hatte es bestimmt nicht böse gemeint, aber die Weichen waren gestellt.

Das Verteilen der Arbeit ging ein bisschen schwerfällig vonstatten. Nun, da Luit nicht mehr da war, musste Barteld seinen Platz wiederfinden.

In der ersten Woche kam Jan eines Mittags zu spät zum Essen, und er nahm fast nichts von den grauen Erbsen mit Speck, die ich auf den Tisch gestellt hatte. Als ich fragte, ob er keinen Hunger hätte, lächelte er entschuldigend. „Ach, ich habe kurz zu Hause vorbeigeschaut, und Mutter hatte gerade das Essen fertig. Sie hat mich so bedrängt, einen Happen mitzuessen, das konnte ich natürlich nicht abschlagen. Engbert hatte auch noch Kummer wegen einer Kuh mit geschwollenem Huf, da habe ich ihm auch noch schnell geholfen."

„Ja, ich habe mich schon gefragt, wo du bleibst?", sagte Barteld, der seinen Ärger kaum verbergen konnte. Ich hatte schon von ihm gehört, dass Jan plötzlich verschwunden war, während die Dorfbewohner die Eiche zersägt hatten, die gefällt worden war, weil daraus Bretter für unsere Särge gemacht werden sollten.

„Muss ich dich vielleicht um Erlaubnis fragen?" Jan wurde rot.

„Habe ich das gesagt?", fragte Barteld.

„So hat es sich aber angehört."

„Du kannst doch einfach sagen, dass du kurz weg bist, statt einfach zu verschwinden."

„Das hatte ich doch gar nicht vor."

„Gut zu wissen, Jan." Damit war das Gespräch beendet, und wir aßen schweigend weiter.

Ein paar Tage später passierte schon wieder eine kleinere Sache, aber Jan bauschte sie enorm auf.

Als ich nach dem Essen das Geschirr zusammenstellte und zum Abwasch bringen wollte, hielt Barteld mich fest, zog mich auf seinen Schoß und kitzelte mich. Ich prustete vor Lachen, packte ihn an den Ohren und schrie, dass er mich loslassen solle. Plötzlich stand Jan neben uns, und wieder lief sein Gesicht rot an. Er packte mich am Arm, riss mich hoch und schleifte mich zum Vorderhaus. Dort küsste er mich hart auf den Mund und umklammerte meine Arme mit schmerzhaftem Griff. Dann stieß er mir das Knie zwischen die Beine und presste seinen Unterleib an meinen.

„Was willst du denn?“, fragte er, sein zorniges Gesicht ganz nah an meinem. „Wenn du was von ’nem Kerl brauchst, dann kriegst du’s von mir, verstanden? Wenn dieser Barteld seine Pfoten nicht von dir lassen kann, dann gib ihm wenigstens keine Veranlassung. Hab’ ich mich klar ausgedrückt?“ Ohne eine Antwort abzuwarten, ließ er mich stehen.

Ich war völlig verwirrt. Was war das jetzt, was hatte ich getan? Ich rieb mir die schmerzenden Arme und erschrak, als ich Jans laute Stimme aus dem Hinterhaus hörte: „Vielleicht bist du ja schon ein bisschen kurzsichtig, Wemele, aber ich sehe sehr gut, wie der alte Bock begehrlich nach seiner Halbschwester guckt. Er soll seine Pfoten bei sich behalten!“

Ich hörte einen Stuhl umfallen, dann hastige Schritte und die schrille Stimme von Mutter: „Hört auf, Barteld und Jan, jetzt beruhigt euch doch!“ Dann rannte jemand davon.

Mit klopfendem Herzen lief ich ins Hinterhaus und sah Barteld mit fleckigem Gesicht und geballten Fäusten neben Mutter stehen, die noch verzweifelt die Hände erhoben hatte. Barteld sah mich an, aber ich sagte nichts. Er drehte sich um und ging weg.

„Soll er doch abhauen, der Blödmann. Bestimmt ist er wieder zu seiner Mutter gerannt, um ihr alles brühwarm zu erzählen. Der Kerl hockt doch inzwischen jeden Tag da rum, der kann sich ja noch nicht mal selber den Arsch abwischen.“ Mit diesen Worten schlug er die Tennentür zu.

Meine Mutter setzte sich mit einem tiefen Seufzer wieder hin; ihre Hände bewegten sich nervös auf dem Schoß. Ich stand ratlos dabei und versuchte zu begreifen, was wir falsch machten.

Assen, 1. September 1767

Heute wurde vor dem offenen Fenster mein Name gerufen. Ich erkannte die Stimme sofort! Es war Barteld, und bevor ich denken konnte, dass ich träumte, hörte ich, wie sich draußen etwas bewegte, und sah plötzlich sein Gesicht vor dem kaputten Fenster. Er war braun gebrannt, und sein gütiges Lächeln erwärmte mein Herz.

Ich nahm meinen Stuhl, stellte ihn vors Fenster und kletterte darauf. Ich konnte ihn berühren! Wir fassten uns an den Händen, und mit meiner anderen Hand fuhr ich über seine stopplige Wange. Und plötzlich weinten wir, alle beide.

Als wir wieder sprechen konnten, sagten wir gleichzeitig: „Was machst du hier?“ Und: „Wie geht es dir?“

„Du zuerst“, sagte ich.

„Nein, du!“

„Gut“, sagte ich, „es geht mir gut, aber erzähl mir, wie geht es den Kindern? Und Mutter?“

„Den Kindern geht es gut; manchmal sehe ich Engbert auf dem Dorfplatz mit dem kleinen Roelof auf den Schultern, aber dein Junge kommt noch nicht zu uns. Jantien ist bei Hillegijn gut aufgehoben, sie sorgt für sie, als wäre sie ihr eigenes Kind, und Mutter und ich dürfen so oft kommen, wie wir wollen. Für Mutter ist das solch ein Trost, sie hält sich besser, als ich zu hoffen gewagt hätte.“

„Ist sie nicht krank?“

„Nein, sie ist nicht krank.“

„Ist sie in sich gekehrt?“

Barteld wandte kurz den Blick ab. „Nein, es ist alles in Ordnung mit ihr.“

Es war einen Augenblick still; meine Gedanken kreisten um

meine Mutter. Aber ich begriff, dass meine Zeit mit Barteld kurz sein konnte. „Den Kindern geht es also gut?"

„Ja, sehr gut."

„Ich nenne sie Eva."

„Wen?"

„Jantien. Ich nenne sie Eva."

„Oh."

Barteld schwieg. „Und wie kommst du hierher?"

Sein Gesicht wurde traurig. „Wir sind hier, um ein Gesuch einzureichen."

„Wir?"

„Ja, Luit ist auch hier."

„Hier am Fenster?"

„Nein, er wartet im Gasthaus. Da war eine Frau, die uns die Tür aufgemacht hat, eine Janna. Als wir vom Landschreiber kamen, sagte sie, als sie uns herausließ, dass die Tür von der Straße zu diesem Innenhof bestimmt offen ist und dass zufällig das Fenster deiner Zelle kaputt ist."

„Luit ist also nicht hier?" Ich empfand Enttäuschung

„Nein." Wieder Stille.

„Und ihr seid im Landschaftshaus gewesen?"

„Ja."

„Wegen dem Gesuch?"

„Ja."

„Was für ein Gesuch?"

Stille.

„Was für ein Gesuch, Barteld? Komm, sag's mir."

„Das Gesuch, dass wir dich beerdigen dürfen." Seine Augen waren voller Tränen.

Mir wurde schwindlig. „Beerdigen?"

„Falls sie dich zum Tode verurteilen. Aber vielleicht tun sie das ja auch nicht, Elsjen." Ein Lächeln unter Tränen.

„Nein, vielleicht nicht."

Barteld fasste nach meiner Hand und drückte einen Kuss darauf. „Ich muss gehen, was ich hier mache, ist strafbar."

„Ja, du musst gehen." Hundert Dinge wollte ich noch fragen. Ich ergriff seine Hand und küsste sie verzweifelt. „Einen für Roelof, einen für Eva, einen für Mutter, einen für dich." Ich zögerte kurz. „Und ja, auch einen für Luit, sag ihm das! Sag ihm, dass ich in der Bibel lese, die er mir mitgegeben hat! Sag meinen Kindern, dass ich sie liebe, Barteld, vergiss das nicht! Ich liebe sie von ganzem Herzen!" So viel mehr wollte ich noch sagen, aber uns fehlte die Zeit. Seine Hand drückte noch einmal fest zu und ließ dann los.

„Ich werde alles ausrichten. Leb wohl, Elsjen!"

„Leb wohl, Barteld …"

Ich sah ihm nach, bis er das Türchen öffnete. Er winkte mir noch einmal zu und trat dann auf die Straße hinaus. Die Tür fiel zu. Ich blieb noch lange dort stehen, atmete die warme Luft ein und weinte.

Das Gesuch, mich beerdigen zu dürfen, führte sie hierher. Wie kann ein Mensch sich doch selbst zum Narren halten. Und ich war sehr gut darin. Schon am Tag meiner Hochzeit, als ich glaubte, dass ich Jan noch lieben lernen würde, obwohl mein Herz einem anderen gehörte. Und nun, seit ich hier im Gefängnis sitze, mache ich mir wieder etwas vor, indem ich mir einrede, ich könnte der Todesstrafe entgehen. Meine Brüder glauben nicht daran, warum sonst dieses Gesuch?

„Als Jan noch eine Zeit lang von dem Brei aß und dann noch einmal etwas darüber sagte, was hast du dann gemacht?", fragte der Landschreiber.

„Ich habe gesagt: ‚Du musst aber auch immer über das Essen meckern', und dann habe ich ihm die Schüssel weggenommen und habe sie gespült."

Ich frage mich, ob ich mich noch länger mit Hiob vergleichen darf, denn das habe ich getan. Ich war mir keiner Schuld bewusst. Aber ich gelange immer mehr zu der Überzeugung, dass ich auch selbst Entscheidungen getroffen habe, tödliche Entscheidungen. Ich muss dem ins Auge sehen. Dennoch bleibt Hiobs Frage auch meine Frage, wenn es um die Dinge geht, die ich nicht in der Hand hatte, um meine Kindheit: Warum ist mir dies alles passiert? Auch wenn ich Gott darin nie begreifen werde, treibt mich das nun nicht mehr von ihm weg. Nein, die Zeit in diesem Gefängnis ist nicht umsonst.

Doldersum, 1762–1763

Wir trafen die stillschweigende Übereinkunft, dass Barteld nicht mehr im Beisein von Jan mit mir herumbalgte, und die beiden gingen einander so weit wie möglich aus dem Weg. Ich gewöhnte mir auch an, abends die Arbeit mit den beiden zu besprechen und so zu verteilen, dass Barteld und Jan möglichst wenig gemeinsam machen mussten.

Anfangs fragte ich Jan oft, wie er über etwas dachte, aber er gab selten eine klare Antwort oder wich meiner Frage aus, indem er erwiderte, er werde das zu Hause mal zur Sprache bringen. Und dann kam er am nächsten Tag mit der Mitteilung zurück, was seine Mutter darüber dachte.

Nach einiger Zeit besprach ich mit Barteld, was zu tun war, welche Geräte ersetzt werden musste, ob wir eine Kuh dazukaufen sollten, wann ich am besten zum Buttermarkt gehen konnte. Wenn Jan dazukam, teilte ich es ihm mit und verteilte die Aufgaben auf uns. Ich empfand es als angenehm, die Dinge so zu regeln, es brachte Ruhe ins Haus. Nun, da Barteld die Finger von mir ließ, war Jan zufrieden, dachte ich. Und dass alles geregelt wurde, ohne dass er sich allzu sehr einbringen musste, schien ihm nur recht zu sein.

Darum war ich ziemlich überrascht, als Luit mir eines Sonntags vorm Kaffeetrinken ins Vorderhaus folgte, als ich das Sonntagsgeschirr holen und den Tisch decken wollte. Ich dachte zuerst, dass er vielleicht die Pfeifen holen wollte, aber er begann aufgeregt auf mich einzureden.

„Elsjen, ich will dir kurz sagen, dass Jan sich bitter bei Trijne beschwert. Er sagt, dass ihr alles ohne ihn ausheckt und dass ihr zu dritt eine eingeschworene Gemeinschaft bildet, gegen die er nicht ankommt."

Ich sah Luit an: „Ich weiß nicht, wovon Jan redet."

Er zuckte mit den Schultern. „Komm ihm so weit wie möglich entgegen, Elsjen, er ist jetzt der Hofherr." Ich war vollkommen überrascht, aber in dem Moment kam Mutter herein, und Luit begann vom Wetter zu sprechen.

Ich schenkte Kaffee ein, als sei alles in bester Ordnung, aber innerlich kochte ich vor Zorn. Was fiel Jan bloß ein? Zu seiner Mutter zu rennen und über uns zu schimpfen! Was bildete er sich nur ein! Ich war traurig und wütend und fühlte mich verraten. Von Jan, aber mehr noch von Luit. Er gehörte zu uns, aber es schien, als stünde er nicht auf meiner Seite. Ich fühlte mich von ihm im Stich gelassen, auch wenn nicht viele Worte gewechselt worden waren. Ich sagte es nicht, auch nicht in den folgenden Wochen und Monaten. Ich vertraute ihm nicht mehr.

Auch wenn Luit das vielleicht nicht glaubte – ich kam Jan entgegen. Ich tat mein Bestes, so zu kochen, wie es ihm schmeckte, und versuchte ihn wieder in die Arbeit auf dem Hof einzubeziehen. Aber er ließ selten verlauten, dass er etwas lecker fand.

Dass ich alles regelte, ließ er sich gern gefallen, obwohl er sich bei seiner Mutter darüber beschwert hatte.

Ich verweigerte ihm die eheliche Gemeinschaft nicht, auch wenn es Zeiten gab, in denen ihm nichts daran lag. Aber wenn wir zusammenkamen, wunderte ich mich immer darüber, dass er sein Gesicht abwandte. Obwohl er manchmal in dem Augenblick größter Leidenschaft nach meinen Brüsten griff, wusste ich, dass es ihm in dem Moment nur darum ging, dass ich ihn befriedigte, und nicht, dass er mich liebhatte. Und so flammte in meinem Körper niemals das warme, sehnsüchtige Gefühl auf, von dem ich wusste, dass ich es empfinden konnte. Ich gab Jan meinen Körper, doch mein Herz blieb kalt.

Nicht lange, nachdem Luit bemerkt hatte, dass Jan der Hofherr sei, kam der Steuereintreiber. Ich holte vier Gulden aus dem Schrank und reichte sie ihm voller Stolz. Noch immer waren wir Vollbauern mit vier Pferden. Während er den Geldbetrag in sein Register schrieb, fragte er, auf wessen Namen er ihn eintragen sollte. „Auf den Namen Jan Albers", sagte Jan sofort. Barteld saß wohlgemerkt dabei. Ich sah ihn ungläubig zu Jan aufblicken, aber er sagte nichts. Jedenfalls nicht in Gegenwart des Steuereintreibers.

Ich kochte. Wie konnte er es wagen, ohne dass wir darüber gesprochen hatten, seinen Namen anzugeben? Noch kaum richtig hier angekommen, war er schon der Herr. Und was für ein Herr! Einer, der für jede Entscheidung seine Mutter brauchte.

Als wir später einen Moment allein waren, fragte ich: „Hättest du das nicht erst mit Barteld klären können?"

„Was?", fragte er, im Gehen begriffen.

„Jetzt tu nicht so einfältig."

„Einfältig? Ich einfältig? Pass auf, was du sagst, Fräulein. Ich bin hier der Hofherr, warum sollte ich meinen Namen nicht angeben? Meine Nachkommen werden hier erben, nicht seine.

Also kannst du dich ruhig daran gewöhnen, dass mein Name auf den amtlichen Papieren steht." Sein Gesicht hatte einen kindisch triumphierenden Ausdruck.

In mir regte sich der Wunsch, ihn auszulachen, aber ich spürte, dass ich das nicht tun durfte. Ich drehte mich um und ging nach draußen, um die Tiere zu tränken. Beim Melken hörte ich die Stimmen von Barteld und Jan. Sie klangen ärgerlich, und ich nahm an, dass Barteld das Vorgefallene ebenfalls zur Sprache gebracht hatte. Nach jenem Ereignis sprachen sie tagelang nicht miteinander. Aber in ihren Augen flackerte Feindschaft.

Mir war elend. Ich stand zwischen zwei Feuern und wusste nicht, wie ich sie löschen sollte. In meinem Herzen ergriff ich Partei für Barteld, weil er das größte Opfer bringen musste. Aber ich war nun Jans Frau, unwiderruflich. Ach, hätte ich doch die Zeit zurückdrehen können.

Während der nächsten Tage fühlte ich mich todmüde. Morgens, wenn ich aufstand, verspürte ich einen stechenden Schmerz in meinen Schulterblättern, als hätte ich stundenlang schwere Mehlsäcke herumgeschleppt. Ich sah, wie Mutter manchmal niedergeschlagen beim Essen saß und die Hände im Schoß wand. Von Jan zu Barteld blickte und umgekehrt. Manchmal sah ich, dass sie etwas sagen wollte, aber dann schloss sie den Mund. Sie aß schlecht. Ich selbst bekam auch kaum etwas herunter, wenn ich Barteld schweigend, mit abgewandtem Gesicht, sein Essen zu sich nehmen sah. Und Jan saß dabei mit einem Gesicht, als ob ihn das alles nichts anginge. Am liebsten hätte ich ihn am Kragen gepackt und durchgeschüttelt, und in Gedanken gab ich ihm Ohrfeigen, bis der Ausdruck unschuldiger Gleichgültigkeit von seinem Gesicht gewichen war.

Luit kam wieder öfter vorbei. „Barteld soll sich nicht so kindisch benehmen. So hatten wir es doch abgesprochen! Du und Jan, ihr erbt, und Barteld bleibt Junggeselle, so ist es nun mal.

Wieso regt ihr euch auf, dass Jan seinen Namen beim Steuerregister angibt? Mein Name steht doch jetzt auch darin?"

„Er hätte es doch mit uns absprechen können!", sagte ich. Ich fühlte mich schwach in meinem Widerstand.

„Wieso? Er ist doch der Hofherr!"

„Der Hofherr? Weißt du, wie sehr er Barteld und mich braucht, Mann? Ohne uns könnte er diesen Hof nie bewirtschaften."

„Aber das hat doch nichts mit dem Namen im Register zu tun! Stell dich doch nicht so an, Mädchen." Ich sagte nichts mehr. Eigentlich war auch nichts dagegen einzuwenden. Es war mehr ein Gefühl, die Angst, dass es so nicht in Ordnung war, aber das begriff Luit nicht. Wieder fühlte ich mich im Stich gelassen. Aber auch das konnte ich nicht begründen.

Nach einiger Zeit ließ die Spannung etwas nach; Luit kam und redete mit Barteld, und zweifellos sprach er auch mit Jan. Gerade, als ich dachte, dass alles wieder seinen gewohnten Lauf nahm, fiel erneut etwas vor.

Jan bestellte, ohne uns zu fragen, einen neuen Planwagen. Ich hatte seine Mutter schon ein paar Mal eine Bemerkung darüber machen hören. Es schickte sich nicht, dass wir noch mit solch einem alten Wagen zur Kirche fuhren. Als Jan mir davon erzählte, wurde ich böse: „Der alte hätte gut noch einmal hergerichtet werden können. Otie hat damals einen soliden Wagen gekauft, und wir sind immer gut damit zurechtgekommen!"

„Darum geht es ja gerade", sagte Jan. „Er ist viel zu einfach und plump. Der Wagen, den ich jetzt bestellt habe, ist zierlicher und hat auch Holzschnitzereien. Der passt besser zu uns."

„Das ist sicher die Meinung deiner Mutter. Du kannst ihn wieder abbestellen, ich gebe dir kein Geld dafür."

„Ich werde ihn nicht abbestellen." Trotzig reckte er das Kinn vor, ehe er wegging. Wir sprachen tagelang nicht miteinander. Luit kam. Natürlich gerade dann, als Jan und Barteld nicht zu Hause waren und Mutter ihren Mittagsschlaf hielt.

„Elsjen, du musst Jan auch mal selbst etwas entscheiden lassen."

„Du meinst wohl seine Mutter, Luit, denn er tut genau das, was sie sagt."

„Der Wagen ist doch wirklich alt, oder nicht? Mach doch nicht so ein Aufhebens darum."

„Otie hat nur ordentliche Sachen gekauft, und man hätte ihn gut noch einmal aufarbeiten lassen können."

„Nun lass Otie mal aus dem Spiel, Elsjen. Wir leben jetzt in einer anderen Zeit."

„Otie aus dem Spiel lassen, wie kannst du so etwas sagen?" Ich hörte mich selbst schreien. „Seit du bei Trijne untergekrochen bist, redest du genau wie sie, du Dreckskerl." Ich lief auf ihn zu und wollte ihn schlagen. Aber er packte mich an den Handgelenken und sagte leise: „Elsjen, du bist jetzt mit Jan verheiratet. Nicht mit Otie. Du lebst jetzt dein eigenes Leben, und es muss nicht alles falsch sein, was Jan vorschlägt. Vielleicht müssen wir Otie mal hinter uns lassen." Seine Stimme klang ruhig, und ich spürte, dass auch ich ein bisschen ruhiger wurde.

Sein Griff lockerte sich. „Du kannst ihm das Geld nicht verweigern. Du musst deinem Mann gehorsam sein, das musst du dir auch mal vor Augen halten."

Plötzlich flackerte Wut in mir auf. Ich gab ihm einen Stoß. „Hau doch ab, du, mit deinen frommen Sprüchen. Jan hätte es mit uns absprechen können!" Ich lief ins Vorderhaus und hörte nicht mehr, was er mir nachrief. Meine Mutter stand bebend neben dem Bett. Mit der Hand hielt sie sich an der hölzernen Umrandung fest, als hätte sie Angst, hinzufallen.

„Was war das, Elsjen, hattest du Streit mit Luit? Das geht

doch nicht. Kein Unfrieden unter meinen Kindern, hörst du? Was hat er gesagt?"

Ich antwortete nicht.

Meine Mutter begann zu weinen. „War es wegen dem Geld für den Wagen? Ach Elsjen, ich will keinen Unfrieden. Nicht zwischen dir und Luit, aber auch nicht zwischen dir und Jan." Sie sank auf einen Stuhl, der neben dem Bett stand, und verbarg zitternd den Kopf in den Händen.

Ich ging zu ihr und tröstete sie. „Es kommt schon in Ordnung, Mutter, nicht weinen, bitte."

An dem Abend gab ich Jan das Geld. Und er schlief wieder mit mir.

Assen, 2. September 1767

Ich gab und gab, das ist das Gefühl, das ich jetzt vor allem habe. Was für ein Trümmerhaufen war mein Leben geworden. Wie sehr fühlte ich mich unter Druck gesetzt. Von Otie. Von Jan. Von Gott.

Ich habe Hiob jetzt durch, und ich möchte das Buch noch einmal lesen. Aber ich blättere weiter zu anderen Büchern; neugierig darauf, was ich noch alles erfahren kann von dem Gott, der mich immer mehr zu der Überzeugung gelangen lässt, dass er mit all dem etwas beabsichtigt.

Zum ersten Mal seit langer Zeit begreife ich mit Hiob, dass Gott allmächtig ist. Ich kann ebenso wie Hiob auf den Trümmern meines Lebens sagen: „Ich hatte von dir nur vom Hörensagen vernommen." Ich glaube, er will nicht, dass ich auf diesem Trümmerhaufen sitzen bleibe. Kann es sein, dass er uns über die

Irrwege, die wir selbst eingeschlagen haben, doch dorthin führt, wo er uns letztlich haben will? Ich gebe ihm damit nicht die Schuld. Die liegt, wage ich vorsichtig zu sagen, bei mir, bei meiner Mutter, bei Otie und auch bei Jan und seiner Familie. Aber hätte ich davon ohne dieses Gefängnis je etwas begriffen?

Ich denke wieder an den Ausdruck auf Jans Gesicht, als er in der Hochzeitsnacht zu mir ins Bett kam. Ich glaube, dass es Angst war, was ich da sah. Es war nicht nur die Aufregung. Wovor hatte er Angst? All die Male, wenn er mit mir schlief? Das werde ich nie erfahren. Wenn er noch leben würde, würde ich ihn jetzt danach fragen.

Habe ich ihm jemals eine ehrliche Chance gegeben? Habe ich je einen Funken Liebe für ihn empfunden? Hatte er mich lieb? Ja, ich habe versucht, ihm viel zu geben, meinen Körper, meinen Hof, mein Leben, aber mein Herz ist bei alldem kalt geblieben.

Warum ich in jener ersten Nacht dachte, dass ich nicht mehr Mutter gehörte, ist eine Frage, die mich immer noch beschäftigt. Weil ich spüre, dass in dieser Frage ein Teil der Antwort steckt. Der Antwort auf die Frage, warum mein Herz so kalt blieb und warum es zu dem kam, was mich hier landen ließ. Ich habe es noch nicht herausgefunden.

Die erste Nacht. Durch das Bauernleben hatte ich von selbst gelernt, was sich zwischen Männern und Frauen abspielte. Mit meinen Freundinnen sprach ich manchmal darüber, aber unsere Gespräche gingen nie sehr tief. Niemand wusste, wie ich meinen eigenen Körper kennengelernt hatte. Ich dachte, dass ich wüsste, was mir bevorstand. Aber dass es auf solch eine Enttäuschung hinauslaufen würde … Als ich damals in dieser Kirche versprach, Jan zu lieben, ihm zu gehorchen, ihm zu dienen und zu helfen und ihn niemals zu verlassen, wusste ich da überhaupt, *was* ich versprach? Auf jeden Fall war der Mut, mit dem ich geben wollte, größer als die Kraft, die ich in mir hatte.

Welches Versprechen wog eigentlich schwerer? Das an ihn oder das an Otie? Ich glaube fast, das letztere.

Doldersum, 1763–1764

Im Frühjahr 1763 begann meine Schwiegermutter Anspielungen zu machen, dass ich immer noch nicht schwanger war. Einmal nahm sie mich sogar zur Seite und sagte mir, dass ich mich nicht entziehen dürfe. Ich hätte ihr am liebsten ins Gesicht geschrien, dass ihr Sohn derjenige sei, der sich entziehe, und ich sei überaus betrübt deswegen. Schließlich hoffte ich ebenso wie sie auf ein Kind, und jedes Mal, wenn Jan mit mir schlief, flehte ich zu Gott, dass doch etwas Gutes daraus entstehen möge: mein eigenes Kind.

Zornig fuhr ich sie an: „Kümmere dich um deine eigenen Angelegenheiten, Trijne." Ihr verdattertes Gesicht tat mir gut, aber ich drehte mich um und ging hinaus. Ich musste tief Luft holen, um meine Tränen zu bezwingen.

Nach dieser Zeit verlangte Jan wieder öfter nach ehelicher Gemeinschaft, offenbar hatte seine Mutter auch mit ihm gesprochen. Wenn wir Verkehr hatten, schloss ich den Mann, der auf mir hing, aus meinen Gedanken aus und richtete sie stattdessen auf das Kind, nach dem ich mich sehnte und das in meinem Leib nicht wachsen wollte.

Im Mai wollten Hillegijn und Leffert heiraten. Mit geheuchelter Freude half ich ihr bei den Vorbereitungen und schämte mich meiner Eifersucht. Es kostete mich übermenschliche Anstrengung, sie nicht anzufahren, wenn sie über ihr Brautkleid redete oder über die Bestellungen beim Gastwirt oder über das

Häuschen von Leffert, in dem sie nach der Hochzeit wohnen würde. Einmal gelang es mir nicht. Ich saß mit Hillegijn am Tisch und half ihr dabei, ihr Totenhemd zu nähen. Außer uns beiden war niemand im Zimmer. Mir war schon seit dem Aufstehen übel, aber ich war trotzdem zu ihr gegangen. Während Hillegijn munter drauflosschnatterte, stellte ich mir vor, wie sie in ihrem Häuschen von Leffert umarmt werden würde, wie er sie mit in sein Bett nehmen und wie sich ihr Körper an seinen schmiegen würde.

„Jetzt hör doch mal auf mit dem ständigen Geschwätz über deine Hochzeit. Es gibt auf der Welt noch andere Dinge als das. Ich habe jetzt wirklich genug davon gehört!" Ich hörte mich selbst keifen und sah Hillegijns Gesicht. Sofort tat es mir leid. Plötzlich spürte ich, wie mir der Mageninhalt hochkam. Ich rannte nach hinten und spuckte in den Stall.

„Alles wieder in Ordnung? Was hast du denn? Bist du krank?", fragte Hillegijn. Ihr trauriges Gesicht war verändert. Besorgt sah sie mich an.

Ich zuckte mit den Schultern. „Es geht schon wieder, und es tut mir leid wegen eben, Hillegijn. Manchmal finde ich das Leben so ..."

Plötzlich packte sie mich am Arm. Ihr Gesicht hellte sich auf. „Bist du vielleicht schwanger?", fragte sie.

Ich sah sie sprachlos an.

Am Tag der Hochzeit konnte ich Hillegijn, als ich ihr beim Anziehen der Brautkleidung half, ins Ohr flüstern, dass ich glaubte, tatsächlich schwanger zu sein. Die Monatsblutung war ausgeblieben. Sie war die Erste, der ich es erzählte, und ich bat sie, es noch geheim zu halten.

Ihre Freude war so ehrlich, so herzerwärmend, dass ich beinah weinen musste. Ich hätte ihr gern erzählt, welche Schwierigkeiten ich mit Jan hatte und wie froh ich war, dass ich nun für meine Mühe belohnt wurde. Aber ich wollte ihr den Tag nicht verderben.

„Ich wünsche dir heute einen wunderbaren Tag mit Leffert", sagte ich und zwang mich zu einem Lächeln. Und ich meinte es in dem Moment vollkommen ehrlich. Obwohl ich wusste, dass ich nie so glücklich sein würde wie Hillegijn, war mein Herz voller Freude über das Kind, das Besitz von meinem Körper ergriffen hatte und sich in meinem Bauch einnistete. Das Kind, von dem außer Hillegijn noch niemand wusste. Das Kind, das ich tragen durfte, das Kind, das meinen Körper schwellen lassen würde, das Kind, dem ich all meine Liebe schenken konnte und das auch mich bedingungslos lieben würde.

Aber als ich später sah, wie Hillegijn und Leffert einander lachend anschauten, wie sie Hand in Hand ihren Rundgang über den Dorfplatz machten, wie sie fröhlich alle Glückwünsche entgegennahmen, durchschnitt ein Schmerz mein Herz, der die Freude über mein Kind zu ersticken drohte.

Ich wollte dem Schmerz entkommen und trank an diesem Abend mehr Branntwein als sonst. Meine Gedanken hellten sich ein wenig auf, und ich beteiligte mich an den Kreistänzen. Jedes Mal, wenn ich bei Leffert ankam und seine Hand auf meiner Hüfte spürte, stellte ich mir vor, dass es unsere Hochzeit wäre, und lachte ihm zu. Ein bisschen schuldig fühlte ich mich schon dabei, denn ich nahm ja Hillegijn etwas weg. Vielleicht war es nicht wirklich so, aber trotzdem fühlte ich mich wie eine Diebin. Ich trank noch ein paar Gläschen Branntwein und wurde wieder fröhlicher. Als Luit mich ermahnte, mich ein bisschen zusammenzunehmen, stieß ich ihn weg und beteiligte mich am nächsten Tanz.

Ich tanzte immer weiter, bis ich grob am Arm gepackt und aus dem Kreis gezogen wurde. Jan sagte nichts, aber seine Augen blickten drohend. Ich war sofort stocknüchtern und spürte, dass viele Blicke auf uns gerichtet waren. Darum ging ich mit und setzte mich neben ihn.

Meine Schwiegermutter begann gleich mit mir über Gott und die Welt zu reden. Ich nickte nur. Die Freude war gewichen; eigentlich war sie nie da gewesen.

Im Frühjahr 1764 wurde mein Kind geboren. Noch nie in meinem Leben hatte ich solch einen Schmerz erlitten, aber die Freude, die ich nach dem Schmerz empfand, war der Freude vergleichbar, die ich verspürt hatte, wenn ich als Kind mit Lieven über die Heide gestreift war.

Es war ein Junge, und obwohl Jan Schwierigkeiten damit hatte, gab er sich bald geschlagen, als ich müde aber glücklich vorschlug, das Kind nach meinem Vater Roelof zu nennen. Vielleicht lag es auch an der ruhigen Zeit, die wir hatten, während ich schwanger war. Sobald Jan hörte, dass ich ein Kind erwartete, veränderte sich etwas. Er gewährte mir mehr Freiraum und behandelte mich respektvoller. Es schien, als würde ich dadurch, dass ich seinen Schatz unter dem Herzen trug, wertvoller in seinen Augen.

So stolz und glücklich hatte ich Jan noch nie gesehen. Seine Augen glänzten, als er seinen Sohn in die Arme nahm. „Wir bekommen bestimmt noch solch einen Prachtsohn, und den nennen wir dann Albert!“, meinte er.

Bis meine eigene Milch einschoss, kam unsere Nachbarin zum Stillen. Sie hatte einen Säugling von sechs Monaten, und ihre Brust floss über, wie sie selbst sagte. Aber schon nach wenigen Tagen sah ich stolz, wie meine eigenen Brüste schwollen, und Roelof trank so gierig, als hätte er Angst, nicht genug zu bekommen. Aber er schlief immer ein, bevor er leer getrunken hatte, und ich konnte mich nicht satt sehen an diesem winzigen, eingemummelten Wesen, von dem ich nur das Köpfchen beschnuppern konnte. So weich, so einzigartig, so ganz und gar mein Eigen.

Nachbarinnen kamen vorbei und brachten Geschenke mit, und von der Dorfgemeinschaft erhielten wir einen großen Rosinenstuten mit Zimt und Zucker. Für eine Weile dachte ich, dass mit der Geburt dieses Kindes alles gut werden würde. Vielleicht war es das fehlende Glied zwischen Jan und mir.

Jan wurde sogar richtig aufmerksam. Als er mit beiden Müttern und Brüdern das Kind in Vleddere über die Taufe gehalten hatte, brachte er mir ein Tütchen Süßigkeiten mit, und später gab er mir noch ein Töpfchen Rosinen auf Branntwein.

Eines Abends, als die Zeit des Wochenbetts gerade vorbei war und ich Mutter schon schnarchen hörte, kroch Jan zu mir ins Bett und sagte: „Elsjen, ich will dir etwas vorschlagen. Meine Mutter sagt schon lange, dass wir das tun müssen, und jetzt scheint es mir auch das Beste." Er sah mich erwartungsvoll an, aber ich wollte ihn nicht ermutigen, weiter von dem zu erzählen, was er mit seiner Mutter besprochen hatte. Also sagte ich nichts.

„Willst du nicht wissen, was es ist?"

„Nein", sagte ich, als hätte ich gespürt, dass mich nichts Gutes erwartete.

Für einen Moment schien er aus dem Gleichgewicht, dann streckte er den Rücken und sagte: „Es scheint mir jetzt an der Zeit zu sein, das wir zu dritt unser eigenes Häuschen bekommen."

Mit einem Schlag verschwand auch die letzte Spur von Freude und machte einem bangen Gefühl der Beklommenheit Platz. Aber Jan redete einfach weiter. „In Wapse wird im Mai ein Hof frei. Wir können den Hof hier aufteilen, die eine Hälfte für uns und die andere für Barteld und deine Mutter, so wie wir es bei mir zu Hause gemacht haben; dann sind wir selbstständig und unser eigener Herr – wäre das nicht schön?"

Ich taumelte, als hätte ich kein Bett unter mir, sondern würde auf den Wellen eines schwarzen Sumpfes schaukeln. Ich bekam keinen Boden unter die Füße, und meine dunklen Vorahnungen verwandelten sich in eine namenlose Angst, in der ich zu ertrinken fürchtete. Das muss er mir auch angesehen haben, denn er sagte: „Nicht aufregen, Elsjen, wir schlafen noch mal eine Nacht darüber."

Ganz still lag ich da, damit das Taumeln aufhörte, aber erst viel später, als Jan längst schlief, legte es sich. Was blieb, war die würgende Angst vor dem Strom, der mich mitreißen würde; ich konnte lange keinen Schlaf finden.

In jener Nacht wurde in mir ein Gedanke geboren, den ich eine lange Zeit im Zaum halten konnte – so lange, bis er mich überwältigte.

Assen, 3. September 1767

Ein Blitzschlag, der innerhalb kürzester Zeit ein ganzes Haus in Schutt und Asche legen konnte. So schien es. Alles, worauf ich mein Leben aufgebaut hatte, wollte er mir wegnehmen. Ich musste ihn davon abhalten. Ich schleppte Löschwasser herbei, ich hoffte auf Blitzableiter, ich ging bis zum Äußersten. Ich tat alles, um zu verhindern, dass er mein Lebenshaus zerstörte. Und jetzt liegt es doch in Schutt und Asche. Die Grundmauern liegen frei und ich sehe, dass mein Lebenshaus auf dem eisernen Willen von Otie und der schwachen Gesundheit meiner Mutter aufgebaut war.

Eben hat es begonnen zu regnen. Ich habe mich auf den Stuhl gestellt, um vorm Fenster die Regenluft einzuatmen. Ich roch einen Hauch von Herbst, die Erde hat ihre Ernte gegeben, sie darf ruhen. Zu Hause werden sie die Schafe und Kühe auf die Äcker und Wiesen treiben, damit sich die Tiere den Bauch mit dem Unkraut und Gras füllen können, das übrig geblieben ist. Der Regen wird es neu wachsen lassen, zum letzten Mal.

Roelof wird jetzt vielleicht mit einem Stöckchen in den Pfützen rühren und mit schlammigen Händen nach Hause kommen. Aber ich bin nicht da, um ihn zu waschen. Eva liegt sicher in ihrer Krippe und nuckelt an ihren Fingerchen. Aber wenn sie Hunger bekommt, bin ich nicht da, um sie zu stillen. Ich spürte, wie mir die Tränen über die Wangen laufen, ich weinte mit dem Regen – über all das, was geschehen ist, und all das, was nie geschehen wird.

Ich sank auf meinen Stuhl und musste so furchtbar weinen. Ich hörte mich selbst schluchzen, und die Worte „nie mehr" hallten in meinem Kopf. Es scheint auf einmal alles solch ein unendliches „nie mehr". Ich bin ihre Mutter, ich habe sie im Stich gelassen. Und, o Gott, ich habe ihren Vater getötet.

Ich weinte und weinte. Ich hörte, wie die Luke geöffnet wurde, aber es war mir egal, dass Folkert mich in meinem Kummer sah.

Jetzt habe ich mich wieder beruhigt. Folkert kam gerade mit dem Abendbrei herein. Das wunderte mich, aber er erklärte: „Janna hat noch so viel zu tun im Landschaftshaus, sie lässt sich entschuldigen." Dann steckte er mir ein Hühnerbein auf einem Teller zu. „Ich habe gerade zwei von Janna bekommen, willst du vielleicht auch eins?" Er sah mich unsicher an. Ich habe überhaupt keinen Hunger, aber ich habe ihm für seine freundliche Gabe gedankt.

Die Grundmauern liegen bloß, ich sehe es, aber ich begreife noch nicht alles. War mein Leben so sehr von Otie bestimmt, dass ich selbst kaum Entscheidungen treffen konnte? War ich so sehr an meine Mutter gebunden, dass ich deshalb in meiner Hochzeitsnacht dachte, dass ich nun nicht mehr ihr gehörte? Waren es Schuldgefühle, die mich dazu veranlassten, mich ihr danach mit umso größerer Hingabe zu widmen?

Wieder spüre ich Zorn; ich bin zornig auf Otie, auf Mutter. Diese elenden Weiber! Mein Zorn ist jetzt weniger heftig als in jener Nacht, als ich das Tintenfass an die Wand schleuderte. Als sei ein Teil der Wut bereits dadurch verraucht, dass ich ihnen etwas an die Köpfe warf, die ich in meiner Vorstellung dort sah. Aber vielleicht werde ich auch dadurch, dass ich mir Rechenschaft über meine Gedanken und Gefühle ablege und sie aufschreibe, auf irgendeine Weise von meiner Wut befreit.

Vielleicht liegt es auch daran, dass ich anfange, wieder vorsichtig zu dem Gott Hiobs zu beten. Janna sagte kürzlich, dass ich ihm meinen Zorn bringen muss. Das tue ich jetzt, und es scheint manchmal mehr ein Gespräch zu sein, das ich führe, als ein Gebet. Ich erzähle ihm ebenso wie Hiob, dass das Böse kam, als ich auf das Gute wartete, und die Finsternis, als ich auf Licht hoffte.

Aber langsam regt sich in mir auch etwas von dem Glauben, den Hiob zum Ausdruck brachte: „Sieht er nicht meine Wege und zählt alle meine Schritte?“

„Auch wenn die Verheirateten gemeinhin viel Not und Leid aufgrund der allgegenwärtigen Sünde überkommt, so darfst du, Elsjen, die du deinen Ehebund öffentlich in der hiesigen Kirche geschlossen hast, im Herzen gewiss sein, dass Gott dir helfen wird, dein Kreuz zu tragen." Die monotone Stimme des Pfarrers klang laut durch den Raum, in dem wir uns verabredet hatten.

Ich war allein zum Eheunterricht gegangen, nachdem ich lange dazu gedrängt worden war – von Jan, vom Pfarrer und schließlich sogar von Mutter. Letzteres gab den Ausschlag; vielleicht konnte es mir aus den Schwierigkeiten heraushelfen, in denen ich mich befand, weil ich schon seit Wochen nicht mehr mit Jan sprach. In den letzten zwei Jahren war er regelmäßig auf seinen Vorschlag zurückgekommen, das Haus meiner Mutter zu verlassen. Es schockierte mich jedes Mal neu.

„Warum?", fragte ich ihn und merkte, wie heiser meine Stimme klang. Es war, als würde mir die Kehle zugedrückt.

„Ich kann wirklich nicht mit deinem Halbbruder zusammenarbeiten."

„Wieso nicht? Mit Luit und Barteld ging es immer gut."

„Aber er macht dir ständig schöne Augen. Er ist ein richtiges Ekel." Er gab mir keine richtige Antwort.

„Wie gemein du bist! Barteld ist einfach ein lieber Kerl. Du siehst Gespenster, Mann!"

„Und deine Mutter, das ist eine alte Heulsuse. Du nimmst ihr viel zu viel Arbeit ab. Das ist schön bequem für sie, aber wenn wir beide miteinander einen Hof hätten, würde sie dich nicht so in Beschlag nehmen."

„Guck mal deine eigene Mutter an!", war alles, was ich herausbrachte. Ich drehte mich um und sagte nichts mehr, auch wenn er versuchte, mit mir zu reden. Weil wir nur zu zweit darüber gesprochen hatten, konnte ich mit niemandem darüber reden. Ich wollte verhindern, dass Mutter oder Barteld etwas davon erfuhren. Sie taten mir so leid.

Als der Hof in Wapse an jemand anderen verpachtet wurde, schien das Thema eine Zeit lang erledigt zu sein, und ich tat mein Bestes, um Jan mehr in die Bewirtschaftung unseres Hofes einzubeziehen. Ich besuchte öfter seine Mutter und nahm den kleinen Roelof mit, ließ mir Ratschläge von ihr erteilen und bat um Rezepte.

Ich tat mein Bestes, um die schnell aufflackernden Streitigkeiten zwischen Barteld und Jan zu beschwichtigen, und besprach die Dinge mit ihnen getrennt, damit beide den Eindruck gewannen, dass ihre Meinung berücksichtigt wurde. Ich bezog auch Luit mit ein. Wenn er und Hendrikjen mit dem Kindchen, das sie inzwischen bekommen hatten, zu Besuch waren, genoss Jan das sehr, und darum lud ich sie regelmäßig ein. Luit verstand sich gut mit Barteld und ebenso gut mit Jan; das förderte den Frieden in unserem Haus.

Aber dann, im Herbst desselben Jahres, geschah es, als wir eines Abends um das Feuer herumsaßen. Mutter und ich spannen, während Barteld und Jan strickten. Der Kleine war gerade in seiner Wiege eingeschlafen, die mit einem Seil an meinem Fuß befestigt war und dadurch hin- und herschaukelte, während ich spann. Da fing Jan auf einmal von einem Hof in Vleddere an, der verpachtet werden sollte. Mutter sah ihn verständnislos an und Barteld fragte: „Und wer wird den pachten?“

„Meine Mutter war schon mal da und hat mit dem Besitzer gesprochen, und Elsjen und ich können im Mai dort einziehen, wenn wir uns in dieser Sache endlich einigen können.“

Ich wollte den Boden nicht unter den Füßen verlieren, und mein Fuß trat so heftig zu, dass das Spinnrad sich wie wild drehte. Ich hörte, dass Mutter nach Luft rang und wie ein waidwundes Tier klagte: „Aber das tut Elsjen nicht, stimmt's? Komm, Elsjen, sag doch was!"

Ich muss sie beruhigen, dachte ich. „Nein, Mutter, das tut Elsjen nicht", hörte ich mich selbst sagen. Sie sank auf ihrem Stuhl zusammen, und Barteld und ich brachten sie miteinander ins Bett. Als ich wieder ins Hinterhaus kam, war Jan fort. Ich machte einen Auszug aus getrockneten Baldrianblättern, den ich Mutter zu trinken gab.

Als sie schlief, saß ich noch ein bisschen mit Barteld am Feuer. Er fragte: „Was hat das zu bedeuten, Elsjen? Wieso sagt er ‚wenn Elsjen und ich uns in dieser Sache einigen können' … Was ist das für ein Geschwätz?" Ich sah die Enttäuschung auf seinem Gesicht.

„Ach, er hat davon früher schon mal geredet, aber selbst wenn er sich auf den Kopf stellt, das mache ich nie und nimmer", antwortete ich.

„Warum muss dieser Kerl bloß immer so einen Unsinn reden?", sagte Barteld, während er aufstand und heftig seinen Stuhl zurückschob. „Was haben wir uns da nur ins Haus geholt, so ein Quatschkopf!" Er warf die Tennentür hinter sich zu, und ich hörte ihn erst sehr spät wieder ins Haus stolpern. Er war in der Wirtschaft gewesen. Er tat mir so leid. Als Jan nach Hause kam, lag ich schon im Bett. Ich stellte mich schlafend, das Gesicht zur Wand.

Beim Frühstück sagte ich im Beisein aller: „Ich gehe nicht nach Vleddere oder sonst wohin. Mein Platz ist hier."

Jan stand auf und ging aus der Tennentür. Er blieb den ganzen Morgen weg.

Für meine Mutter musste ich mein Versprechen wiederholen. Als wir später im Laufe dieses Tages bei den Tauben saßen und altes Brot zerkrümelten, fragte sie mich noch einmal, ob ich sie nie im Stich lassen würde. „Hab keine Angst, Mutter“, bekräftigte ich, „ich bin so heimattreu wie eine Taube. Selbst wenn Jan mich sonst wohin mitnehmen will, ich fliege immer wieder nach Hause.“ Ich sah, wie meine Worte sie beruhigten, aber mein eigenes Herz konnte ich nicht zur Ruhe bringen.

Barteld und Jan gingen sich von nun an möglichst aus dem Weg. Und Barteld nutzte jede Gelegenheit, Jan zu verspotten. „Tja, Jan“, sagte er etwa, „jetzt hätte ich gern die Kartoffeln gehackt. Aber könntest du eben deine Mutter fragen, ob das in Ordnung ist?“

Jan lief bei solchen Bemerkungen immer rot an, aber weil er wütend weglief und sich tatsächlich oft bei seiner Mutter beklagte, wurde es nicht besser. Barteld übersah ihn entweder völlig, oder er machte sich über ihn lustig. Normale Gespräche gab es nicht mehr.

„Du musst mal etwas dazu sagen“, sagte Jan dann zu mir.

„Das kannst du doch selbst auch, oder?“, wehrte ich mich.

„Ihr beide steckt unter einer Decke.“

„So jemanden kenne ich auch.“

„Es wird wirklich Zeit, auf einen anderen Hof zu ziehen.“

Wenn er davon anfing, packte mich wieder die Angst. Ich musste den Frieden im Haus wahren, dafür sorgen, dass Jan nicht mehr wegwollte. Ich versprach ihm, mit Barteld darüber zu reden.

Jan ließ uns manchmal einfach mit der Arbeit sitzen und kam auch nicht zum Essen nach Hause. Dann stellte sich heraus, dass er bei seiner Mutter gewesen war und seinem Bruder geholfen hatte. Oder er kam mit einem Kaninchen an, das er in der Schlinge gefangen hatte. Wenn ich ihn darauf ansprach, dass er uns die Arbeit allein tun ließ, sagte er: „Es ist ja auch euer Hof. Wenn wir zusammen einen Hof haben, werde ich wieder richtig mitarbeiten.“ Ich war wütend auf ihn. Als ob es nicht unsere gemeinsame Verantwortung wäre.

Die Müdigkeit packte mich. Ich war genauso müde wie nach Oties Tod. So müde wie das alte Pferd, das ich beim Schleppen eines Baumstammes hatte in die Knie gehen sehen. Manchmal fragte ich mich, wie lange ich diesen Karren noch ziehen konnte, hin- und hergerissen zwischen meiner Liebe zu Barteld, meiner Sorge um meine Mutter und meinen Pflichten Jan gegenüber. Ich musste mich dazu zwingen, meine Aufgaben zu erfüllen. Und ich sah, wie meine Mutter in sich zusammenfiel. Sie war nur noch Haut und Knochen und lag oft mit schweren Kopfschmerzen im Bett. Wir sprachen wenig darüber, aber die Anspannung zehrte an ihr.

Ich schnauzte Jan an, wenn er mich etwas fragte, oder kochte wieder so, wie ich es von früher gewohnt war. Wenn er etwas darüber sagte, stellte ich mich dumm. Es verschaffte mir Genugtuung, Dinge zu tun, über die er sich ärgerte. Aber eines Tages, als ich Hillegijn besuchen wollte und gerade über den Dorfplatz ging, rief mich Mutter Trijne. Sie war im Gespräch mit einigen anderen Frauen, aber sie unterbrach die anderen und sagte: „Hör mal, Elsjen, wenn Jan solche Magenschmerzen bekommt von all den Kräutern, die du beim Kochen verwendest, warum nimmst du dann keine Rücksicht?“

Ohne ein Wort zu erwidern, lief ich weiter und ließ mich bei Hillegijn auf einen Stuhl fallen. „Dieses Weib stellt mich mitten auf dem Dorfplatz bloß!“, stieß ich hervor.

„Wer?“

„Trijne.“

„Was hat sie denn gemacht?“

„Sie sagt, ich würde nicht gut kochen für ihren Jan. Ich hab’ so oft versucht, so zu kochen, wie es ihm schmeckt. Und nie hab’ ich ein gutes Wort dafür bekommen.“

Es blieb einige Zeit still. Dann meinte Hillegijn: „Elsjen, ich bin deine Freundin. Ich will, dass du weißt, dass über euch geredet wird. Ich weiß nicht, was davon stimmt, aber Jan erzählt hier so einiges, wenn er Leffert besuchen kommt. Ist alles in Ordnung bei euch?"

Ich spürte, wie ich innerlich erstarrte. Was war das nun? Redete schon das ganze Dorf über uns? Und ich wusste nichts davon?

„Warum hast du mir das nicht früher gesagt?" Ich stand auf.

„Jan hat uns gebeten, es nicht weiterzuerzählen."

„Aber ich bin deine Freundin!" Trauer erfüllte mein Herz.

„Ja. Darum erzähle ich es dir jetzt auch."

„Aber reichlich spät."

„Es tut mir alles so leid, Elsjen."

„Ja, mir auch." Ich sah den verletzten Ausdruck in ihrem Gesicht, aber danach fand ich den richtigen Ton nicht mehr und ging traurig nach Hause.

Jan kam an diesem Abend erst heim, als ich schon im Bett lag. Ich roch, dass er getrunken hatte. Als er neben mir lag, schob er sich zu mir herüber und begann meine Brüste zu betasten. „Lass mich in Ruhe", sagte ich.

„Dich in Ruhe lassen? Im Gegenteil, es wird mal wieder Zeit. Du kannst dich nicht verweigern. Ich bin dein Mann." Er begann, an meinem Nachthemd zu zerren.

Ich stieß ihn weg. „Ich schlafe nicht mit einer Klatschbase. Wenn du mich nicht in Ruhe lässt, schreie ich ganz Doldersum zusammen, dann werde ich ihnen erzählen, was für ein toller Liebhaber du bist."

Das schien ihn zu ernüchtern. Das Herz schlug mir bis zum Hals, und er drehte sich wütend um. Zu meiner Erleichterung war er einige Minuten später eingeschlafen. Ich konnte es selbst kaum glauben: Hatte ich das gesagt? Und hatte Jan sich umgedreht?

So entzog ich mich der Gemeinschaft; es schenkte mir eine

gewisse Genugtuung, ihn durch meine abweisende Haltung zu quälen. Ich sah, wie meine Worte ihn verunsicherten, und eine Zeit lang nahm er sich zusammen. Er beschwerte sich nicht mehr über das Essen und arbeitete besser mit. Aber nach einiger Zeit begann er mich wieder zu drängen. Ich denke, dass er mit seiner Mutter gesprochen hatte. Er sei der Mann, sagte er, ich müsse ihm gehorchen. Wenn es nicht im Guten gehe, dann eben im Bösen.

Seine Mutter kam, um mit mir zu reden; sein Onkel Sikking Albers, der Bauernvertreter, kam, um mit mir zu reden; Luit und Hendrikjen kamen, um mit mir zu reden. Alle auf dieselbe behutsame Weise: Wie es denn um uns stünde, was denn los sei, warum ich mich immer noch weigerte, mit Jan zusammen auf einem Hof zu wohnen? Das würde doch bestimmt besser sein. Ich dürfe mich nicht in solche trotzigen Gedanken hineinsteigern und meinen ehelichen Pflichten entziehen.

Selbst Hillegijn fing davon an, aber sie redete weniger um den heißen Brei herum: „Willst du nicht mehr mit Jan schlafen?"

„Solange er sich so rücksichtslos benimmt, kann er mich gernhaben", antwortete ich. Ich glühte vor Zorn. Allmählich hatte ich das Gefühl, dass alle im Dorf wussten, dass wir nicht mehr miteinander schliefen. Aber ich dachte nicht daran, die Geschichte aus meiner Sicht zu erzählen, auch wenn ich in Gedanken hundertmal über den Dorfplatz lief, um herauszuschreien, wie lieblos Jan als Mann zu mir war. Und wie er meiner Mutter, Barteld und mir das Leben schwer machte.

Mein einziges Glück bestand darin, für meinen kleinen Roelof zu sorgen. Meine Mutter und Barteld sagten, dass er meinem Vater ähnelte, und das machte mich froh. Sein erstes Lächeln galt mir, und als er Schwierigkeiten mit dem Zahnen hatte, rieb ich mit einem kalten, nassen Finger über sein Zahnfleisch, bis er nuckelnd einschlief. Wenn ich diesem kleinen Wesen die Brust gab, empfand ich solch ein wunderbares Gefühl des Verschmelzens, das mich immer wieder für eine Weile zur Ruhe kommen ließ.

Wie großartig fand ich es, als er die ersten Schritte machte. Mit meiner Mutter konnte ich mein Staunen teilen, aber Jan bezog ich nicht ein. Selbst dieses Kind war nicht das erhoffte Bindeglied; er gönnte dem Kleinen kaum einen Blick, und manchmal hatte ich den Verdacht, dass Jan es bereute, dass er so schwach gewesen und dem Namen Roelof zugestimmt hatte. In meinem Herzen war das völlig in Ordnung so. Dieses Kind gehörte mir, ebenso wie der Bauernhof und alles, was dazugehörte. Auch für ihn führte ich meinen Kampf. Er war der Nachkomme, der diesen Hof erben würde. Ich sah ihn in diesem jahrhundertealten Haus aufwachsen und auf diesem Grund und Boden arbeiten, den schon Generationen vor ihm bearbeitet hatten. Für dieses Kind lebte ich, für diesen Hof und für meine Mutter.

Mutter kränkelte wieder, es wurde einfach nicht besser mit ihrer Gesundheit. Als sie einmal ratlos zu mir kam, um mir zu sagen, dass Sikking Albers auf Anraten des Pfarrers darauf drängte, dass ich zum Eheunterricht ging, beruhigte ich sie, indem ich ihr versprach hinzugehen.

Aber ich ging nicht. Auch Jan begann darauf zu drängen, Mutter Trijne kam vorbei, und sogar der Pfarrer sprach mich eines Sonntags nach dem Gottesdienst darauf an. Erst als Mutter meinte, dadurch würde vielleicht wieder Frieden in unserem Haus einkehren, vereinbarte ich ein Treffen mit dem Pfarrer.

Erst ließ er sich eine Zeit lang darüber aus, dass die Frau ihrem Mann untertan sein müsse. Dann begann er mir mit rotem Kopf zu erklären, dass sich, wenn ein Mann nicht auf seine Kosten komme, sein Same gewissermaßen in einen Berg von Unzufriedenheit verwandele. In dieser Hinsicht müsse ich Jan zweifellos zu Willen sein. Und über Jans Sehnsucht, einen eigenen Hof zu bewirtschaften, würden wir beim nächsten Mal sprechen.

Ich ging zwar nicht noch einmal zum Unterricht, aber ich gestand Jan zu, Verkehr mit mir zu haben. Der Pfarrer hatte in diesem Punkt auf jeden Fall recht: Mit seinem Samen wurde Jan auch ein Stück Unzufriedenheit los, und selbst Hillegijn fragte mich, ob es besser geworden sei zwischen uns.

Ja, es ging wieder besser. Jan arbeitete gut mit, und wir sprachen miteinander. Auch Barteld und Jan setzten sich wieder zusammen, um die Arbeit zu planen, und darüber war ich sehr froh. Ich erzählte Hillegijn nicht, wie viel Mühe es mich kostete, mich Jan hinzugeben. Dass ich seine Nähe nur wegen des Zieles ertragen konnte, das ich damit verfolgte, dass ich meine Gedanken dabei auf etwas anderes richten musste, auf eine Kuh etwa, die kalben sollte, oder wie viel ich für die Butter verlangen konnte. Ich erzählte Hillegijn auch nicht, wie sehr mein Leib nach Befriedigung verlangen konnte und wie ich mich manchmal selbst betastete, wenn Jan neben mir schlief … und wie ich dabei an Leffert dachte. Ich fühlte mich wie eine Verräterin, wenn ich das Gesicht meiner Freundin sah. Ich fühlte mich wie eine Verräterin, wenn ich ihren wachsenden Bauch sah und eifersüchtig war, weil es Lefferts Kind war, das darin wuchs. Ich war eifersüchtig, wenn ich sah, wie Leffert sie liebevoll anschaute.

Aus einem Gefühl der Schuld heraus half ich ihr, so viel ich konnte, bei den Vorbereitungen für die Ankunft des Kindchens. Ich brachte ihr Rosinenbrot mit Zucker und Zimt, das ich für sie gebacken hatte. Oder ich gab ihr etwas Schönes wie ein glänzendes Stück Stoff für eine neue Jacke. Aber im Bett dachte ich weiterhin an Leffert. Ich empfand zwar ein vorübergehendes Gefühl von Triumph, weil ich mir selbst geben konnte, wozu Jan nicht imstande war. Aber letztlich lag ich einsam und verlassen dort neben ihm.

Assen, 4. September 1767

Ich bin mit dem Kopf auf den Armen eingeschlafen. Ich träumte von Leffert. Er ging über den Dorfplatz, aber ich konnte nicht zu ihm gelangen, meine Beine verweigerten den Dienst. Obwohl mir das Bild von Leffert wieder so klar vor Augen stand, war ich froh, dass Janna mit dem Frühstück kam und mich weckte. Ich war so verzweifelt. Meine Liebe zu ihm bleibt, aber ich werde niemals zu ihm gelangen können.

Janna sah die Hühnerknochen liegen und zog die Augenbrauen hoch. Ich schluckte meine Verzweiflung hinunter.

„Hab' ich von Folkert gekriegt. Ich musste so weinen gestern."

„So, hat Folkert dir auch mal seinen weichen Kern gezeigt?", meinte sie.

Ich erzählte ihr, warum ich so geweint hatte. Vom Regen und von der schrecklichen Sehnsucht nach meinen Kindern. Von dem „nie wieder".

„Und ich bin zornig auf Otie und meine Mutter."

„Zornig?"

„Meine Güte, ich war so von ihnen abhängig. Sie haben über meine Entscheidungen bestimmt. Verflixt noch mal, ich hätte Jan nie heiraten dürfen."

Ich erzählte Janna, wie die ersten Jahre meiner Ehe verlaufen waren. Sie blieb viel zu lange. Ich halte sie von ihrer Arbeit ab, und dabei hat sie so viel zu tun. Aber es ist seltsam, während ich mit Janna über meine Ehe redete, empfand ich keine Wut mehr, nur Mitleid mit Jan und mit mir selbst. Als ob ich meinen Zorn mit dem Gift vermischt hätte und nun sähe, dass wir beide Opfer sind.

Er ist das Opfer meiner Wut, aber auch das seiner *eigenen* Vergangenheit, das Opfer dessen, was ihn band. Ich sehe ein Muttersöhnchen, das krampfhaft beweisen wollte, dass es ein Mann ist. Und ich war das Opfer *meiner* Vergangenheit. Obwohl ich, nachdem Otie gestorben war, nicht werden wollte wie sie, wurde ich es vielleicht mehr, als ich zunächst gedacht hatte. „Wir beide sind aus demselben Holz geschnitzt", sagte sie einmal.

Mein Zorn gilt auch meiner schwachen Mutter, die selbst bemuttert werden musste. Selbst jetzt entschuldige ich sie noch, denn auch sie kam nicht gegen Otie an. Aber habe *ich* denn nie eine Mutter gehabt?

Ich betrachte mich selbst nun mit einem gewissen Abstand. Ich bin zu einem anderen Menschen als dem geworden, der in dem Kind Elsjen angelegt war. Ich bin zu einer schrecklichen Frau geworden, die letztlich ihren Mann ermordet hat. Ich bin nicht Elsjen geblieben.

„Warum hast du erst alles geleugnet?", fragte der Landschreiber.

„Ich habe ihn nicht ermordet", sagte ich, „er sollte bloß seinen Mund halten."

Heute ist es so weit. Der Landschreiber wird dem Amtmann und den Geschworenen seine Erkenntnisse mitteilen und seine Empfehlung bezüglich des Urteils abgeben. Janna meint, sein Rat würde in den meisten Fällen befolgt. Er sei ein wichtiger Mann und sehr rechtsgelehrt. Ich fragte Janna, ob ich in ihren Augen schuldig sei. Sie dachte lange nach.

„Du musst der Tatsache ins Auge sehen, dass dein Mann gestorben ist, weil du ihm Arsenik gegeben hast", sagte sie. „Aber weißt du, Elsjen, kein Mensch ist wirklich gut und schuldlos, nicht ein einziger. Es geht jetzt nur darum, wie es weitergeht."

„Willst du mir ehrlich sagen, ob die Möglichkeit besteht, dass ich zum Tode verurteilt werde?"

Janna nickte. „Ja, diese Möglichkeit ist groß."

Ich musste weinen. Ich dachte an meine Kinder, mein Herz zog sich zusammen. Janna kam zu mir herüber. Ihre mütterliche Umarmung war wie Regen für einen ausgetrockneten Acker. Lange hielt sie mich so fest, ich spüre noch den Druck ihrer Arme. Es tröstete mich so.

Ich schreibe wieder weiter. Ich bin in Eile. Mein Leben muss weiter überdacht, meine Schuld muss bestimmt werden. Von mir selbst. Und wie es auch kommt: Ich muss mich, ob ich nun zum Tode verurteilt werde oder nicht, auf das Leben vorbereiten, das danach kommt.

Doldersum, *1766–1767*

Als ich wieder schwanger wurde, verflog meine Hoffnung, dass es Jan genügen würde, wenn ich ihm als Frau zu Willen war. Er begann wieder von einem eigenen Hof zu reden.

„Bald im Frühjahr wird bestimmt wieder etwas frei. Das ist wirklich das letzte Frühjahr, das ich hier aushalte, Elsjen, das kannst du mir glauben."

Ich gab keine Antwort. Eine Welle der Übelkeit erfasste mich, und ich lief schnell zum Abort und versuchte, möglichst geräuschlos meinen Mageninhalt loszuwerden. Keuchend fragte ich mich, wie ich ihn von seinem Vorsatz abbringen konnte. Wenn er doch tot wäre, dachte ich, dann wäre ich aus allen Schwierigkeiten heraus.

Als wir an jenem Abend im Bett lagen, wollte er mit mir schlafen. Ich drehte mich um und sagte: „Ich habe nicht vor, dir zu Willen zu sein." Aber er drehte mich grob zurück und begann, an meinem Nachthemd zu zerren. Ich protestierte, aber er legte mir mit solchem Druck die Hand auf den Mund, dass ich kaum noch Luft bekam. Etwas in mir sagte, dass ich aufpassen musste, und mein Körper erschlaffte. Als er auf mir lag und ich das Gefühl hatte, zu ersticken, merkte ich, dass er sein Vorhaben aufgab. „Dann eben nicht!" Er ließ mich keuchend und in großer Verwirrung liegen. Ich konnte nicht mehr schlafen. Von jenem Tag an redete ich nicht mehr mit ihm.

Ich erzählte ihm nicht, dass ich ein Kind erwartete, es war nicht sein Kind, es gehörte mir allein. Ich erzählte niemandem davon, trug es ängstlich wie ein Geheimnis unter meinem Herzen. Meinem Herzen, das zerrissen wurde und das ich nur durch harte Arbeit zusammenhielt, während ich mich dem Leben Tag für Tag weniger gewachsen fühlte. Ich war so müde und litt manchmal unter so furchtbarer Übelkeit. Ohne dass die anderen es merkten, spuckte ich regelmäßig meinen gesamten Mageninhalt in den Abort. Dann saß ich dort eine Zeit lang und wusste nicht, wie ich weiterleben sollte. Ich fühlte mich schlapp wie ein nasser Sack, aber ich raffte mich immer wieder auf und zwang mich dazu, wieder an die Arbeit zu gehen.

Der kleine Roelof, den ich immer mehr von seinem Vater fernhielt, und das Kind in meinem Leib waren meine einzige stille Freude. Ich brachte Roelof erste Wörter bei: Mama, Otie, Brei, Kuh und noch viele andere, aber ich vermied es, ihn das Wort Papa zu lehren. Für Roelof und mein ungeborenes Kind nahm ich den Kampf auf, für Mutter, die meiner Fürsorge bedurfte, und für Barteld, der bereit gewesen war, auf eigene Nachkommen zu verzichten.

Immer öfter ertappte ich mich dabei, Tagträume über Jans Tod zu hegen. Ich stellte mir vor, er würde einen Unfall erleiden, etwa vom Dach fallen und sich das Genick brechen oder aus einer Pfütze trinken und an Typhus sterben. Es gab ja viele

Möglichkeiten. Dann sah ich ihn in seinem Sarg liegen. Nachbarn kamen vorbei und bekundeten mir ihr Beileid. Ach, Elsjen, so jung und schon Witwe. Und dann auch noch schwanger mit dem zweiten Kind, und jetzt muss sie ohne Mann und Vater weiterleben. Ich folgte der Bahre zum Friedhof und vergoss ein paar Tränen, um meinen Schmerz zu zeigen. „Keine Frage", hörte ich die anderen flüstern, „sie hat ihn wirklich geliebt."

In einer regnerischen Nacht begann es in unser Bett zu tropfen. „Ich habe schon so lange gesagt, dass du das Dach ausbessern musst", brach ich mein Schweigen.

„Als ob das noch Sinn hätte", sagte er.

„Wieso?"

„Wir ziehen doch sowieso aus. Soll Barteld das doch selber machen."

Wütend nahm ich mein Kissen, packte ein paar Decken aus einer Wäschekiste und sagte: „Ich bleibe nicht länger mir dir in einem nassen Bett liegen. Ich gehe zu Mutter. Wenn du trocken schlafen willst, kannst du dich ja zu Barteld ins Bett legen."

„Zu Barteld? Im Leben nicht. Kriech doch selbst zu ihm ins Bett. Manchmal hat es den Anschein, als wärst du mit ihm verheiratet statt mit mir." Herausfordernd sah er mich an. Ich sagte nichts mehr, drehte mich um und ging zu Mutters Bett.

Jan schlief danach einige Nächte im Heu. Er trug Barteld auf, das Dach auszubessern, aber der tat, als würde er es nicht hören, und kümmerte sich um seine eigenen Angelegenheiten. Ich schlief weiterhin bei Mutter, auch nachdem Jan das Dach mit Reetgras gestopft hatte. Ich redete nicht mehr mit ihm. Aber natürlich erzählte er alles seiner Mutter. Luit kam und stellte mich zur Rede. Mein Zorn wuchs, aber auf Mutters Drängen hin kehrte ich zurück in unser Bett. Von jenem Tag an drehte ich mich immer sofort um und schlief mit dem Rücken zu Jan. Nie wandte ich ihm das Gesicht zu, nicht einmal im Schlaf.

Jan drückte sich immer mehr vor der Arbeit, und ich hatte auch keine Lust mehr, etwas für ihn zu tun. Seine Wäsche wusch ich nicht gründlich, und als er mir einen Kittel mit einem großen Flecken zeigte, riss ich ihm das Kleidungsstück aus der Hand und warf es auf die Erde.

„Weißt du was? Geh doch zu deiner Mutter. Erzähl ihr, dass ich nicht mal deine Wäsche ordentlich wasche. Aber warte mal, ich hab' noch eine bessere Idee. Bring deine Wäsche doch gleich zu ihr, sie kann bestimmt viel besser waschen als ich." Von dem Augenblick an fiel es mir nicht mehr ein, noch irgendetwas für ihn zu waschen, und Jan brachte notgedrungen alles zu seiner Mutter.

Eines Abends, als Jan bei Leffert saß, kam Luit wieder zu mir. Zuerst erzählte er, dass Hendrikjen wieder schwanger sei, und ich dachte schon, das sei der Grund seines Kommens. Ich wunderte mich jedoch, dass er mir das erzählte, ohne dass Mutter dabei war. Aber dann nahm das Gespräch eine andere Wendung.

„Elsjen, es ist wirklich besser, wenn ihr auszieht. Barteld und Jan, das wird doch nichts. Du und Mutter und Barteld, ihr bildet einen Block, und er fühlt sich ausgeschlossen." Ich antwortete nicht darauf, es hatte ohnehin keinen Sinn. Luit sah mich an und wartete. Dann packte er mich am Arm und sagte: „Ich weiß nicht, wie es kommt, aber das Dorf tratscht über Barteld und dich. Er muss endlich die Finger von dir lassen."

Ich riss mich los, Wut flammte in mir auf. „Jan schließt sich selber aus, und ich weiß, wer diese elenden Gerüchte im Dorf verbreitet. Er soll doch sein Maul halten. Barteld ist der Einzige, der mir ein bisschen Liebe entgegenbringt!" Barteld legte mir ab und zu die Hand auf die Schulter, das war alles. Begriff er, dass ich das Leben manchmal fast nicht mehr ertragen konnte?

„Lass Barteld aus dem Spiel und Mutter auch. Wie kannst du nur vergessen, was wir Otie versprochen haben! Kriech deiner

Schwiegermutter doch gleich in den Hintern! Zieh doch selbst mit Jan irgendwo anders hin, wenn du dich so gut mit ihm verstehst. Ich halte mich an das Versprechen, das ich gegeben habe!“ Ich lief nach draußen in den Obstgarten. Es war ein klarer Abend, und ich atmete die Frühlingsluft ein. Ich war so ratlos: Wenn sogar Luit mir immer mehr in den Rücken fiel, wie sollte das alles nur weitergehen? Ich wartete, bis er aus der Tennentür ging.

Am Nachmittag des folgenden Tages fuhr Barteld mit dem Kippwagen fort, um Mist auf die Äcker zu bringen. Es war so ein Tag, an dem ich normalerweise Lust bekam, mit dem Frühjahrsputz zu beginnen: Die Sonne bekam allmählich mehr Kraft, die Vögel begannen nach dem langen Winter wieder zu singen, und meine Welt roch nach jungen Lämmern und Mist. Aber ich war todmüde, und als ich Barteld sah, wurden meine Arme bleischwer. Ich hörte auf, den Teig für die Brote zu kneten, die ich backen wollte.

„Was ist los, Barteld?“, fragte ich.

„Ich bin heute Nachmittag Luit begegnet, und er hat mich angehalten“, sagte er. „Er meint, wenn du hier nicht rauswolltest, wäre es vielleicht besser, wenn ich ginge.“

Mir wurde plötzlich so elend bei der Vorstellung, ohne Barteld weiterleben zu sollen, dass ich um Atem ringen musste. Ich versicherte ihm keuchend, das sei nicht nötig. Es gebe bestimmt eine Lösung. Aber Barteld knurrte nur missmutig: „Was denn für eine Lösung?“

Ich bekam keine Luft mehr und sank auf einen Stuhl. Barteld setzte sich besorgt neben mich. Ich hatte das Gefühl zu ersticken.

„Bleib ruhig, Elsjen, komm, hol mal tief Luft.“ Langsam normalisierte sich meine Atmung wieder. Ich hatte mich noch nie so beklommen gefühlt.

„Geht es wieder?“, fragte Barteld. „Du darfst dich nicht so verrückt machen, Mädchen. Du hast recht, wir finden bestimmt eine Lösung.“ An jenem Tag war ich zu nichts mehr fähig. Ich ließ die Magd das Brot backen und kroch in mein Bett.

Vielleicht begann er von da an festere Formen anzunehmen – der Gedanke, dass ich Jan auf die eine oder andere Weise ausschalten musste. Dass er damit aufhören musste, auf seine Mutter und meinen Bruder einzureden. Dass er damit aufhören musste, uns zu bedrängen. Dass er nicht länger an seinem vermeintlichen Recht auf mein Leben festhalten durfte. Dass er damit aufhören musste, Barteld traurig zu machen. Dass er daran gehindert werden musste, mein Leben zu zerstören und mich zu ersticken.

Unser altes Pferd war schon eine Zeit lang krank, sein Fell wurde stumpf und es war völlig abgemagert, weil es starken Durchfall hatte. Barteld sagte, er wolle dem Tier zwei Wochen lang jeden Tag einen Esslöffel Arsenik geben, das habe unser Nachbar Wilte Roelofs neulich mit seinem Pferd auch gemacht, und das habe wunderbar geholfen.

Und so sind die Fäden dann zusammengelaufen. Ich habe es nicht herbeigeführt, es ist einfach geschehen.

Ich hatte schon länger vorgehabt, nach Steenwijk zu fahren, um Stoff für eine neue Jacke und einen Rock zu kaufen. Das wollte ich am folgenden Dienstag erledigen und dann gleich aus der Apotheke das Arsenik mitbringen.

Am Montagabend tauchte Jan nicht zum Essen auf, und ich musste Barteld beim Melken helfen, während meine Mutter den kleinen Roelof beaufsichtigte. Unmittelbar nach dem Melken ging Barteld ins Gasthaus. Ich war todmüde und mir war übel, als Jan kurz darauf mit zwei Kaninchen zurückkam, die an seinem Gürtel baumelten. Da konnte ich nicht länger an mich halten. Ich lief auf ihn zu und begann wild auf ihn einzuschlagen, auf seinen Kopf, auf seine Brust, aber er stieß mich gewaltsam zurück, sodass ich an den Tisch schlug. Die Becher, die Mutter dort hingestellt hatte, klapperten, und einer von ihnen ging zu Bruch. Mutter begann zu jammern, und der kleine Roelof fing an zu weinen.

Ich schrie: „Du machst alles kaputt, du mit deinen dummen Schlingen!", wollte mich wieder auf ihn stürzen, aber etwas in seinem Blick hielt mich zurück. Er sah aus, als hätte er einen Sieg errungen.

Er räusperte sich, Mutter verstummte und dann sagte er deutlich: „Zum ersten Mai habe ich hier in Doldersum das Haus, das durch den Tod von Ijsebrant Jans frei wird, von Hendrik Claassens gemietet. Wir ziehen also aus."

Sprachlos starrten wir ihm hinterher, während er hinausging. An der Tür rief er noch: „Dieser verfluchte Hof taugt doch nichts. Dein Großvater ist unter keinem guten Stern geboren, das war doch ein Bruder von Lieven, der Hexe. Der Teufel ist bestimmt auch in dich gefahren, ich verstehe nicht, worüber du dich so aufregst."

Ich brachte kein Wort heraus, aber in meinem Kopf zersprang etwas. Seine Worte nahmen mir die letzte Hoffnung, jemals im Leben wieder so etwas wie Glück zu erfahren. Eine Stimme in meinem Kopf begann zu schreien: „Er muss seinen Mund halten, er muss seinen Mund halten ..."

Diese Stimme konnte ich nicht mehr zum Schweigen bringen. Sie wurde lauter, als ich meine Mutter sah, die wie ein kleines Kind schluchzte. Neben ihr saß Roelof, die Hände vor die Augen geschlagen, als könnte er sich so vor all diesem Elend verstecken. Unter Aufbietung aller Kräfte brachte ich die beiden zu Bett.

Als ich meine Mutter zudeckte, fasste sie meinen Arm. „Elsjen, ich kann diese Spannung nicht länger aushalten. Gestern ist Trijne gekommen, um mit mir zu reden. Ich denke, dass sie recht hat, du musst ausziehen." Jetzt schaute ich *sie* sprachlos an, mir wurde schwindlig und ich hielt mich am Bettrand fest.

Diese Worte wollte ich nicht hören. Wenn nun auch Mutter sagte, dass ich wegziehen musste, was blieb mir dann noch? Ich taumelte. Das war es, was Jan wollte – dass ich zerbrach. Er wollte mich von meiner Mutter wegreißen und von allem, was mich an diesen Hof band.

Ich denke im Nachhinein, dass ich einige Male laut gesagt habe: „Er muss seinen Mund halten, er muss seinen Mund halten, ich werde dafür sorgen, dass er seinen Mund hält", denn irgendwann drückte Mutter meinen Arm fester und sagte ängstlich: „Elsjen, was du auch vorhast, um darum herumzukommen, tu es nicht."

Ich ging selbst ebenfalls ins Bett und schloss die Türen. Die Gedanken, die sich in meinem Kopf überschlugen, beruhigten sich allmählich, aber die Stimme blieb. Jan kam spät nach Hause, und ich stellte mich schlafend.

Am nächsten Morgen spannte Barteld schon früh das Pferd an. Die Stimme in meinem Kopf rief noch immer. Ich wechselte mit niemandem ein Wort. Als Jan mich fragte, was ich vorhätte, antwortete ich nicht.

Ich wollte gerade losfahren, als eine Nachbarin mit neugierigem Gesicht auf mich zukam. „Sag mal, Elsjen, stimmt es, dass Trijne Jans Hemden wäscht?"

Ich hätte ihr am liebsten einen Schlag auf ihre Nase verpasst, die sie in anderer Leute Angelegenheiten steckte, aber ich beherrschte mich und sagte nur: „Jan hat ohne mich angefangen, da muss er auch ohne mich aufhören."

Sie sah mich verständnislos an, und ich spürte, wie lächerlich mein Satz klang. Ich bekam Lust, wie eine Verrückte zu lachen, damit sie mich noch erstaunter ansah. Unterdessen kam eine andere Nachbarin angelaufen.

„Elsjen, ich habe von Trijne gehört, dass Jan das Haus von Hendrik Claassens für euch gemietet hat?"

Ich hatte das Gefühl, dass ihre Nasen ein paar Zentimeter wuchsen. Ich stieg auf den Bock des Planwagens und sagte: „Ich ziehe im ganzen Leben nicht mit Jan irgendwo anders hin."

Ich schnalzte mit der Zunge, schlug mit dem Zügel auf den Rücken des Pferdes und fuhr aus dem Dorf hinaus. Meine Nachbarinnen hatten wieder genug, worüber sie tratschen konnten.

In Steenwijk stellte ich mein Pferd und den Wagen ab und betrat die Apotheke am Marktplatz. Dort verlangte ich zwei Tütchen Arsenik für jeweils zweieinhalb Cent. Ohne mein Zutun entstand der Gedanke in mir, was ich mit dem einen Tütchen machen würde. Das andere würde ich Barteld geben.

An diesem Abend wechselten wir kein Wort miteinander, während wir unsere Brotmahlzeit verzehrten. Barteld hatte von Mutter erfahren, wie die Dinge standen, und versuchte, mit mir zu reden. Als ich sagte, dass mir nicht danach zumute sei, verschwand er im Kuhstall, um zu melken. Ich wunderte mich, dass Jan hinter ihm herging, um zu helfen, aber ich hörte nicht, dass sie irgendetwas miteinander sprachen.

Nach dem Melken ging Jan weg. Ich horchte auf die Stimme, die ununterbrochen in meinem Kopf schrie. Das Tütchen Arsenik hielt ich unter meiner Schürze versteckt. Ich setzte mich noch ein bisschen zu Mutter ans Feuer und spann. Roelof spielte mit der Haspel. Die Stimme schrie weiter.

„Wie soll es jetzt weitergehen, Elsjen?", fragte Mutter, aber ich sagte, dass ich nicht darüber reden wollte, und beruhigte sie, es würde schon alles gut werden.

Dann kochte ich den Roggenbrei für unser Nachtessen. Roelof lief um mich herum und spielte mit seinem Steckenpferd.

Es kam noch ein Nachbarjunge vorbei, um eine Schaufel auszuleihen. Währenddessen bereitete ich den Brei zu. Der Junge spielte ein bisschen mit Roelof, und ich erlaubte ihm, die Schaufel mitzunehmen. Die ganze Zeit über drängte die Stimme in meinem Kopf.

Ich stellte den Topf auf den Tisch in der Ecke, wo ich die Küchengeräte aufbewahrte, und schöpfte den Brei in die Schüsseln. Die von Jan stellte ich beiseite. Ich hörte ihn hinter mir hereinkommen. Das Kind spielte immer noch um meine Beine herum am Boden. Ich nahm das Tütchen mit dem Arsenik. Wie viel sollte ich hineintun? Das Pferd bekam einen Esslöffel, es musste sicher weniger sein. Aber doch so viel, dass er seinen Mund halten würde – für längere Zeit. Dass er richtig krank würde und sich elend fühlte. So elend, wie ich mich schon seit Monaten fühlte. Dass er nicht mehr ans Umziehen dachte.

Hastig steckte ich die Spitze eines Löffels in das Tütchen und mischte ein bisschen Gift unter den Brei. Ich rührte, aber das weiße Pulver löste sich nicht richtig auf. Hinter mir hörte ich, wie sich alle an den Esstisch setzten. Niemand sprach. Mir war, als zerspränge mein Kopf. Ich war schwindlig, und mein Arm war so müde vom Rühren. Es machte mir auch nichts mehr aus, dass das Zeug sichtbar blieb.

Langsam ging ich zum Tisch und stellte zwei Schüsseln hin, dann holte ich die anderen. Seine war die letzte.

Assen, 5. September 1767

Mein Gott, ich muss dir bekennen, ich habe ihm die Schüssel gegeben, und er ist gestorben. Mein Traum wurde Wirklichkeit. Dreimal wurde ich gerufen, dreimal bin ich nicht zu ihm gegangen. Mein Gott, ich habe ihn krepieren lassen. Es gibt keinen Weg zurück.

Mir ist mein Todesurteil verkündet worden. Der Landschreiber kam selbst in meine Zelle, um es mir zu sagen. Sein Gesicht war ausdruckslos und seine Stimme ohne Gefühl. „Elsjen Roelofs, ich verkünde dir deinen Tod. Am neunten September wirst du vor dem offenen Fenster des Landschaftshauses erfahren, auf welche Weise du hingerichtet wirst. Anschließend wird der Scharfrichter auf dem Richtplatz das Urteil vollstrecken."

Mein Traum, aus dieser Gefangenschaft freizukommen, war mein letzter Versuch, mir etwas vorzumachen. Ich wusste, dass ich niemals nach Doldersum zurückkehren würde, aber der Glaube, dass ich meine Kinder mitnehmen und irgendwo anders, wo man mich nicht kennt, noch einmal von vorn anfangen könnte, hat mich eine Zeit lang aufrechterhalten.

Tief in meinem Herzen wusste ich, wie mein Urteil lauten würde. Ich bin schuldig. Nun, da ich mit meinen Aufzeichnungen am Ende bin, kann ich das sagen. Ich hatte, und das wusste ich eigentlich, seit ich hier gefangen saß, nichts mehr zu verlieren. Jetzt muss ich meine Gedanken auf das richten, was ich noch gewinnen kann.

Ich will nicht länger Opfer sein, ich übernehme die Verantwortung für das, was ich getan habe. Ja, ich bin schuldig. Durch mich ist mein Mann und der Vater meiner Kinder ums Leben gekommen. Ich bereue meine Tat zutiefst und muss um Vergebung bitten.

Schwierig ist die Frage, wem ich meine Reue bezeugen muss: Derjenige, den meine Wut unwiderruflich getroffen hat, ist nicht mehr da. Ich würde es ihm gern sagen: Es tut mir so furchtbar leid. Nun, da ich das Leben, das ich geführt habe, gewissermaßen aus der Entfernung betrachte, ist der Mann, den ich geheiratet habe, in meinen Augen kein schrecklicher Mensch mehr. Nein, ich habe Mitleid mit dem Mann, der an eine Frau geriet, die ihr Lebenshaus mit aller Kraft verteidigt hat. Das Haus, das sie aus den Steinen des Gehorsams, der Treue, des Fleißes und der Fürsorge aufgebaut hatte. Und der Liebe – oder dessen, was sie dafür hielt. Ich *bin* nicht nur schuldig, ich *fühle* mich auch erbärmlich schuldig. Was habe ich ihm angetan! Ich weiß, auch er ist nicht völlig unschuldig, aber er hat keine Möglichkeit mehr, noch irgendetwas zu ändern. Die habe ich ihm genommen und dadurch auch mir selbst.

Manchmal würde ich die Zeit gern zurückdrehen. Zu dem Moment, als Jan aß und immer weiteraß, beinah alles aufaß. Zu den drei Malen, als ich gerufen wurde und man mir sagte, wie schlecht es ihm ging, und ich nur dachte: Was stellt er sich wieder an! Manchmal kann ich immer noch nicht glauben, dass er tot ist. Und ich spüre wieder dieses Nicht-wahr-haben-Wollen, das mich in der ersten Zeit nach Jans Tod aufrechterhielt.

Warum habe ich diese elenden Entscheidungen getroffen, habe diese Versprechen gegeben, habe ihn geheiratet? Warum habe ich die Fürsorge für meine Mutter so bitter ernst genommen? Jetzt lebt sie auch ohne mich. Verflixt noch mal, sie lebt einfach ohne mich weiter!

Ich will meine Reue zum Ausdruck bringen. Roelof, Eva, es tut mir leid. Vergebt mir. Wie schön die Worte auch sein mögen, die ich wähle, die Wirklichkeit verändert sich dadurch für euch nicht. Ich habe euren Vater ermordet. Und jetzt verliert ihr auch noch eure Mutter. O Gott, erbarme dich! Vergib mir meine Schuld! Was habe ich getan?

Ich muss damit aufhören, die Schuld bei Jan, bei Otie oder meiner Mutter zu suchen. Auch dem Leibhaftigen und seiner Gefolgschaft kann ich die Schuld nicht geben.

Dass ich als Mensch vor meinen Mitmenschen für meine Tat geradestehen muss, erfüllt mich mit Angst. Ich fürchte mich vor dem, was mir bevorsteht, vor dem Schmerz, den ich ertragen muss – mein Gott, wäre es doch schon vorbei! Aber darauf folgt der Tod. Dann werde ich vor Gott stehen.

Dadurch, dass ich im Buch Hiob gelesen habe, wurde mir klar, wie klein ich von Gott gedacht habe. Dadurch, dass ich einem Versprechen gehorchte, habe ich eine Leiter errichtet, auf der ich in den Himmel geklettert bin, um Gott zur Verantwortung zu ziehen. Ihn, den Schöpfer, dessen Größe wir nicht ermessen können, dessen Wege ich immer noch nicht begreife. Noch immer weiß ich nicht, ob er mich straft oder prüft. Warum habe ich bloß erst in diesem Gefängnis damit begonnen, über mein Leben nachzudenken? Jetzt ist mir manches klarer, und dafür bin ich sehr dankbar. Um so weit zu kommen, wurde mir alles genommen – mein Hof, meine Mutter, meine Otie, ja sogar meine Kinder. Aber ich habe den Eindruck, dass ich die Wunderbohne endlich doch gefunden habe. Hier lag sie für mich bereit, im Gefängnis wohlgemerkt.

Vor ein paar Nächten, als ich in der Bibel blätterte, bin ich im Buch Jesaja gelandet. Dort fand ich die Leiter, die zum Himmel führt. Ich bin getröstet. Ich habe Abschnitte aus den Kapiteln dreiundfünfzig, vierundfünfzig und fünfundfünfzig abgeschrieben. Als ich Janna davon erzählte, sagte sie mir, dass dieser Trost noch größer werden würde, wenn ich im Neuen Testament läse. Jesaja kündigt nur an, aber seine Worte sind schon erfüllt worden.

Ich habe mit dem Johannesevangelium angefangen. So sehr hat Gott *mich* geliebt … Ich will nicht länger den Blick abwenden, wenn der Mann der Schmerzen vorbeikommt. Er kennt mein Leben, meinen Schmerz, meine Schuld. Es ist, als würde ein Lichtstrahl auf den Schutthaufen meines Lebens fallen. Und ich sehe in diesem Schutthaufen etwas glänzen, etwas Wertvolles. Ich sehe eine gepeinigte Frau, die Reue verspürt.

Heute Abend brachte Janna mir zum letzten Mal den Abendbrei. Achtunddreißig Nächte ist sie bei mir gewesen. Diese achtunddreißig Nächte haben darüber entschieden, wie ich mein Leben beenden werde. Heute Nacht bin ich zum ersten Mal allein. Ich danke Gott dafür, dass sie gekommen ist. Sie hat den ersten Abschnitt aus Römer fünf mit mir gelesen. Von Vers acht an setzte sie meinen Namen ein.

„Das schlug ich gestern auf, als ich in meiner Bibel las", sagte sie, „und jetzt wollte ich es dir gern vorlesen." Es rührte mich zutiefst. Sie umarmte mich schweigend, und für einen Moment überkam mich das Verlangen, mich an ihr festzuklammern, als wäre sie das Leben selbst. Ich weinte um das Leben, das ich niemals haben werde.

Janna machte sich vorsichtig los und sagte: „Ich bin am neunten da, und ich werde bis zum Schluss da sein. Und bis dahin werde ich für dich beten. Leb wohl, Elsjen, geh mit Gott."

Ich schreibe den Abschnitt aus dem Römerbrief auch noch ab und stecke ihn zu dem Blatt aus Jesaja, nah an mein Herz. Morgen früh werde ich in die schwarze Zelle gebracht werden, ohne Fenster, wo ich meine letzten Tage verbringen muss, weil ich zum Tode verurteilt bin. Meine Richter wollen, dass ich über meine Taten nachdenke. Ich werde die Dunkelheit nutzen, um über die Worte des Lichtes nachzusinnen. Ich werde den Weg, den ich gegangen bin, noch einmal überdenken und dort verlassen, wo ich falsche Entscheidungen getroffen habe. Ich werde mich Gott zuwenden und um Vergebung bitten.

Folkert wird das Kistchen mit all den Blättern, die ich beschrieben habe, morgen Janna geben. Ich habe sie gebeten, meine Worte zu lesen, sie aufzubewahren oder zu verbrennen. Meinen Kindern soll sie die Aufzeichnungen aber nicht geben. Ich frage mich, ob ich letztlich für sie geschrieben habe oder für mich selbst. Ich denke, Letzteres ist der Fall. Es ist meine Geschichte, nicht die ihres Vaters.

Aber wenn Janna jemals meinen Kindern begegnet, dann gibt es jemanden, der ihnen erzählen kann, wer ich bin. Sie kann ihnen sagen, dass ich Frieden gefunden habe, zum Teil schon durch das Schreiben, und das, was noch fehlt, während der Tage finden werde, die mir noch bleiben. Das ist meine Zuversicht, meine einzige Hoffnung.

Ich bin dir unendlich dankbar, Janna, für das, was du gesagt hast, wie du mich zum Nachdenken angeregt hast. Und für deine herzerwärmende Nähe. Gott segne dich für die Güte, die du mir erwiesen hast. Leb wohl, Janna.

Ich muss mich auf die dunkle Zelle vorbereiten. Ich habe die Bibelabschnitte in meine Jacke gesteckt. Zwischen meine Brüste, nahe an mein Herz. Dort will ich sie spüren, wenn ich am neunten September mein Urteil anhören und meine Strafe tragen muss. Meine Hand wird auf meinem Herzen sein, und die Augen werde ich aufheben zum Himmel über mir. Gott, gib mir Kraft, und segne meine Kinder, die ich sehr, sehr liebe.

Epilog

Assen, am Morgen des 9. September 1767

Sie sah den vergitterten, von einem alten Pferd gezogenen Wagen, mit den drei Gefangenen um die Ecke der Klosterstraße kommen. Janna hatte sich so vor der Tür des Landschaftshauses aufgestellt, dass sie den Wagen gut sehen konnte.

Elsjen war blass. Ihre Augen mussten sich offensichtlich noch an das grelle Sonnenlicht gewöhnen, das den Morgennebel bereits vertrieben hatte. Ihre Blicke trafen sich. Über Elsjens Gesicht glitt ein Lächeln, und das erwärmte Jannas banges Herz.

Schreie zerrissen die Luft. Die Volksmenge, die zusammengeströmt war, verlieh ihrer Empörung über die Verbrecher dadurch Ausdruck, dass man sie mit faulen Eiern und Pferdeäpfeln bewarf.

Als sich das Fenster des Landschaftshauses öffnete, wurde es still auf dem Dorfplatz. Sie hörte die Stimme des Amtmanns, der laut die Urteile vorlas.

„Jan Talens Quant van Dwingeloo, beschuldigt des Diebstahls und ungesetzmäßigen Aufenthaltes in Drenthe: verurteilt zu Brandmarkung, zu fünfzehnjähriger Verbannung und zum Tragen der Gerichtskosten."

Jubel ertönte, aber gleich darauf wurde es wieder still.

„Evert Reynds, ohne festen Wohnsitz, beschuldigt des Vagabundierens und Bettelns: verurteilt zu Auspeitschung, lebenslanger Verbannung und zum Tragen der Gerichtskosten."

Wieder Gejubel, doch dann wurde es totenstill. Nur die Vögel ließen sich von all dem nicht beeindrucken. Janna sah, wie Elsjens Blick sich auf einen Baum richtete, in dem sie eine Amsel singen hörte.

„Elsjen Roelofs aus Doldersum, beschuldigt des Giftmordes an ihrem Ehemann Jan Albers: verurteilt zum Rädern bei lebendigem Leib und Tod durch Erdrosseln. Der Antrag auf Beerdigung wurde abgelehnt; die Verurteilte wird nach Eintritt des Todes auf dem Rad zur Schau gestellt und den Vögeln des Himmels überlassen; die Kosten des Verfahrens trägt die Familie."

Es wurde gejohlt und gejubelt; die Zuschauer warfen ihre Mützen in die Luft, lachten und klatschten. Janna sah Elsjen an, die all das nicht zu hören schien. Sie hatte ihren Blick wieder auf sie gerichtet und die Hand auf ihr Herz gelegt.

Der Amtmann, der Landschreiber, die Geschworenen und der Scharfrichter traten durch die große Tür nach draußen und stiegen in die bereitstehenden Wagen. Der Zug setzte sich in Bewegung. Die Glocke unter der kleinen Überdachung auf dem Kirchturm begann zu läuten.

Janna stand so nahe an den vorüberfahrenden Wagen, dass sie sie beinah berühren konnte. Als der Wagen mit den Gefangenen vorbeifuhr, trat sie einen Schritt vor und streckte die Hand aus. Elsjen streckte ihre Hand durch die Gitterstäbe, und für einen Moment berührten sie einander. Dann reihte Janna sich hinter dem Wagen in den Zug ein und folgte ihm über den Dorfplatz und weiter über den Ringgraben zur Groningerstraat.

Ihre Gedanken wanderten zurück zu jenem ersten Mal, als Folkert den Schlüssel zu der Zelle umgedreht hatte, in der Elsjen gefangen saß. Sie hatte ihr Urteil schon gefällt: Diese Frau verdiente den Tod. Und die eigensinnige Haltung der Frau hatte ihr Vorurteil nur bestärkt.

Als das Kind geboren wurde, hatte sich etwas verändert. Diese Sehnsucht, mit der Elsjen die Arme nach ihrem Kind ausstreckte! Tiefes Mitleid für die Mutter bewegte ihr Herz. Es war schwer zu glauben, dass diese Frau, die so zärtlich mit dem Kind in ihren Armen umging, ihren Mann ermordet hatte. In diesem Moment war das überwältigende Verlangen entstanden, zu erfahren, wer diese Frau wirklich war. Es hatte sie daran erinnert, dass Gott von ihr verlangte, Gerechtigkeit zu üben, statt zu verurteilen. Es hatte sie begreifen lassen, warum sie als Mensch auf dieser Erde lebte. Sie dankte Gott für die Frau auf dem Karren.

Sie kamen zum Richtplatz, wo der Scharfrichter schon wartete. Alle Werkzeuge lagen bereit; ein Feuer flackerte.

Sie betete, als Jan Talens Quant seine Strafe erlitt und wimmerte, als das heiße Brandeisen in seinen Nacken gedrückt wurde.

Sie betete, als Evert Reynds ausgepeitscht wurde, ohne einen Muckser von sich zu geben, und blutige Striemen auf seinem nackten Rücken sichtbar wurden.

Sie betete, als sie plötzlich unter all den Menschen die beiden Brüder von Elsjen entdeckte, stummes Entsetzen in den Gesichtern, als ihre Schwester zum Rad geführt wurde. Sie betete, als es totenstill wurde und Elsjen sie zum letzten Mal ansah, die Hände auf dem Herzen, mit stiller, fast verträumter Miene. Das einzige Geräusch, das man hörte, war das Krächzen der Raben, die über dem Richtplatz kreisten.

Janna löste sich aus der Menge, als der Scharfrichter seine Handschuhe unter das Rad warf, und ging tieftraurig nach Hause. Sie wollte nicht miterleben, wie Elsjens toter Körper die Leiter hochgetragen und über einen Pfahl gelegt wurde, damit die Leute sie selbst nach ihrem Tod noch mit Unrat bewerfen konnten.

Morgen würde sie wiederkommen und alle folgenden Tage, um ihr, die nicht begraben werden durfte, die letzte Ehre zu erweisen. Dann wollte sie die Knochen, die nach unten fielen, auflesen und mitnehmen, damit die Füchse und Hunde sie nicht stehlen konnten. Sie würde irgendwo ein Fleckchen suchen, wo viele Blumen blühten und der Bussard kreiste, wo die wilden Tauben nisteten und die Aa floss. Und da würde sie Elsjen ihre letzte Ruhestätte schenken.

Zu diesem Buch

Eine Bekannte wies mich vor zwei Jahren auf einen Zeitungsartikel hin. Es ging darin um die Ausgrabung des ehemaligen Galgenfeldes von Assen. Einige Galgenpfähle und Teile eines großen Rades waren dort gefunden worden, aber auch Überreste der Särge von Verurteilten, die dort begraben worden waren. Ein Name fiel mir in diesem Artikel besonders auf: Elsjen Roelofs – eine Frau, die ihren Mann mit Arsenik ermordet hatte und auf dem Richtplatz hingerichtet worden war.

Ich versuchte, mehr über sie herauszufinden. Als ich mit einem Archäologen und Mitgliedern des Heimatvereins von Assen gesprochen hatte, wurde mir klar, dass sich hinter den wenigen trockenen Fakten eine ganze Geschichte verbarg. Es folgte eine Zeit intensiver Recherche. In den Kellerräumen des Drenther Archivs in Assen liegen alle Akten, die etwas mit dem Prozess um den Mord an Jan Albers zu tun haben. Nachdem ich schließlich selbst die Archive des Landschreibers studiert hatte, konnte ich mir ein recht gutes Bild von Elsjens Wesen und dem Charakter der Menschen machen, mit denen sie zusammengelebt hatte.

Ich habe mich in diesem Buch darum bemüht, so nah wie möglich an den historischen Fakten zu bleiben, die ich über Elsjen und ihre Zeit gefunden habe. Aber natürlich habe ich mir auch Freiheiten herausgenommen. Ich habe die Geschichte so erzählt, wie sie sich meiner Ansicht nach zugetragen haben könnte. Auch wenn sich die Ereignisse schon vor gut zweihundert Jahren abgespielt haben – ich bin mir sicher, dass uns die Geschichte auch heute noch manches zu sagen hat.

Ich habe übrigens in der Handlung viele historische Ereignisse verarbeitet: die Viehpest, die damals von Zeit zu Zeit heftig wütete (der Impfstoff, der im Buch erwähnt wird, kam erst 1776 auf den Markt); die Erweckung von Nijkerk (1749), die auf andere Orte übergriff und 1751 tatsächlich Vleddere erreichte; die Flutwelle von Lissabon im Jahr 1755, deren Ausläufer noch bis in unsere Gewässer spürbar waren.

Vielleicht sind Sie neugierig geworden, wie die Geschichte von Elsjen weiterging?

Ein Jahr nach Elsjens Tod hat Barteld doch noch geheiratet, und er bekam mehrere Kinder. (Von ihm habe ich übrigens keine Geburtsurkunde gefunden, und dass er nur Elsjens Halbbruder war, habe ich erfunden.) Mutter Wemele ließ testamentarisch festhalten, dass Elsjens Erbteil für den Fall, dass ihre Kinder sterben sollten, an Barteld fiel. Die kleine Jantien, oder Eva, wie Elsjen sie nennt, starb im Alter von zwei Jahren.

Roelof blieb bis zu seinem zwölften Lebensjahr unter der Vormundschaft seines Onkels Engbert in Doldersum, was durch entsprechende Unterlagen belegt ist. Danach zog er zu einem Angehörigen nach Oosterwolde, von wo sein Großvater Albert stammte. Im Jahr 1790 heiratete er und bekam fünf Kinder, die in Doldersum geboren wurden. Drei seiner Kinder bekamen Namen von väterlicher Seite: Sein erstes Kind hieß Jan (nach Roelofs ermordetem Vater), das dritte Albert (nach Großvater Albert) und das fünfte Trientje (nach Großmutter Trijne). Es scheint, dass er keinen Kontakt mehr zu seinen Angehörigen mütterlicherseits hatte. Roelof starb 1809 im Alter von sechsundvierzig Jahren.

***

Mein Dank für das Erscheinen dieses Buches gilt in erster Linie Gott, aber danach vor allem meinem lieben Mann und meinen Kindern, die während des Schreibens meine wechselnden Stimmungen ertragen mussten. Sie haben nie daran gezweifelt, dass ich das Buch vollenden würde.

Viele Menschen haben mir Mut gemacht – zu viele, um sie alle zu nennen. So möchte ich stellvertretend meinen Verwandten, meinen Freunden, den Mitgliedern meiner Gemeinde und meiner Lektorin danken, die von Anfang an an dieses Projekt geglaubt und mich immer wieder zum Weiterschreiben ermutigt hat. Danke, Beppie de Rooy!

Janne Ijmker, Mai 2006